万国互联

Халықаралық қарым - қатынас

Қытай мен Қазақстанның логистикалық ынтымақтастығының даму тарихы

中哈物流合作纪实

张文宝　著

江苏凤凰文艺出版社
JIANGSU PHOENIX LITERATURE AND ART PUBLISHING, LTD

图书在版编目（CIP）数据

万国互联：中哈物流合作纪实／张文宝著. —南京：江苏凤凰文艺出版社，2019.10

ISBN 978-7-5594-4024-2

Ⅰ.①万… Ⅱ.①张… Ⅲ.①纪实文学—中国—当代 Ⅳ.①I25

中国版本图书馆CIP数据核字(2019)第200821号

万国互联：中哈物流合作纪实

张文宝 著

出 版 人 张在健
责任编辑 孙金荣
责任印制 刘 巍
出版发行 江苏凤凰文艺出版社
南京市中央路165号，邮编：210009
网 址 http://www.jswenyi.com
印 刷 江苏凤凰通达印刷有限公司
开 本 880毫米×1230毫米 1/32
印 张 8.5
字 数 211千字
版 次 2019年10月第1版 2019年10月第1次印刷
书 号 ISBN 978-7-5594-4024-2
定 价 38.00元

献给那些忘我于一带一路的奉献者

目录

序

在南方大都市人眼中，地级市连云港在全国沿海城市中知名度似乎不太大，甚至赶不上在江苏被称为“苏南四小龙”的张家港、昆山、江阴和常熟当中任何一座城市的名气。仅以长江下游南岸的张家港来说，一直以来，经济、消费、民生、房价足以震惊大半个中国，综合实力始终位居全国百强县（市）前几名，二〇〇五年以来中央文明委评选全国文明城市以来唯一“四连冠”的县级市。规划有序的街道，停放整齐的车辆，满眼的绿色，白墙黑瓦的房舍，百花锦簇的花坛，一尘不染的街道，气宇轩昂的市民，都标志着精神文明丰富的内涵，张扬着她的名气。

一次出差旅途中，有人问我，你是哪里人？我说，江苏人。那人羡慕地说，江苏好地方啊。这时，虚荣心让我局促不安，担心人家追问是江苏哪里人，两眼慌忙躲避着他的目光。那人善谈，终于问了我不愿提及的话题，你是江苏哪里人？我窘迫地说，连云港。那人说，我知道，张家港那是好地方，全国文明城市嘛。我顿觉脸上暗淡无光，把连云港当成张家港，心里真有点秋风落叶，想解释的话到嘴边又咽了回去。

上个世纪八十年代初，我在《连云港文艺》编辑部做编辑，收到全国各地作者来稿来信，北京青年诗人顾城也给我们投稿，一次寄来五六页稿纸，大都是短诗。他当时名气不大，后来有了声誉，可再想找到那些诗稿，没了。有的外省作者给我们来稿，常把地址搞错，写成“山东省连云港市《连云港文艺》编辑部”或“江苏省大连市《连云港文艺》编辑部”，令人啼笑皆非，而这些稿件居然拐弯抹角寄到了。

进入当下，网上对连云港品头论足的话不少，什么“连云港最大的优势是区位与政策，最大的劣势是人的问题，国家给的政策叠加，国内绝无仅有的，手握一把拱猪的好牌，却被自己打输了”，“连云港是被中西部遗弃的‘桥头堡’”，“连云港是江苏唯一一个大港口，为什么就是发展缓慢”等等。看了、听了，真的有点憋气、难受，不敢完全苟同，然而静下心来想一想，能发出一点声音的人比不发声的人还要好，起码有爱连云港的拳拳之心、殷切之情，有点思想火花，为连云港发展与周边的城市差距越拉越大而焦急、愤青。

我自卑了，把连云港看低了，也看低了自己。我想去强调理由，又怕被别人看成是弱者。

看不起自己是因为内心的黑暗，太过于在乎别人的眼光。只有学会和自己比，和自己较劲，才能离开忧伤，找到自己的歌唱，活出一个自己，活出人的一点精彩。

后来，我像从地上打了一个滚，从梦中醒来看见了太阳，重新发现了一个蓬勃向上的连云港，发现了古典名著《西游记》中的花果山下的连云港每天都有奇迹发生。我发现，依山靠海、处在中国东部脐部的连云港是国际性海滨城市，她的一些优势发展条件全国独一无二，是苏南城市不好比的，巨大潜在的发展力量像岩浆，一旦喷发，势不可挡。

我在内心里对周围的人和自己说了一句话，也许连云港向前迈的脚步不大，可我们想到过自己了吗？脚步迈得怎么样？分内的事情做得怎么样？ 碰到要死磕的难事有没有像过缩头乌龟吓得躲开了？ 在披荆斩棘的路上，你有没有过事不关己、得过且过、做一天和尚撞一天钟？当同事的业绩做得辉煌，超越了你，展现了不凡的能力，很可能有一个更好的前程，你有没有过嘴上恭维，心里泛醋意，脚下使小绊？ 当爬上高山俯看大地时，你有没有发现自己的渺小、境界的低矮，吟唱起古诗“星垂平野阔”？ 当徘徊于大海大江边时，你的心胸有没有豁然洞开，恍然大悟到什么叫作大气磅礴、海纳百川、劈波斩浪，吟诵起古诗“月涌大江流”？ 也许，正是我们自己的视野、襟怀有问题，拖了连云港发展的后腿。

连云港等待发现，推开门，走向世界，走进春天。

知道连云港吗？ 辛亥革命前夜，孙中山为了革命起事寻找出海口，在连云港盘桓七八天，察看海岸线，后来写了《建国方略》，要把连云港建成东方大港。 一九四九年后，历任党和国家领导人大都来过连云港，毛泽东主席路过徐州时，还委托当时的团中央书记胡耀邦来连云港看看……

他们为什么鞍马劳顿、不辞辛苦、迢迢千里来到连云港？ 只是这里有个港口。 上个世纪八十年代，连云港港是中国的八大港口之一，连云港是中国首批十四个沿海开放城市之一，现在是中国的十大港口之一。

有人提议，竖立孙中山先生巨型铜像于连云港港口边，这样做的话，能大量引进台资，如富士康、台积电，两个就可以保证连云港改天换地。 我想，此建议有道理，孙中山对连云港建港的预言，强化了国家对连云港港的长期投入。 伟人就是伟人，卓识远见！

连云港是上苍赐予中国的一块风水宝地，濒临黄海，东靠太平洋，陇海铁路东端起点，是中国西部省份和中亚物流飘洋出海到日本、韩国、东南亚等国家最直接、便利的通道，有专家给它起了一个好听、形象的名字，叫新亚欧大陆桥，又叫第二亚欧大陆桥，连云港就是桥头堡。一九九四年五月，当时的国务院总理李鹏视察连云港，他站在新亚欧大陆桥东端起点标志铁锚建筑前，扬起右手说：“亚欧大陆桥，就从这里开始！”二〇〇九年四月，时任中共中央政治局常委、中央书记处书记、国家副主席习近平来到连云港视察时提出：“孙悟空的故事，如果说有现实版的写照，应该就是我们连云港在新的世纪后发先至，构建新亚欧大陆桥，完成我们新时代的‘西游记’。”

这座大陆桥，从连云港伸出，通过江苏、安徽、河南、陕西、甘肃、青海、新疆七个省、区，六十五个地市、州的四百三十多个县、市，跨出国门，到哈萨克斯坦、吉尔吉斯斯坦、土库曼斯坦、乌兹别克斯坦、塔吉克斯坦，进入欧洲，可经三条线路抵达荷兰的鹿特丹港口，全长一万零九百公里，辐射世界三十多个国家，沟通了太平洋和大西洋。起初，很多人惊讶地以为连云港有一座大桥直接通到欧洲荷兰鹿特丹港，专门赶到连云港来看这座举世罕见的大桥。

新亚欧大陆桥之前还有一条前苏联的第一欧亚大陆桥，从今天俄罗斯东部的符拉迪沃斯托克出发，由绥芬河入中国境，途经由哈尔滨、齐齐哈尔、昂昂溪、扎兰屯、海拉尔直到满洲里出中国境，横穿西伯利亚，通向莫斯科，然后通向欧洲各国，最后到荷兰鹿特丹港。与第一欧亚大陆桥相比，新亚欧大陆桥运程缩短了两千公里，节省四天左右的运输时间。

新亚欧大陆桥东端桥头堡连云港港口，三面环山，一面临海，终年不冻，全国中学生地理教科书里定义是中国黄海的一颗天然明珠。

靠着一座闻名于世、世界上最长的“桥”，可想而知，连云港有速度、大数据、大物流、新观念、新思维，能看到远方发达的欧洲国家，能呼吸到太平洋的新鲜气息。连云港人在努力，在向上，在追赶前面发展的脚步。这个世界上原本就没有谁愿意落后，愿意贫穷，愿意GDP、财政收入排在后面，愿意被人刮削鼻子小瞧，愿意被老百姓背后说三道四，愿意被人看作观念僵化、思想陈旧、缺乏开拓创新意识的小老头。人都是为脸面、尊严、荣誉而活着，用老百姓的话说，人活一张脸。讲句大道理，经济发展好了，老百姓的日子就好过了。

后人的发现都是站在前辈人肩膀上眺望出来的。

上一辈人早就发现了陇海铁路这条大陆桥。一九三四年十一月，天津《益世报》，郑州、西安中央社电，纷纷报道了陕西实业界来陇海铁路东端新兴港口城市连云港考察。考察参观团成员有西北协会张午中先生、陕西产销合作社张德枢先生、实业促进会赵愚如先生、长安商会李秀亭先生、西北文化日报社宋绮云先生、西京日报社罗岚先生、陕西省银行李维城先生及管理行李行员一人，共八人。其中，宋绮云即是后来杨虎城的秘书、《红岩》中“小萝卜头”的父亲的原型。他为主笔，写了一本小册子《陕西各界陇海铁路连云港考察记》，文中写道：“陇海铁路东自连云港，西至西安，现已全线通车。西北大陆与太平洋之交通畅然无阻，对于西北社会民生之裨益，及时于政府建设西北之辅助，关系之大，不可胜述。”

眼光是用来向前看的。

八十四年后，国家提出“新丝绸之路经济带”的构想后，连云港人都把陇海铁路这条新亚欧大陆桥当作“新丝绸之路”，连云港就是东端的起点。也是的，无论是古代“丝绸之路”，还是今天的“新丝绸之路”，不就是经商人走的路和今天物流运输的铁路、航空、高速公路吗？东起连云港的连霍高速公路横贯中国东中西部，直抵西部最边远城市霍尔果斯，陇海、兰新铁路直通新疆的乌鲁木齐，新亚欧大陆桥是当之无愧的“新丝绸之路”。问连云港人，谁是张骞，这座城市很多人都能脱口而出答道，张骞是最早踏出丝绸之路的人，张骞是“第一个睁开眼睛看世界的中国人”“东方的哥伦布”。连云港人最了解“丝绸之路”的事情，笔者走访过市区几个地方，在凤凰山上走进一户人家，主人姓卜，做工程施工的，这是一项出力吃苦的活，他四十八岁看起来却有五十八岁，个子又矮又小。我问他，知道丝绸之路吗？

他愣了愣，疑疑惑惑地说，好像听说过，就是一条铁路吧。

我说，这么重大的事情也不清楚啊。

他说，我是出力干活人，每天起早带晚地两手不停，哪里搞得清楚这些事？

在赣榆区墩尚镇，我采访一个做鲜猛生意的人。鲜猛生意就是卖海鲜、冷鲜肉的。他姓吴，五十五岁，穿着打扮整齐，像个坐办公室的人。做鲜猛生意的人不一样，见得多、懂得多。我刚说出新丝绸之路，他接过话茬自顾说道，我知道，一带一路嘛，是全国大事，福建的泉州、厦门，广东的汕头、湛江，还有西安、山东烟台都是节点。陆上丝绸之路西安是起点，成都，因为中欧班列，成为陆上丝绸之路的新起点。

他口头表达能力很强，几乎不容我插话，一口气说，连云港好像也是的，有一条大陆桥嘛。连云港地理位置得天独厚，东端点是起点啊，是丝绸之路，肯定会有发展，一带一路跟当年南海画个圈来比，应该还要大一大截儿吧。

我住的水木华园生活小区里，有一家“小张精剪”发廊，我在里面理发时嘴巴也没闲住，对着剪发的几个女士问道，你们知道一带一路吗？

一句话，竟引起一场热闹的讨论，她们七嘴八舌地说：

连云港是一带一路交汇点，不知道能不能靠这个发展起来，希望能借这个东风带动一下我大连云港发展！

既然是一带一路，连云港肯定受惠最大。

希望我们这地方能好好发展，地儿真是个好地儿，好吃的特产多到不行，还有花果山、海滨浴场……

……

新丝绸之路在世界上闪耀出炫目的大的辉煌。新丝绸之路在连云港如同春雷滚动。连云港人都知道新丝绸之路与城市、与他们的命运扣在一起，与他们生活的质量好坏紧密相连。物流发达了，港口就会发展，城市就会繁荣，就业岗位就会多，收入就会增多，接着带来的是买房子、买轿车、医疗、保险、国内国外旅游、上大学、入托……有一段时间，国家“丝绸之路经济带”的构想中没有明确圈定连云港，可以说，连云港从城市到农村，从机关到企业，到送快递、送盒饭、送纯净水的，老人青年都谈论这件事，四百多万连云港人脸上布满了问号，几乎都失眠了，郁闷了，闹心了，他们发出同一个疑问：连云港为什么不是新丝绸之路经济带内的城市？他们都有点不相信连云港不在“丝绸之路经济带”，怀疑是不是制定圈画这个构想的部门一不小心弄丢了连云港，也许是制定这个构想的部门对连云港研究不够，或许压根儿没来过连云港……

二〇一四年三月，江苏省委省政府宣布，连云港是全省一带一路交汇点建设的核心区。

连云港加入了一带一路大合唱，老百姓精神振了一下，得到一些安慰。阳光抚摸着连云港，大海的气息强劲地吹过来，时代向着每一个中国人挥手致意。

中国人心中的新丝绸之路，那是时光之河淘洗不褪色的“丝绸”，是沙漠飞石阻挡不住的精神。

新丝绸之路是一座桥，是一条经济带，是中国的一个梦，是中国人一次了不起的长征。

二〇一四年五月十九日，中国与哈萨克斯坦在连云港共建的中哈物流合作基地项目一期工程正式建成启用。

这是哈萨克斯坦的大事，也是中国的大事。一个报告文学作家如果错失这样的选题，就会亏欠这个时代，亏欠自己的良心，亏欠作家这个人类灵魂工程师的荣誉，就会是终身的憾事，说难听点，也是个地道的饭桶。

我看到了新丝绸之路在中国与哈萨克斯坦之间激起时代雄阔壮丽的浪花，并预言，连云港不仅承载着新丝绸之路的历史与现实，还会书写着激动人心的神奇与浪漫。

我用心扑向港口。

中哈基地是一个什么样的地方，是一群什么样的人在这里，让中哈两国领导人如此看好和青睐，让国家领导人把目光频频投向它！

连云港啊，连云港，您是天地的恩赐，时代的幸运儿，让国家关注着您，世界关注着您。

中哈基地袒露在我的眼前。这地方我清楚，是庙岭山下，紧傍着曾有过的陇海铁路隧道，是货物进出港口的咽喉。我写过庙岭隧道，当年要炸庙岭取石填海造码头货场，惊动了省政府，一个副省长冒着庙岭隧道被炸塌承担风险的责任，沉思良久，说了一句，告诉他们，如果经过科学计算，确有把握，可以炸！

今天，港口扩展得有几百倍了，五六十个泊位排列有序，最深的航道能走三十万吨的“航空母舰”。如果说过去港口是一个孩子，现在就是棒棒的中年壮汉子。陇海铁路不再穿越庙岭隧道，从搬掉的庙岭山身下轰轰隆隆地奔驰过去。

庙岭山下的中哈基地不算大，毗邻陇海铁路和年吞吐量 500 万标箱的新东方集装箱有限公司的码头、散粮泊位，南侧距离集装箱码头前沿不到六百米。它首期工程集装箱堆场是一块狭长的堆场，有五六个足球场大，拥有 1763 个集装箱箱位，堆场铁路专用线有 3.8 公里，装卸车线有两条各 850 米，能同时满足两个普通大列的作业要求，铁路装卸能力每天能达到 10 列车，年最大铁路装卸能力达到 41 万标箱。

一座四层楼的中哈基地办公楼，在不远处的云台山第二高峰二桅尖的映衬下，显得低了点、小了点，但它是中哈基地的“心脏”，是中国与新丝绸之路上国家在国内唯一做实扎根的企业，这里跳动的生命声音远在万里外的中亚哈萨克斯坦都能听到，如在眼前。四楼的监控室，一排排荧屏中清晰地叠现出堆场里到处可见的“中哈物流”字样，一摞摞齐整划一的蓝色集装箱上喷涂着鲜亮的黄色“KTS”标志，叠现出中哈国际物流基地在四千多公里外哈萨克斯坦境内东门“霍尔果斯无水港”堆场里来往车辆、吊装的集装箱，叠现出业务员虽隔着遥远的距离，却如在眼前一样向那边不时发出指令。

中哈基地块头不大，却是个巨人。

我见到了身材魁梧、精神饱满、说话声音洪亮的总经理刘斌。

我生怕别人从手中抢去中哈基地这个选题、抢去刘斌，急忙对刘斌表白说，我不能错过这个题材，如果擦肩而过是对历史、对时代、对新丝绸之路不负责任。我是港口人，对港口有感情，没有哪个作家比我更合适写你们。我真怕失去这次机会，从港口的领导、朋友口中听到，刘斌是中哈基地的第一任总经理，在连云港港口、在中国沿海港口、在新丝绸之路上，他最早奔跑于中亚的哈萨克斯坦，用心、用汗水、用双腿、用焦虑、用苦难、用信念、用肝胆相照、用忠诚，赢得了哈萨克斯坦人的尊敬和信任，夯实了中哈基地，织紧了国家领导人亲手结成的地球上的一条金丝带，中国通往中亚哈萨克斯坦的新丝绸之路更宽敞、厚实、亮堂。

我要凭着热爱祖国、忠于祖国、忠实于良心来写连云港港口的人；我要凭着内心的感动，对中国、对新丝绸之路惊喜的发现来写中哈基地的两国人，写刘斌；我要凭着人类文明光辉的照耀，凭着人类共同的命运，凭着对异国他乡人的祈福，来写真诚、剽悍、豁达、文明的哈萨克斯坦人。我将抛开虚构、粉饰、造作、假话、套话、奉承之类的做法，写一本想写的一直未能邂逅的原汁原味的文字。

我惊喜地发现，刘斌的“老泰山”是我老师王海龙。王老师是我上初中时的班主任，我是班级班长。至今记得，一次班上开会，我生病发高烧，不能参加，王老师赶到我家，背上我到了学校。这是一种什么样的师生情分，仅用老师与学生几个字能表达出其中深藏的内涵和情意？刘斌知道我是他岳父的学生后，陌生一扫而光，眼中发出阳光一样明媚的光芒，亲热地看着我，用兄弟般百分之百信任的口吻对我说话，宽大的手用力握着我有点发冷的手，攥得我的手隐隐发疼。他实话实说，告诉我，国家一带一路合作倡议发出来时，没有江苏、没有连云港的时候，我们当时还是有点发蒙的，人都有点软下去了，我们处在这样一个大环境中，心里确实有点忐忑，怎么拼命干了半天就没有了？后来看到一个重要材料，心里就坦然了，重要材料中两次提到连云港作为出海口，两次提到连云港中哈物流基地，每年在北京和哈萨克斯坦首都阿斯塔纳都有一个中哈企业家论坛……

他的心跳，是连云港的心跳，是中国和哈萨克斯坦的心跳，我摸到了一座“桥”的脉动。

我相信缘分，相遇就是一场难得的缘分。缘分是冥冥之中的一种契约、一个暗示、一个点头、一句话、一次邂逅、一点笑靥。我与刘斌结缘，缘于王老师。相遇是缘分，草木也有情。我信心满满的，刘斌一定会对我敞开心扉，毫无保留地倾诉他和同事们，一群奋斗者跋涉在新亚欧大陆桥上一丝一缕的苦与乐。我想看到一个、一群普通的中国人在新丝绸之路上，怎样与不同体制、不同思想、不同观念、不同文化背景的哈萨克斯坦人走到一起，怎样进行亲密无间的合作，看到他们从猜忌、怀疑、迷茫、困顿，到相互依存、理解、宽容、尊重、体贴，成为不是兄弟胜似亲兄弟的朋友。我想看到刘斌沿着中国最长的高速公路，连云港到新疆霍尔果斯四千多公里路程，乘飞机四个多小时到乌鲁木齐，坐火车二十二个小时到乌鲁木齐，再转乘飞机一个小时，摇摇晃晃，到伊宁，再转汽车，一个多小时到霍尔果斯，抵达几乎一墙之隔的世界最大的内陆国哈萨克斯坦，看到他在西行的路上，脚上磨出的一串串“水泡”、一块块“老茧”，挥洒下一颗颗汗珠，看到他那代表着中国人忘我的，有眼界、有境界的飞翔姿态……

第一章　两个国家的陌生人

怀疑的目光

采访刘斌时，他讲的两个“巧合”，像一把火点燃人心，烧得我眼睛发亮，看到了千里万里外大漠戈壁神奇的丝绸之路。

是巧合吗？

古代“丝绸之路”的名字是德国一个叫李希霍芬的地理学家来中国甘肃和新疆考察时，看到从东面来的商队，便想这是不是古代运送丝织品的通道，把中国的丝织品源源不断地运往地中海沿岸各国的一条横贯亚欧的古代贸易之路呢？ 于是，一个美轮美奂的名字被命名出来。 穿越时间，历史与今天又连接到一起。 当今，连云港到哈萨克斯坦的大陆桥，这一条“新丝绸之路”，又是哈萨克斯坦总统纳扎尔巴耶夫用双脚踏寻出来，它与古老的“丝绸之路”叠加在一起，不仅是一种巧合，准确地说，是古丝绸之路的延伸，当代人在古丝绸之路上走出来的一条新路，一个新的经济发展区域。

古丝绸之路很古老，每讲一回都会有不同的一番滋味、一番新意；今天的一带一路又老又新，每讲一回都会有不同的一番发现、一番惊喜、一番憧憬。

新丝绸之路是哈萨克斯坦人的一个“梦”，他们把目光从内陆高原转向辽阔的大海，太平洋。

太平洋是够大的，一圈海岸线的大多国家也发达，有财富。

哈萨克斯坦人太渴求一个向东出海口了，他们是世界上最大的内陆国家，很想能像古人一样把有名的小麦、面粉、亚麻籽、冷冻羊肉牛肉、苜蓿干草、菜籽粕等卖到国外，把韩国、日本现代化电器产品和其他各种各样的东西带回家中。

纳扎尔巴耶夫总统常来中国访问，他亲率哈萨克斯坦外交部、铁道部、商务部等十几个部的部长，浩浩荡荡来到中国沿海考察，寻找出海口，合作建设中哈物流基地。

纳扎尔巴耶夫做过钢铁工人，喜欢骑马、摔跤。苏联解体后，一九九一年十二月十六日，哈萨克斯坦成了新独立国家，纳扎尔巴耶夫当选哈萨克斯坦共和国的首任总统。北京奥运会圣火传递，哈萨克斯坦是中国境外传递第一站，纳扎尔巴耶夫当起哈萨克斯坦第一个火炬手。“今日哈萨克斯坦”通讯社社长库瓦托夫说，纳扎尔巴耶夫哲学观的坚韧程度令人吃惊，他常常能在最黯淡最绝望的时刻，找到扭转局面的“金钥匙”。

纳扎尔巴耶夫总统带着他的部长们沿着中国海岸线从北到南走了一趟，对中国港口留下了美好的印象。海风轻吻脸颊，海浪在脚下舒缓地涌动，他们用目光抚摸着大海、巨轮、风帆、海鸥、沙滩，因为太想了，看了又看，恋恋不舍。是啊，内陆大国有广阔的土地，却没有向东的大海和港口，如果有中国一样的大海和港口，将会给国家和人民带来多大的福音啊！

精明的连云港人知道哈萨克斯坦考察团要来连云港港口的信息，马上意识到这是一个极其难得的机遇，如果能和他们合作建立中哈物流基地，不仅能打通大陆桥，给港口带来大量的物流，成为一座名副其实的“桥”，还能实现新的、更完整的一条丝绸之路，意义无比重大。

大海把哈萨克斯坦考察团引向理想的天地。

哈萨克斯坦人更被连云港港口的地理位置吸引了目光，用心与连云港港口握手。哈萨克斯坦和连云港几乎就在一条直线上，大陆桥像一根扁担，东端挑起连云港，西端挑起哈萨克斯坦，连云港守着大海和太平洋，韩国、日本近在咫尺。

一座“桥”，让哈萨克斯坦和连云港缩短了距离，变成了邻居，似乎早晚鸡鸣狗吠声都能相闻。连云港人对西面的中亚这个“邻居”有了一种天生自然的亲近感，哈萨克斯坦考察团来到连云港，连云港人和他们肩膀靠肩膀，你给我力量，我给你力量，紧紧握手，温暖地说，我们合作，新亚欧大陆桥把我们牵连到一起，靠得最近……

哈萨克斯坦人不忘幽默一把，说，你们在东面挥手，我们在西面可以看到。

哈萨克斯坦最终得出结论，连云港处于中国东部沿海，毗邻日本、韩国，通过陇海铁路线这条贯穿中国东西的大动脉，是哈萨克斯坦向东最便捷、最经济的出海口。纳扎尔巴耶夫总统看着世界地图上的中国新亚欧大陆桥说，要利用这条黄金通道，把更多的具有哈萨克斯坦元素的产品出口到中国，走向世界。

一条金色的丝绸从连云港神奇、浪漫地铺展到哈萨克斯坦。

因为一条路，于是来自两个国家的陌生人碰到了一起，相拥在一起，迈出了合作的惊艳之旅。

两个国家，一副担子，落在肩头上，刘斌身子被震得晃了晃，感到了不寻常的重重压力。

他到中哈基地组建中哈国际物流有限公司时，是二〇一四年的春天，像一支箭矢，射出了，没有回过头。

短短几个月，他就瘦了二十斤，不免让人心酸。

到中哈基地之前，刘斌压根不知这回事，当集团一个部门跟他索要身份证时，他还问：要身份证干什么？ 他们没有说出原因，只是说，事情急，你马上就会知道的。 刘斌心里不住犯嘀咕时，领导找他谈话，说是刚刚开会决定，让他去中哈基地担任一把手老总，因为公司要办理注册手续，急需要身份证。

中外合资企业在连云港注册成立公司，按照常规流程，至少需要一个星期，而连云港市为中哈物流基地开通绿色通道，只用一天就完成审批手续，这个速度让哈方惊讶不已。

刚到一个新公司，从头到脚都是新的，重要的这是中哈两国的合资企业，是两个国家搭起的一座“桥”，政治内涵远远大于物流效益。 刘斌做什么事都认真、细致，不敢有一点懈怠，他把哈萨克斯坦方方面面的情况统统地研究一遍，做到心中有数。 他知道公元前一一五年，中国西汉皇帝为了保持与周边各民族的友好关系，把细君公主远嫁给当时的哈萨克人的祖先乌孙王；在突厥语中，“哈萨克”是指“自由之民”，“斯坦”是指“国家”，或“地方”；哈萨克斯坦是“雄鹰之国”，最大城市阿拉木图是“苹果之城”；两个最大城市距离很远，原来的首都阿拉木图在南方，现在的首都阿斯塔纳在北方；阿斯塔纳是新城市，建筑比阿拉木图漂亮，但冬天比阿拉木图长，一年只有五个月不下雪，气温很低，零下三十度；阿斯塔纳地处平原，风大，阿拉木图有山，所以风不太大。 哈萨克斯坦被称为“马背上的民族”，喜欢吃肉，有人说，食肉量世界上第一，是狼，第二就是哈萨克斯坦人。 中国国家主席习近平，二〇一三年来到哈萨克斯坦，提出了复兴“丝绸之路”。阿拉木图有一条“冼星海大街”，中国著名音乐家冼星海在这里度过了人生的最后时光。中哈原油管道在哈萨克斯坦境内跨越三个州，沿线经过一百多公里沙漠区、四百多公里无人区和四十多公里沼泽地，穿越十一条河流、三条铁路和十五条公路。哈萨克斯坦国内矿山林立，资源丰富，地大粮多，粮食出口世界第六。石油多。基本上很多人家都有汽车，汽油甚至比我们中国的自来水还便宜……

哈萨克斯坦宽阔粗犷的草原、高山、河流，给予了刘斌绵绵思绪和哲学启示，哈萨克斯坦人是剽悍的骏马、豪气的性格，是巴尔喀什湖、额尔齐斯河、卡拉套山、阿尔泰山、图兰平原，还有寒风和春风凝结的生命。

中哈基地让刘斌考虑的东西太多了，人的精力都是有限的，他迫不得已几乎是连轴转，没有白天黑夜，竭尽全力地去干，去适应，紧锣密鼓地筹建公司。

二〇一四年七月初，哈方来的副总经理萨吾特要到岗，他代表着国家和哈萨克斯坦国有铁路股份公司。

刘斌觉得肩头的担子沉甸甸，要想在中哈基地这一张白纸上描画出最新最美的图画，他的助手、主抓国外业务的萨吾特对他的支持和配合是太重要、太重要了。刘斌心中不由得想到，萨吾特是一个什么样的人呢？是否容易沟通、交流？对他这个直接上级领导、老总又会是什么样的态度呢？

连云港港口，繁星满天，万家灯火。

连云区明珠香榭尔国际酒店，刘斌与萨吾特第一次见面了。在外轮服务公司做过办公室主任的刘斌，在接待外宾上还算有经验，与自己将要搭档合作的外国人第一次见面印象很重要，他穿戴着笔挺的西装、领带，彬彬有礼地向萨吾特伸出热情欢迎的右手。个头不算高，却很壮实的萨吾特伸出手，象征性、礼仪式握住对方的手，打量着这个高大威猛的中国男子汉，觉得他俨如哈萨克斯坦一个壮汉子。萨吾特曾留学兰州大学学习中文，能说一口流利的汉语，他在哈萨克斯坦国内大学里学的专业是铁路工程，踏上社会做的也是铁路，做过哈萨克斯坦国有铁路股份公司外联局副局长、驻新疆代表处主任。聊了几句话，刘斌从萨吾特的眼神里闪出的淡淡光泽，感觉到他对自己这个“布衣”出身的总经理有些不以为然，没有放在眼中。刘斌显得大度，还是笑吟吟，热情满怀。萨吾特盯着刘斌问，你个子多高啊?

刘斌说，一米七八。

萨吾特说，看起来很高大，有一米八三。

刘斌说，你也许把我看成喜欢吃肉的哈国人了。

萨吾特对刘斌称呼哈萨克斯坦是哈国，默认地笑了，说，你像我们国家人。

刘斌打听到萨吾特能喝白酒，要给他倒白酒，萨吾特晃晃头，婉拒说，对不起，我一会还要工作，不喝白酒。

刘斌举起了红酒杯。

第一回见面刘斌的心里有点落寞。

在刘斌临时办公室里，刘斌与萨吾特第一次商谈工作，双方摸着个性、脾气、胸怀、底气、气魄、能力，看看谁的业务素质更棒、工作能力更强。这也是一次思想、观念的撞击。

萨吾特见多识广，思维敏捷，他用一种怀疑的眼神审视刘斌。他对眼前自己的“一把手”刘总已作了全面、细致的了解：刘斌，工作经历丰富，在港口一个专业技能学校学习过，做过一个叫新为多式联运公司的常务副总，平时喜好钓鱼；有人说他善于口头表达，滔滔不绝，有点像夏季的山洪，是个“大水”。 他对刘斌的家庭了解也是非常详细，父亲做过地质工作，母亲当过小学老师，岳父是中学老师，特别会教语文，在黑板上用粉笔书写的文字清秀漂亮，看了简直舍不得擦掉，妻子贤惠，做一手好菜，女儿读医科大学五年级……

萨吾特气质高雅，仪表堂堂，身上穿的西装熨得笔挺。 他像喜欢穿西装一样，钦敬有素养、有能力、业务水平超过自己的人。 视野是境界和高度。 他觉得刘斌学历、学识和视野不如自己，差得远了。

萨吾特思考事情、讲话前都要抽烟。 他烟瘾真大，抽的都是哈萨克斯坦版百乐门、万宝路、红万、黄皮金。 这时，他想抽烟了，可第一次与中方的老总坐在一起谈工作，随便抽烟，担心有失文明和礼貌。他东张西望，看屋里有没有烟灰缸，若有了，说明允许抽烟。 刘斌看出来了，萨总是个“烟瘾君子”，随手从桌子下面拿出一个烟灰缸，递到他面前说，抽吧，这里对你是不禁烟的。 刘斌又拿出一盒“苏烟”，满脸带笑说，我还保证供应香烟哪。

萨吾特用疑虑的眼神看了看刘斌，心想，他也抽烟吗?

刘斌看出他的心思，解惑说，我不抽烟的，这是喜烟，朋友孩子办婚宴给的礼物。

萨吾特拿过“苏烟”，放在鼻孔上闻了闻，又递回去，说，我抽自己的烟。

刘斌说，我们国家好烟也不抽啊。

萨吾特用生硬的中国话说，苏烟，我知道，人民币四十几元，徐州产的，你们中国人喜欢抽，我抽了没劲头，不如我们的烟好抽。

萨吾特抽烟成了一种享受。 他拿起一根哈萨克斯坦香烟，放在鼻孔上细闻着，点燃，迅速吸进一口，一缕乳白的烟翻滚着吐出来，翻卷着吸进鼻孔，接着，眼睛微微一眯，回味一下唇齿间留下的感觉。 一根抽完，烟丝从头烧到屁股。十分钟后，他又点了第二根烟。

刘斌闻着萨吾特吐出的一口接一口的浓烈烟气，呛得险些要咳嗽，但憋住了，怕萨吾特拘束，不好意思再抽烟。他闻惯了别人抽的中国香烟，第一次这样近距离地闻着外国烟味，不习惯，哈萨克斯坦卷烟虽然是纯正的混合味，但有一股刺鼻的味道，有如牛皮纸烧焦的味道一样，让他几次差点忍不住用手驱赶烟雾。

第一次组建公司商谈的工作是按董事会的要求，做中哈基地的今后计划。两人为了这个计划，都精心准备了大量的材料，各人有各人的眼界、思路，萨吾特是打哈萨克斯坦的牌，刘斌是打中国的牌，这种"你打你的、我打我的"思维，是一种策略，也是哲学。

刘斌白天跟集团的各个部门协调组建公司事情，晚上回家做方案，几乎做了三天三夜。他电脑打字太慢，在家里复习准备考研究生的女儿帮助打了三个晚上的字。有时，刘斌看到女儿熬了大半夜，太累，就让她睡觉，自己干。女儿心疼老爸，不愿离开，留下继续打字，刘斌几乎是发火"轰"走了她。他埋着头，吭哧吭哧地敲字，一直敲到天亮，才算把厚厚几十页纸的方案敲出来，女儿醒来，见父亲一夜没合眼，一直打字，抱怨不停。

下午，在刘斌办公室里，刘斌与萨吾特坐下来。萨吾特先说了自己的方案，他按董事会的要求做了一个大框架结构计划。刘斌做的方案具体细致，接地气。他参加工作后从班组做起，每个岗位都经历过，这次做的材料，从内部管理、人员架构，到业务经营，包括公司采取什么措施，所有的一切，和盘端出来。刘斌还把二〇一四年的财务预算都做出来了，所有细枝末梢一目了然，细的都细到财务预算和半年内的预支，全都放在董事会的材料里。

刘斌从萨吾特眼神和抽烟神态中看出他心里的惊讶。萨吾特没想到刘斌思路宽阔、活跃，联想的事情非常丰富、周密，有超前性、可操作性，心里不大不小“震”了一下。他心想，没有丰富的工作经历、胆识是做不出这个材料的，看样子刘总的能力比我强。他狠狠地吸入一口烟，让烟雾在口腔中停了一会，又张嘴吐出来，那股牛皮纸烧焦的味道嗅进鼻孔里，多少让他也尝到了苦涩的味道。

刘斌用心和萨吾特交流，他鼻孔里虽然嗅进苦涩的烟雾，笑容却始终没有离开脸上，说，你对我的方案有什么意见？

萨吾特心里动了动，暗想，这个一把手还挺和气、很谦恭的，性情既像细腻的丝绸，又像粗犷的沙石，我这次只是读了二〇一四年下半年的预算，要是看了全年的预算那肯定更厉害了。

刘斌爽快说，我想我们公司第一步，要围绕生产，围绕业务的拓展，下半年要做到空重进出场量不低于六万箱。

萨吾特有点怀疑，低声地问了一句，刘总，可能吗？

刘斌笑着说，可能，今年全年定十五万箱。

萨吾特又追问一句，一定？

刘斌还是笑着，点点头说，一定，我们要筹建铁路线，还要购置建造龙门吊，还有公司信息化管理平台的搭建，要建一个现代化的中哈基地，这样才能跟上世界先进港口的步伐。

萨吾特觉得刘斌的话有点太神乎其神，是“天方夜谭”“水中捞月”，他用疑虑的眼光望着刘斌说，刘总，能行吗？这些都一块做吗？

刘斌反问说，怎么不可能？你说说看法嘛。

萨吾特说，短时间内怎么可能？

刘斌耐心地解释着，用一步一步计划、一个一个细节，拨动萨吾特那不理解的心弦，告诉他，第一步需要做什么，每一步需要做什么。他说，近期规划，依托港口资源优势和海关、国检监管的政策支持，利用现有场地、设备、货源、政策等条件，高起点快速将中哈物流基地做成码头的后方堆场、查验基地和 B 型保税的前沿中转基地。中期规划，以中哈基地来搭建投融资平台，利用中哈基地品牌及其特殊政策，打包关联业务，合理利用外汇融通渠道，形成金融融资和金融物流的格局。远期规划，随着连云港中哈物流合作项目的大力推进，近期、中期目标的逐步实现，将积极打造和利用这一特殊平台，重新整合打包关联优秀企业，推进中哈公司上市，建立国际化上市公司，以适应中哈公司快速发展的需要。利用即将建成的铁路专用线开通国际和国内集装箱“五定”班列，充分发挥其功能，形成保税物流格局。

萨吾特被吸引了。

刘斌像把心掏出来交给萨吾特，诚恳地说，我是有数据支持的，不是空话。

萨吾特接连抽了几根烟，一口接着一口汹涌的烟雾窜入喉咙，滚进肺里。他头脑里的“筛子”不停地过滤着刘斌的话，越过滤越发现这个刘总的不一般，是个“秀外慧中”的人。他像看到了一片蓊蓊郁郁的森林，走进去，发现有鲜花，很美，很香。他想悄悄地走过去，紧紧地拥抱……

刘斌给萨吾特说到“推进中哈上市”时，萨吾特精神一振，眼睛放光，急切地说，刘总，可能吗？

刘斌望着他那热切的期待的目光，说，一定能。

刘斌没有一点隐瞒，把要采取的一些措施，通过一个一个细节，一五一十地说了出来，包括公司上市的条件和流程等方面。

萨吾特脸上的神情由多云转少云、由少云转晴天，变得喜悦了，直呼说，我学到了，要能实现就太好了。

萨吾特想起几个小时前还小瞧、不屑刘斌，心里惭愧了，脸上微微发烧。他思想转弯了。他代表的是哈萨克斯坦和哈方国有铁路公司的投资方，心里也急啊，巴望着中哈基地早日能运转起来，看到效益，对国内能有个满意的交代。现在，他和刘斌越过了阻隔的高山，走出了不信任的云雾，敞开心扉，说了一句真话，刘斌做的整个方案，比我强，想象的比我多，更丰富。

刘斌心中热腾腾的，感受到一种信任，对萨吾特如实地说，我组建过这种公司。

萨吾特仿佛才醒悟过来，点头说，是这样，真棒。

萨吾特给刘斌概括了一个美丽响亮的形象，刘总是个老捋。老捋就是做事周密、严谨，滴水不漏，细上加细。他神色严肃又兴致勃勃地说，我要把今天的计划向国家铁路公司高层汇报。

哈萨克斯坦高层非常关心连云港中哈国际物流基地。刘斌知道，萨吾特回国报告后，国家领导人都会听取中哈基地组建公司进展情况的。

最后，萨吾特情绪好极了，站起来，拥抱刘斌，握住他的两手，一字一句地说："我们日后在一起交流的时候，我可以叫你老刘吗？"

刘斌点点头，两眼闪耀出柔和的光芒，兴高采烈地说，当然可以，我们现在是伙伴、战友、同事嘛。

萨吾特有点动情地喊道，老刘，你是公司最可信赖的老总。

一声"老刘"，拉近了两人之间的距离。刘斌从萨吾特喊"老刘"这一个细节，想到这是他的一个内心的改变，之前对自己的不认同，现在已扭转、变化了，主动释放出了友情和善意。刘斌紧紧拥抱着萨吾特，吐出一句滚烫的肺腑之言，萨总，我需要你帮我，我们牢牢守在一条线上，你能和我一起去打造我们辉煌的梦想吗？

两颗心碰到一起了，眼神与眼神交织到一起了。萨吾特激情地说，我非常认同。

为自己国家说话

爱一个人，爱他的优点，也爱他的缺点。萨吾特和刘斌就是这样的人。

因为刘斌做总经理，萨吾特才感受到每天生活的新鲜和挑战性；刘斌也因萨吾特这个副总经理在身边不离左右，工作中处理大小事情才更细心、严谨、周密。

四台龙门吊进场了，中哈基地边建设，边发展，边经营。

一件事情，让刘斌发现了萨吾特的一个特点，喜欢工作，似乎累了才是工作。萨吾特的一个工作习惯和中方人很相似，工作理念也几乎是一样的，每周都有工作推进表，每月都有工作督查表，每项工作责任到人，融合到整个企业领导班子的大表上，形成大家一盘棋、一个团队的状态。每周一的工作会议，萨吾特都准时参加，谈他要做的事情。有一点，他与人不同，甚至让人想不明白，心里怎么想，嘴上就怎么说，手中也就怎么做，就是这么敞开、透明，简直像个玻璃人！一次，在会议上，他说了一些能想到的话，提出的话题是达尔汉、丹尼他们学习国际业务太慢了，不适应业务发展，能不能给他们请老师。

刘斌听了，轻松地舒口气，心里有说不出的愉悦感。他觉得萨吾特什么话都能说出来，表明在中哈公司心情舒畅，愿意放手干工作。刘斌当场肯定说，萨总提得好，我们可以请外面有经验的老同志带达尔汉、丹尼他们往前走。

萨吾特点头说，达尔汉他们做业务发展得要快了。

刘斌说，这事情人力资源部要马上落实下来。

几天后，一位中外运陆桥公司退休的老同志做了达尔汉他们的老师。

萨吾特一旦进入工作状态，忘了时间，不分昼夜，不达目的不歇手。刘斌还发现，在对待国家利益的事情上，萨吾特非常较真，很小的一件事就会当成一件大事，斤斤计较，有点“拿鸡毛当令箭”的味道。中哈股东双方对原有正常经营的港口集团凯远货场要整体并入合资公司，进行固定资产评估、盘点，量大、片广、线长，对几个足球场大的场地要改造，对几十台不同型号的机械设备进行验收，萨吾特是宁可弯腰一百次，低下头细心地一寸一寸地查看、验收，也不要一次站直腰、舒个身子、缓口气。验收场地时，气温三十多度，烤得地面烫脚。萨吾特戴着红色玻璃钢安全帽，一段一段、一寸一寸，细细勘察了解场地，进行核对、登记、编号。细细的汗珠缀在他额头上、眉毛上、鼻子尖上，几缕汗水从他安全帽下流出来，中国同事用毛巾要替他擦去，他挡住了，自己从裤兜里掏出手帕擦一把。

中国同事劝说，到阴凉处歇下吧?

萨吾特摆了摆晒红的胳膊，说，没什么。

中国同事递给他一瓶纯净水，喝上一小口，随后，把瓶子插在后面裤兜里，又低头勘察。

中国同事说，萨总，这样会中暑的!

他笑着解释道，没什么，这都是我应该做的，用你们的话说，为自家人做事，累点苦点不是应该的嘛。

在阳光下，萨吾特的身影投在地上，像一只鹰。刘斌想起哈萨克斯坦的国旗，旗底是浅蓝色，有点像海水的蔚蓝色，一侧有一个竖条，是哈萨克传统的金色花纹图案，中间是一轮金色的太阳，放射出三十二道光芒，下面有一只展翅飞翔的雄鹰。刘斌心想，萨吾特就是哈萨克斯坦的雄鹰，胸脯贴着祖国山川河流，脊背驮着国家的使命和厚望，穿云破雾，负重前行。爱国才会爱家、爱自己，才会真正懂得什么叫尊严和自信。

刘斌望着萨吾特这个“雄鹰”，心里只有敬重。

当查看机械设备时，萨吾特像变了一个人，换下西装，穿着和大家一样的蓝色工装，在一台一台、大大小小、不同型号的机械设备上，爬上爬下，东看西看，察看车况。

在一辆卡车前，萨吾特站住了，对刘斌说，这辆车有点旧了。

刘斌原来学的就是港口机械专业，做过机械修理工。他笑着说，不旧，我都看过了，是二〇一五年买的。

萨吾特说，不可能吧。

刘斌用手拍了拍车子说，最好的车子在码头上一颠簸，都会变成老旧车。

萨吾特想了想，觉得有道理，没再说话。他爬上车子，这里摆摆，那儿弄弄，接着，坐进驾驶室，发动车子。凑巧，车子几次没有发动起来。萨吾特头脑精明，望了望刘斌，说，你来试试？

刘斌知道他是故意将自己的军。有道是，不做亏心事，半夜打门心不惊。刘斌含着笑说了一声，好，我来试试。

他跳上车，发动车子，可几次没有发动起来。

萨吾特抓到证据了，盯住刘斌，丁是丁卯是卯地“磨牙”了，他揶揄地说，你都发动不起来，怎么说？

刘斌没事似的说，说什么？人还有伤风感冒时，车子难道能没有故障？正常事嘛。

萨吾特一脸怪笑，说，怎么会是正常事？你都发动不了，说明车子太旧，该退回去。

刘斌说，不能退回去，偶尔发生点小故障不算什么。

萨吾特说，这是旧车，不能作为我们合资的资产。

刘斌说，这不是旧车，没有到报废期，买车的单据摆在那里。

萨吾特不松口说，不能以买车单据为准，要看现在的车况。

刘斌说，萨总，你真犟，老虎也有打瞌睡的时候，最新的车子就没有趴窝的时候吗？

萨吾特说，你都发动不起来的车子，还不算趴窝？

刘斌说，谁说发动不起来，我不信。他头脑里快速地想着车子发生的故障在哪里。

萨吾特说，你要再试一次吗？试吧，再发动不了，看你怎么解释。

刘斌想起一个做工程的朋友刚买的卡车曾有过相似的故障，判断眼前的车子八九不离十就是这个毛病。他对萨吾特蛮有把握地说，我再发动一次车子，如果这一次发动不起来，听你的，退回去。

萨吾特凝神看着刘斌，生怕违约，不放心地说，一言为定，不能后悔啊。

刘斌眼中闪着笑，说，我什么时候说话骗过你？说话不算话那肯定不是刘斌。

萨吾特帮助刘斌拉开车门，推着他登上车子。刘斌用手在一个地方简单摆弄一下，一踩油门，旋即，发动机发出了亢奋有力的运转声响。刘斌坐在驾驶室里，听着发动机声响，像听美妙的音乐，脸上笑容荡漾，举手投足都带上了一种轻快的节奏。

萨吾特爬上车子，不可思议地说，这是巧合。

刘斌占着满满的理由，得意地说，这是你看着发动起来的，若不信，你来试试看？

萨吾特倾听着发动机清亮的声音，觉得好像在为刘斌祝贺。他嘴角渐渐展开笑意，点点头说，老刘，你是对的。

刘斌冲着他竖起大拇指，赞扬说，萨总，你做得对，实事求是！

最强大的人也是要有帮助的。

集团领导教会了刘斌怎样用爱心帮助、照顾萨吾特，要想有朋友，自己必须先够朋友，用一颗心呼唤另一颗心。集团领导心想，人都是有软处的，尤其是一个人远离着亲人，孤独会像绳子牵引着强大的信念倒下的。

二〇一四年九月，萨吾特来到连云港，刘斌给他租了一间房子，配了一辆别克轿车。

十月份，萨吾特爱人带着一个大孩子和一个刚刚出生不久的孩子要来连云港。他犯愁了，他们来了怎么住？连云港住房又大又没有暖气，漫长的冬天怎么过得去？萨吾特想向刘斌说出心中的愁苦，可看到刘斌整天扑在工作上，跑里跑外，几乎没有休息时间，又想到他在单位里每花一分钱都是精打细算，有时乘飞机去阿斯塔纳，都是选择最经济的路线，买打折机票，中间不休息，连续赶路……

知识分子的自尊心使萨吾特没有找刘斌，把心事憋在了肚里。

爱是简单的，就是懂得理解和心疼。萨吾特的心事，刘斌全部看在眼中，悄悄地操着心。他要让萨吾特安心工作，留住他的心，留住他的爱人和孩子。他在连云区走街串巷，四处打听，给萨吾特寻租带暖气的房子。俄罗斯人住的核电专家村高档小区被看上了，紧邻海边，绿化好，安保严格，交通方便，有运动馆，看中的公寓三室一厅，每年十二月到下一年的三月送暖气，三个房间能照进阳光，飘窗前是绿色的草坪和小树林，很有诗意的栖息地。不问月租费多少，刘斌大手一把捂下来，租了。萨吾特知道这个喜讯，心里一下敞亮了，眼睛里有了神采，脸上闪着动人的微笑，对刘斌说，怎么事前一点不知道啊？

刘斌轻松地说，房子没有租下来，哪敢声张？你喜欢言而无信的人吗？

萨吾特舒畅地笑着说，你是重情重义人，这房子太合我心意了。

刘斌说，你有什么想法说出来，我们给你装修。

萨吾特说，温馨、干净就行。

萨吾特一家四口人，住进公寓，宽敞、干净而舒适。窗外海浪无声，屋内时光静好，他们像在哈萨克斯坦一样，生活得惬意、舒畅。

二〇一五年中国春节，萨吾特全家没有回国，留在了连云港，要和中国人一起欢度中国最热闹的节日。他们喜欢上连云港人，对中国的春节充满着好奇，想看一看大年三十晚的绚烂烟花，尝一尝大年初一的水饺、汤圆……

大年三十下午，集团领导打电话给刘斌说，萨吾特一家人在连云港过年，你要代表我去拜年，初一带他们吃水饺……

刘斌说，领导，放心吧，我会让萨吾特一家人像在哈萨克斯坦过节一样高兴。

大年初一的早上，刘斌与副总经理、几个中层管理人员带上鲜花，来到萨吾特家里拜年，刘斌照着中国民间风俗，用红纸包着压岁钱，送给萨吾特的两个孩子。萨吾特全家被欢乐包围了，萨吾特喜悦地说，你们的春节很有民族特色，有人情味，热闹，我们喜欢、开心。

刘斌说，我们这是祖上传下来的，有几千年了。

萨吾特说，中国历史文化厉害。

刘斌用心、用情交朋友，把萨吾特的家事想得很细很细，他看到萨吾特的大儿子过年后还没到上学年龄，托了几个朋友，找了一家最好的幼儿园，让他进去，萨吾特的大儿子乐得高声地笑着、叫着、拍着手。

萨吾特和刘斌是好朋友、好同事，但在工作上也有“变脸”“掐仗”的时候，刘斌冲萨吾特高声大嗓地说话，萨吾特也一点不示弱，激动地站起来，提高嗓门大声喊，比个高低。他们不是在计较个人的得失，而是为自己的国家利益说话，利益是国与国之间最敏感的问题！

两个国家，国情不同，观念、习惯、文化都有差异，迈出的步伐怎么可能一致？有时走路都会有前有后、有左有右的。

有时，在饭桌上，总裁朱向阳给萨吾特和刘斌拉“架”，他善于讲道理，普通的一句话，像点亮的火柴棒，能照亮黑暗。他举起酒杯，望了望萨吾特和刘斌说，业务事情等会再谈，我们先把眼前要干的事干了。现在是喝酒，你们要配合才能好好喝两杯，那平时干活不也是要好好配合嘛。两个人有争执不算坏事，相反，还是好事，是调味剂，如果没有争执，没有新的想法，可能就没有更好的发展。我认为，两个人争执不是问题，不碍事。

争执，两种思想的交锋，两种观念的碰撞。没有争执的一双矛盾，没有思想的火花；没有旧的观念死去，新的观念就不会活过来。

聪明人才能代表一个国家来做事。聪明人有大智慧。萨吾特和刘斌都是聪明人。

他俩争执了，喊过了，又亲热地搂抱在一起，不离不弃，帮助对方！他们相互理解、包容、安慰，接受对方，适应对方。他们相互搀扶，互诉心事，在你困顿的时候，为你提出中肯的建言；在你得意的时候，提醒你不要离开大地而飘飘然；在你受挫的时候会给一股心气、一个信心，让你勇敢地站起来；在你需要人陪伴讲话时，他会出现在你身边。

萨吾特和刘斌这一对朋友，在利益分配上做到了公平！

飘荡的困惑

经验与智慧的光芒需要时间才能被看见、认可。这话，说起来好听、简单容易，可要做到非要“咸水里醃三次，碱水里泡三次”。

围绕着观念，刘斌和萨吾特磨过一番不大不小的嘴皮子，经历过一番不大不小的心灵上的折磨。

观念是什么？观，拆开来是又、见；念，拆开来是今、心。观念＝又见今心，告诉我们是又看见了今天的心态！

刘斌刚给萨吾特讲国际多式联运时，萨吾特连连说，我早就搞过了。

刘斌问，你说，怎么搞的？

萨吾特点上一根烟，轻松说，跨境运输嘛，把箱子从我们国家运到你们中国境内，不是吗？

刘斌嗅着萨吾特嘴里散发的烟草味道说，萨总，你说的不是国际多式联运，那是集装箱运输。

萨吾特吐口烟，不信地说，老刘，你不要蒙我了，你说，什么是国际多式联运？

刘斌笑了，心里想道，萨吾特虽然来到大海边，但头脑里装的还是内陆高原观念，没有大海这个概念，他根本没有看到大海的辽阔，没有看到大海连接着地球上四大洋、五大洲，通向世界各个国家，通向世界地图上几乎搜索不到的小国家。萨吾特心中的国际多式联运，是把集装箱从一个国家运送到另一个国家，这是一种局限、狭隘、自我封闭，是已经过了时的运输方式。

刘斌要打破这种思维瓶颈，让萨吾特看到大海的“大”，看到大海辽阔无限的气象，洞开思路，拓宽经营渠道。

刘斌也想到了，改变一个人的观念不容易，何况改变的是一个外国人、一个从内陆高原刚到大海边的人。 他想，长江、黄河都是经过九曲十八弯，曲曲折折，千迂百回，才玩命般折腾到大海，现在要把萨吾特的思想观念从内陆高原带到大海边，硬生生扭转过来，不是简单用一根烟的工夫就能改变的，这需要用时间、经历、困难来打磨才行。 刘斌还想，我凭空说话，要动员、说服他，改变他的思想、观念，他肯定不会接受，可以断言，一定会冲撞起来，影响刚刚建立起来的感情和互信关系，耽误后面的长期合作。

在办公室里，刘斌盯着萨吾特看了看，离开办公桌，两手抱在胸前走了走，心里暗暗下定决心，要向他敞开胸怀，心碰心说话，不解决思想和观念问题，今后没法子合作共事，更不要说做好一个企业。 刘斌暗自赞赏自己的想法，解决萨吾特思想和观念问题，是早晚事情，不能怕冒烟生火，怕说真话、实话，长痛不如短痛……

刘斌望着萨吾特，像凝视着哈萨克斯坦西部严寒中飘扬的雪花，又像望着东部开满郁金香的草原，思量着怎样开口说话，能使他听了顺耳又开化脑筋。 他从国际多式联运怎么开始打开话匣子，萨吾特一边抽烟，一边听，眼睛盯着他嘴唇，好像生怕漏听一句话，显出浓厚的兴趣。

刘斌微笑说，国际多式联运不同于集装箱运输，是按照国际多式联运合同，以最少两种不同的运输方式，把货物从一个国家运到另一个国家的交付地点。 这种联运方式适用于水路、公路、铁路和航空。 在国际贸易中，由于大多数的货物是通过海运完成的，海运在国际多式联运中占据比例最大。

萨吾特不说话，两眼盯着刘斌的嘴巴，那股专注的神色，像要扒开刘斌的喉咙，想要看到下面藏有多少宝贝。他不停地吸烟、吐烟，弥漫的烟雾看起来像是他困惑的思想在飘荡……

刘斌边说边用心倾听萨吾特的思想脚步从高原一步一步走向大海的声响，感受他神情的微妙变化。他说，国际多式联运是一种比区段运输高级的运输组织形式，二十世纪六十年代末美国首先试办多式联运，受到货主的欢迎。随后，国际多式联运在北美、欧洲和远东地区开始采用。二十世纪八十年代，国际多式联运逐步在发展中国家实行。当前，国际多式联运已成为一种新型的重要的国际集装箱运输方式。

听到这里，萨吾特像从厚厚的云层中走出来，看到了江河奔流的大地，看到了汹涌澎湃的大海。他哑然一笑，有点激动，有点愧意。一个曾经的国有铁路股份公司外联局副局长，怎能不晓得国际多式联运？很早就听说了，只以为把东西从阿拉木图运往中国连云港就是国际多式联运，哪知，错了，错大了，那已经是老黄历了！萨吾特第一次这样头脑异常清醒，思想深刻起来：靠着大海的人，远比内陆高原的人有眼界，眼前的刘斌就是比他有眼界，见识得多。他生活在内陆，心里只能装着一马平川的高原。他内心思想感情的潮水上涨了，从高原上尽情挥舞的羊鞭中，穿过洁白的云朵，看到了浩浩荡荡的大海；猛然醒悟，我站在海边看到的只是海的一角，对大海只是一点印象，还未真正领略过大海。我眼界短窄了，浅显了，狭隘了。萨吾特内心从沉寂到喘息、呼喊，对刘斌说，老刘啊，你知道得这么多，我把国际多式联运搞错了，全搞错了。

刘斌看着萨吾特这高原的“雪山”在一点点、一滴滴地融化，清澈的流水已淙淙流入大海。他流露着喜色说，萨总，知道就好了，眼里的世界一下变大了，我们下面要联手做点大事。

萨吾特挥挥手，刚吐出的烟雾被驱赶得四处飘荡，他从烟雾中露出一双兴趣的目光，探询地说，你说说，国际多式联运有多少好处。

刘斌说，国际多式联运是今后国际运输发展的方向，这是因为有许多优越性，例如，责任统一，手续简便；节省费用，降低运输成本；减少中间环节，时间缩短，运输质量提高；运输组织水平提高，运输更加合理化；实现门对门运输。还有，方便加强政府对货物运输链的监督与管理。

聪明人一点就灵通。萨吾特思想开窍了，心里明白了，货物不是从阿拉木图拉到中国就是国际大联运，这只能说是小联运、小天地，大联运那是一种大循环、大天地、大地球村。视野决定境界，萨吾特如同攀登上高山之巅，看到了遥远的地平线，看到了涌起的滚滚波涛，听到了震撼心魄的大潮声。一个新世界出现在眼前，让他浑身为之一振，似乎有大量的能量在身上奔突、腾跃，要喷发出来。他望着刘斌，兴致勃勃说，你说，我们下一步怎么搞?

刘斌的思想感情像大诗人李白笔下那一泻千里、奔流不息的黄河之水，他摊开思路说，我想的还是要让哈萨克斯坦铁路快运公司的集装箱下海，可以在中国沿海或日韩、东南亚等地装上货，然后再回来，再回到哈萨克斯坦，形成一个海上的、更大的国际大联运。

一个远大光明的前景大手笔地铺展在萨吾特面前，这比他心中的设想还要宽广、神奇，萨吾特顿时像驾起了筋斗云似的畅快，说，老刘，你真了不起!

图好画，事难做。

刘斌准备从哈萨克斯坦的 KTS 箱子做起，让它们“下海”。哈萨克斯坦的箱子也是国际标准规格，只是装货的限重不一样。中国通常叫大箱子，哈萨克斯坦叫小箱子(哈萨克斯坦也有 30480 箱，但目前仍使用有 24000 的箱子)，中国的 24000 的箱子已经不让使用了。

刘斌找萨吾特长聊，想扭转、打通他调度运转箱子“想不通”的死脑筋，做到古诗中说的“随风潜入夜，润物细无声”。他说，把外面小货场的箱子都收进来，让它们尽快转起来，堆在那儿都是烧钱啊。我们要把箱子转动起来，从两年三年才能中转循环使用一次，要逐步变成一年中转循环使用两次或三次，这样才能降低物流成本，提高运营效益。

萨吾特疑虑说，能这样转动吗?

刘斌说，在我们国家内调动箱子不碍事，能够控制的。中国有句话，树挪死，人挪活。把箱子租给别人用，要赚多少钱啊。

萨吾特新的观念像一条小鱼不断生长、长大，最后放入大海。他对刘斌的想法点头接受了。

想不到，哈萨克斯坦铁路快运公司不愿意这样干，他们口气很大地掷出一句话，在中国国内调动箱子可以，但一定要一个箱子给三百美金的使用租金，而且每天要有使用费。

刘斌听了，情绪有点激动说，这不是把客户直接拒绝在门外吗?哪能这样做生意！不行，要薄利多销。

萨吾特觉得刘斌的话有道理，说，老刘，你具体说说。

刘斌说，这个账还不好算吗？两年转一次，一次赚三百，一年转三次，一次赚一百，一年就赚三百，两年就赚六百。

像航船雾海中望见灯塔，萨吾特心里的兴奋劲真不知该怎么形容了！他春风满面地说，是这样的啊，他们怎么想不到呢？我给他们说去。

KTS总部依然不同意。

刘斌有点焦急、懊恼，心想，这样的好事他们怎么会想不通呢？我想方设法要给他们赚大钱，他们却不要，拽我的后腿不让走，让我怎么办？

萨吾特看在眼中，也急，给KTS总部不断发邮件、打电话，还是没有说通总部。他沉不住气了，自告奋勇站出来说，我回去一趟，做做工作。

刘斌握住萨吾特的手说，我和你一块赶到阿斯塔纳，争取支持。

路是走出来的，信任是真诚换回来的。

KTS公司终于松口同意中哈基地的KTS箱子“下海”了。存放在周边小货场的箱子都收进了中哈基地，看着近两千多个KTS箱子，刘斌兴奋地想，这下可以放开身手，大干一番了！

按下葫芦起了瓢。

刘斌正要把箱子通过海运调到厦门等地，萨吾特又突然犯了脾气，不干了！

萨吾特心里不安，怕箱子“下海”有去无回。一个新箱子两万多，旧的也有六七千，万一回不来谁能担责任！

刘斌哭笑不得，做了那么多的工作，几千里的路都跑过来了，到了最后，扯不开的结还是自己内部的萨吾特。他和萨吾特交心说，你怎么想的？箱子怎么可能弄丢呢？

萨吾特说，世界这样大，茫茫人海，百十个箱子抛出去，不是等于丢进大海里吗？

刘斌摆着手，又好笑又好气地说，萨总，你是聪明一世、糊涂一时，怎么会有这样想法呢？是你傻，还是我傻？其实，我们都不傻嘛，用箱客户会根据这个单子交保证金的，箱子怎么能丢掉？

一句话，像一抹阳光照进萨吾特心里，他眼睛闪光，恍然大悟，不好意思地笑道，噢，对呀，我怎么没有想到，还有这个作保证呀。

萨吾特又说，你考虑事情太周密了，不是有人形容的那样，说话像发“大水”。

刘斌逗笑说，你知道什么是发大水?

萨吾特笑的时候睁大眼睛，显得非常认真，说，“大水”，是口才好。在连云港，“大水”有两点意思嘛，一是不羞涩、不怯场，会说受听话，表达自己心意；再是说大话、夸大其词、吹牛皮不负责任。老刘，你是说到做到的……

萨吾特心情晴朗，浑身轻松，主动请缨，亲自带队去广州和厦门，推介 KTS 箱子给那边的客户。他对着面前的客户热情地说，看，你可以用我们的箱子，直接使用，我们会调过来，你们可以装上货，通过连云港再发去中亚。

KTS 箱子“下了海”，“跑”起来了。刘斌盯着市场，把箱子价格一点点降下来，渐渐形成自己的销售渠道……他把箱子调到厦门，以及日本、韩国，在中国的沿海装上货，在连云港通过国际班列再回到哈萨克斯坦和中亚，通过调到日本和韩国，将日韩的货装上箱子，回到连云港装火车，再通过设计的路线，再次回到中亚，形成了国际大循环。

二〇一四年，中哈基地第一年做了 6.5 万箱。

中哈基地在广州举办哈国铁 KTS 箱推介会，有一位客户风趣地问萨吾特，萨总，您觉得在中国生活，哪里最好?

萨吾特眉眼皱到一起想了想，由衷地说，让我说实话吗?

客户神情认真地说，当然说实话了。

萨吾特微微一笑说，我感觉在中国范围内，最喜欢连云港。

客户说，你说的是真心话?

萨吾特眼中闪着认真神情，说，是真心话，哈萨克斯坦人不说假话的，连云港就是我的第二故乡，因为我喜欢那里的人，喜欢那里的花果山，就是古书《西游记》中孙悟空的老家，还有那里有我们中哈基地。

有客户问，你常年在中国，想家吗？

萨吾特说，你说的是哪个家？

客户说，你的家啊。

萨吾特说，我的家在中国呀，还用想吗？

一番话，道出了萨吾特的心声，说出了中国对他的“改变”，从内陆高原走向大海蔚蓝色的壮阔。

第二章　最心疼的

一个意外的消息重重地打击了刘斌！

冬天，一个充满暖意的日子里，七十多岁的母亲去东海县牛山镇妹妹家里走亲戚，散散心，在候车厅被一个小青年无意中撞倒，后脑勺碰地流了很多血，昏迷不醒。

弟弟刘宏给刘斌打电话，催他快回来，说母亲住进了市第一人民医院观察室。刘斌出差西宁，忙着一些紧要事情，正是火燎眉毛的时刻，脱不开身。他急得吃不下饭，一次，坐在椅子上失神跌倒了。他是心乱如麻，人在会场，心已飞到了千里之外的连云港。母亲最需要人的时候，他却不能守候在身边。他眼前总是晃荡着母亲佝偻的身影，恍惚中，见到母亲躺在医院的病床上，盖着白被子，脸色苍白，两眼眯着，零乱、灰白的头发上凝结着斑斑的血块，不出声地睡着……

刘斌只差眼泪涌出来。此时，也许只有眼泪能安慰苦难的心。在这个人世上，他觉得对不起母亲，对不起父亲，没有尽到一个做儿子，尤其是大儿子的责任、义务。父亲刚刚去世，只剩下老母亲，多少次、多少次，他在心底发誓，要把对父亲未尽的孝心全部用在母亲身上，好好地伺候老人家，以追补感情上对父亲留下的亏欠……可他，又食言、“撒谎”了，不能守护母亲，为她老人家操一丁点儿心……

良心的自责像寒冷的西北风钻入他的骨髓，闹得心神不定，在会议室里，他常会发愣，头脑似乎裂成了两瓣，一半心思用在商谈的问题上，一半心思跑到了母亲身上。他没有对领导、对同事说出母亲突然意外受了重伤住院，昏迷不醒，而是悄悄地躲到没人的地方，给爱人王曦红、小弟刘宏一遍遍地打电话，询问母亲的伤势如何、每时每刻的变化、采取了什么措施、挂的什么药水、医生是怎么说的、最坏的结果是什么，反复交代他们母亲身边一刻不能离人，让他们替代自己尽心、尽力、尽责任，告诉他们，母亲一旦从昏迷中醒来，立刻打电话给他，让他安心。他安抚他们说，西宁的事情一旦办好，马上往家赶。

爱母亲是一辈子的事情，疼母亲也是一辈子的事情。

刘斌在远方有一种既忧伤又美丽、深情的声音，那是对父亲、母亲的呼唤。

牵挂、担心着母亲安危时，刘斌心里就沉重、愧疚地想起父亲。他这辈子忘不了二〇一二年十月二十五日上午十点钟，刘宏打电话痛哭流涕地告诉他，说父亲走了。当时，他正在单位开会汇报集装箱发运业务，听到了噩耗，万箭穿心裂肺，喉咙像被什么东西堵塞住，讲不出话来，气也难喘了，心脏几乎停止了跳动，眼前阳光明媚的天空暗黑一团，觉得天空和楼房旋转着，迅速坍塌下来。他朝医院赶去，神情恍惚得没法开车，单位同事帮着开车送他去医院。他坐在车上，痛苦地用手捂住早已被泪水淹没的眼睛，想着前一天晚上陪着病重的父亲说话的情景，想着前一天深夜离开病房前，他端水给父亲漱口、洗脸、吃药，问他现在感觉心里憋不憋、闷不闷；买来父亲念叨的宝塔咸菜、凉粉和烤饼，看着父亲一口一口吃完。他叮咛护士说，父亲今晚疼痛厉害，明天医生查房时，是不是要留心检查、换药。临出门，他依依不舍，笑着告诉父亲，下午一下班就来医院陪他。父亲朝他轻轻地挥挥手，轻声说：我不用你操多少心，你忙你的，不要分心，好好地工作，下班过来就行。他朝父亲又看了看，生怕会突然失去他似的，问，晚上想吃什么？告诉我，给你买来。父亲说，葱花烤饼、小麦粥、宝塔咸菜。现在，父亲真的撒手走了，他简直不相信这是真的，父亲昨天还是好好的，有说有笑，吃了好多东西，晚上还等着吃葱花烤饼，怎么可能说走就走，没了？刘斌觉得自己还有很多话未对父亲说出来，父亲也还有很多的话未对自己说，还有很多的事未对自己交代。他后悔，早上为什么要离开父亲？为什么不请假护理着父亲？为什么没有和父亲多说上几句话？为什么没有看出父亲的病突然加重，猝然而去……

亲人啊，亲人，人总觉得生命时间够长，和死亡还离着远远的路，想把最美好的话留到明天来唠叨，把最美好的感情留到明天来流淌。悲呼哀哉，生命脆弱，如掐灯芯，一戳即灭，亲人即使再心疼、再心碎，呼声再悲切，都晚了，太晚了，没法挽救了，亡人已逝，一切如风远去，什么也不在了，听不见、看不到……

生命里有一连串的选择，但父亲不能选择。

父亲只有一个。父亲走了，再也没有父亲了，儿子失去了生命的大山，失去了遮风挡雨的大树，失去了乘坐的四平八稳的大船，失去了可以倾诉烦恼、委屈、忧愁、痛苦、喜悦的宽阔的沃野，失去了最能理解、体谅、包容、疼爱儿子的世界上最亲的人！

刘斌心里疼痛地想，父亲为我和弟弟尽到了责任。他想起了父亲丰富的学识。他耳边响起了父亲的说话声，在人生阅历方面你还差远了，肯定不如我，至少在几十年内不如我，我要把我知道的东西传教给你，影响你，这是我的责任与义务。刘斌懊悔，心里满是自责，有时听父亲说了几句不顺耳的话，那样不服气、顶嘴……

刘斌心里悔恨的浪涛排山倒海、澎湃汹涌。

他担心、害怕起母亲突然间也会有个什么不测的好歹。

小时候，刘斌和弟弟更多的时间是跟当小学教师的母亲在一起生活。父亲在外地工作，在家里是老大的刘斌有一种担起家庭重担的责任感，上小学三年级，觉得自己是个小男子汉，开始挑水。父亲回来家里，搂住刘斌说，我没怎么照顾过你们母子，会不会怨爸爸？刘斌说，不怨，只是想爸爸，想你来家。

刘斌记得，父亲每次回来，都会带着很多好吃东西。

父亲调回来以后，刘斌才感觉到一家人在一起生活的温馨。

有什么样的父亲，就会有什么样的儿子。

儿子长得最大，在父亲眼中永远只是个小孩。

父亲总是担心刘斌人生经历有限，不知道人性的弱点和人生的完美能够达到一个怎样的境界，不想让他走更多的弯路，跌跌撞撞，甚至磕倒，常常絮絮叨叨地给他提要求、设标准。听着父亲的话，刘斌走人生的路。一九八三年九月，刘斌十七岁，拎着一个小黑皮包，来到当时的连云港港务局办的港口技术学校。那天，父亲非要送他去上学，说要看看港校是什么样子。父亲跟刘斌说，我就是学机械学了一辈子，希望你也能好好学，做任何事都要脚踏实地，而且要自己动手，从最基本的做起，看一百遍不如自己动手做一遍，你要钻研，喜欢上搞机械，才能干好机械。刘斌稀里糊涂学了这个专业，直到实习被分到修理班，跟着师傅干活时，才感受到父亲说话的分量。实习时，人家不想让实习生动手，只是让拎拎工具箱，递递扳手。刘斌遇上了好师傅，拎了一套工具给刘斌，说可以自己干。实习结束了，刘斌分到了门机队，他不愿意去，找熟人疏通关系才分到机修队来。按照一般规矩，新徒工一般一年之内拿不到工具，刘斌通过三个月的实习，已拎上了工具，独立地动手做一点事情。干活是多劳多得，计件工资，薪水虽不多，但刘斌勤学苦练，不懂就问，学到了东西，那种快乐是别人享受不到的。他做上了团支部书记，带着一伙青年人干，中午和下午别人下了班，这成了他们学习、练习的好机会。刘斌是用父亲教会的技术去干活，也是愿意用这种技术去反复练习。

父亲让刘斌做一个本分平凡、有技术的人，但他更想要儿子做一个有境界的人。

刘斌最佩服父亲的是，对发动机非常精通，有时路上过去的车子有问题，他听声音就能听出来毛病在哪儿。可惜，刘斌后来的人生轨迹没有按照父亲设计的走，走了一条自己选择的路，在港口走过不少单位，近十个，到一公司团委做政工，调到三公司做团委副书记、书记，再到四公司做办公室主任、客运站站长，外轮服务公司做工会主席和办公室主任，集装箱公司做货场部经理兼发展部经理，在物流公司亲手筹建了一个规模较大的物流园区，从此，和铁路结下了不解之缘。

父亲感觉儿子一路上走来进步很大，不错，达到了他预期设立的人格理想。父亲说，总是想着让你干一辈子修理工，也是很好的，没想到搞了政工，又搞经营，当了领导，很好。刘斌搞经营当公司领导后，父亲总是会问，单位怎么样，经营怎么样。当听到儿子经营的业绩有所提升时，他会拿出酒来和刘斌喝上几小盅，庆祝一下，把自己的人生感悟传授给儿子，他郑重说，走上领导岗位，要注意廉洁，注意形象，干事情要脚踏实地，越往上走一步，越要把根扎稳，脚不要离地。父亲就是用这种最土的方式来表达对儿子的欣赏。

父亲是灯，照亮儿子脚下的路。

一个叫江苏新为物流公司的企业是刘斌获得真正独立锻炼的地方。二〇〇三年五月连云港中云物流园区的筹建，采取了先筹建再招商引进合作的方式，重点是铁路专用线，这是他和铁路打交道最频繁的三年。

这个公司发展非常好，一百多个人，四个货场，每个一到两万平方米，每年十万箱货运量，在全国排前三名，辐射到青海、广东、上海。后来变成了两个公司，一个是江苏新为，一个是远港物流。那时候，他筹建江苏新为多式联运，都是代表集团去谈判。非常有意思的是，项目完成时间是二〇〇六年二月十四日，是情人节这天签的协议。到了四月，万木葱茏，草长莺飞时，他到江苏新为当了常务老总。他心里隐约有种真好的感觉，春天，是个好起点，执着走下去，前景一定不错！

顺风顺水、得意的时候，母亲不失时机地再三对儿子说，钱要分得清是自己的，还是公家的，多一分家里发不了财，少一分家里受不了穷，外边钱再多，我们不要，这要有个底线。

父亲见得多了，看到有的干部事业发达时，大脑发涨，身子发飘，不知自己姓什么叫什么，是从哪里来，往哪里去，把国家的钱当作自己的钱，明目张胆地装进衣兜里，最后下了大狱。

刘斌每次回家，父亲给他倒上一杯酒，问，知不知道底线？刘斌笑着说，老爷子，放心吧，我全知道，不该拿的钱一分不要，儿子不会做丢你脸的事。

父亲关心得又多又细，还敲打着说，还有一条喝酒不能开车，这是父亲对你提的要求，听着，你现在不是一个人，单位需要你，家庭需要你，要有责任感。

在江苏新为，刘斌只有四十岁左右，在管理和经营上有了一个质的飞跃。

他抓住机遇，似乎抓住了未来的幸福，浑身的畅快和舒服的感觉充盈得无以言表。

当时管理和经营只能叫从事，现在叫精细化的管理和业务市场的拓展。刘斌从原来的国有经营管理变到新的自由贸易运作方式，一种从未遇到过的劲风迎面扑来，民营和外资单位迅疾果断的决策能力和这块土地上充满的勃勃活力，震动了他。刘斌感觉到每天都有新的观念、思维在剧烈地旋转、撞击、裂变、闪亮，他必须紧紧跟着企业，抓着市场奔跑，稍慢一点就会被甩下来。

二〇〇六年，在青海大通县建平安场站“无水港”，一种有“港”无海的“港口”，刘斌作为总部领导常去无水港，一个月最多去三趟，看现场、听汇报、出主意、做决策。刘斌投入到建无水港中，忍着劳累，流着汗水，不断地去挑战自己、战胜自己！他曾有过一次九死一生的经历。为了快速地建好这个场站，他把所有的工期都按时间节点排得满满的，在现场紧盯每一项工程，供水供电、场地建设、垃圾处理、建设办公楼等等，都需要他去处处紧盯。刘斌把建设铁路边的路抓得紧紧的，只要通了，就能走火车，无水港就可以装卸、运转、产生效益。场站建设一天一个样，鼓舞人心。

农历八月十四日，第二天就是中秋节，在修建淤沟的工程中，刘斌紧紧盯着工人干的每一个细节，如果处理不好混凝土就会塌方。晚上十点钟左右，刘斌在场地上待了一整天，很累了，回到空间狭小的房间里，冲了个澡，把手机放在外面充电，就睡下了。半夜三更，忽然，他发烧了，整个人被烧得迷迷糊糊，接近四十度。他开亮灯，支撑着身体在床上找手机，想呼喊人来，找来找去，都没找到手机。他又找水喝，昏头昏脑，什么水也没找到。他从床上爬下来，两腿发软，没有力气站立。他几乎是爬着到了门外，敲响隔壁房间同事的门。他们醒了，大吃一惊，抬上他朝医院跑。到了最近的一家小医院，见他烧得厉害，不敢接诊，连忙让去别的医院。赶到县城医院，测量才知道接近四十度，医生也吓坏了，立即抓紧挂水。医生交代说，病人很危险，如果条件可以的话，赶紧走，不要在这个地方耽误了。在青海，只要高原发烧就会引起肺气肿，直接危及生命。刘斌挂了四瓶吊针输液后，同事给他买上机票，安排人陪着，坐飞机到了连云港。

无水港建设了三十二天，当中还有二十五天混凝土凝固期，火车就开进来装卸箱子了，这个速度难以想象，是别人几乎做不了的。刘斌回到家中，父亲细细询问儿子，怎样带着一群人依靠自己的艰苦奋斗和强大的内心建设出一个无水港，细细品味后，心中甚是佩服。他递给刘斌一杯酒说，奖励你的，你比父亲能干，能像父亲一样吃苦了。古人说过，不吃苦中苦，哪有福中福!

父亲眼中没有困难，不管生活带给他什么，看到的都是好阳光、好风景。刘斌听了，内心满满的感动。

刘斌和西部人打交道也有苦恼，当时新开发一个业务氯化镁，他接到青海分公司领导请示电话，让氯化镁进连云港港口，想要抓紧准备装运集装箱。刘斌说，可以，这样办啊。按照常规铁路的价格每装一个箱子是一百八十元，刘斌给他们装一个箱子一百五十元。分公司领导又问，把铁路收的费用都给他们吗？刘斌说，可以这样做。分公司领导接着提出不开票，刘斌应允了，交代说，条件都给你们满足了，活要干得漂亮啊。没隔两天，分公司领导打来电话说，工人还没开工，他们要现金啊。刘斌急了，说，那还说什么，快点准备现金啊。分公司准备了一箱子现金，借的备用金，税收由分公司贴补。刘斌心想，这下青海人可以干活了吧？可转头间，分公司领导又来电话，烦心地说，他在现场安排工作的时候，四个工人半天干一个箱子，要两个人干一天，没想到工人干一上午，封箱伸手要钱，下午喝酒还不干活。刘斌听了直摇头，发现每个地区的生活习惯不一样，要学会适应、交流。后来，刘斌更能理解哈萨克斯坦人不同的工作习惯、不同的思想观念，明白要在沟通中达到理解、融合。

困难是对手，被刘斌接二连三打倒了。青海当地铝厂发往连云港的铝锭都是用厂里火车高边车发的，敞着顶，铝锭装上火车以后用篷布盖起来，每节车厢有一名保安押运，青海冬天特别冷，零下二十、三十度，每年都要冻死、饿死不少押运人。刘斌他们无水港装龙门吊时，他本来是报备给铁路的，结果铁路人到现场一看，说不规范，不容分辩，给封了。刘斌和铁路人打过交道，这方面的弯弯绕岂能不清楚？他们是故意刁难嘛。刘斌知道怎么疏通，他在中云物流做铁路线的时候，有着丰富的经验，拿着螃蟹海鲜对虾好酒，与青海人坐下来，杯盏来往中，解决了。刘斌碰到的最大问题是青海人对集装箱文化没有概念。他们不明白货物为什么要装在大箱子里，直接装上火车拉走多省心省力，何必扒拉裤子放屁——多此一举。他们还不了解集装箱这么大家伙可以用什么吊走，刘斌两手比画着，费力地给他们讲解，他们还是眨巴着眼睛，一头雾水。刘斌拿出正面吊的模型给他们看，他们才算眼前一亮，真正感受到“大吊车真厉害，轻轻的钢铁一抓就起来”。

当代新的集装箱运作方式，不需要保安押车，减少了风险，也更快、更活了。

父亲深知刘斌在青海无水港吃的苦太多，他惦念儿子，放心不下儿子，在梦中竟出现了儿子和无水港。他想到青海来看看，在电话中说，刘斌，我熟悉青海，到过西宁、青海湖。

刘斌说，我在大通县。

父亲说，我去过、去过，人民政府在桥头镇，一九八五年撤销大通，一九八六年改成大通回族土族自治县，是个好地方，在祁连山南边，离西宁市三十几公里路，矿藏很多，有煤、石英石、方解石、黏土，地里长着春小麦，鹞子沟长云杉、白桦、山杨、松树。

刘斌夸赞说，你真厉害，比我还熟悉大通啊。

父亲说，不知你们无水港在大通县什么地方，还真想去看看。

刘斌说，青海太远，你不要来了，我搞个视频发你看看，像到我们无水港一样嘛。

父亲会心一笑说，你是嫌我老了，走不动路。

苍老的父亲走了，心却留在儿子身上。

机遇是青睐有准备的人的。

人生就像一场赛车，有人珍惜、攥住了机遇，在人生的转弯处超越了别人，升华了人生。一个机会天赐给了刘斌，他从江苏新为公司调到了中哈基地。刘斌熟悉中国西部，像熟悉自己的掌纹一样，他在青海大通县做过集装箱铁路业务，哈萨克斯坦地理风貌又与中国青海有很多相似之处，也许正是这一点，领导选中了他，到了中哈基地。

开始，刘斌想得轻松，觉得这是一次太重要的选择，领导人终于从人山人海中发现了自己，认可了自己的工作能力，是实现人生价值的好时候。

他在心底给自己打气，一定拿出绝对的耐心，做好打持久战的准备，与哈萨克斯坦人配合好，把中哈基地做起来，做得超乎大家预料的好，做得风生水起，创造一个大风起兮云飞扬的好局面。

思想是沉淀出来的。

时间不长，刘斌凝重了，有愁绪了，不愿意来了。他在江苏新为公司已经八个年头，局面已经打开，公司运行得非常顺畅，无论是管理、业务，还是新货品开发，每年都有着几千万的利润，他每天站在像要收割的金黄色的田野上，呼吸着庄稼的甜香气息，盼望开镰的到来，在陶醉中看到一粒粒饱满的谷子流泻着。理想与现实总是隔着一道坎，有距离。到了新组建的中哈基地，一切都要从头开始，要学会和语言不同的哈萨克斯坦人打交道，处处小心政治影响，心里不由泛起一丝丝苦涩味。有一个细节常常令他摇头，不胜唏嘘，集团领导带人来中哈基地调研，按规矩来说，他和哈萨克斯坦的副总经理应陪同在周围，结果哈萨克斯坦的副总经理却大大方方地坐到了领导旁边，那架势似乎他也是集团领导。刘斌诧异，心中像有无数小虫子乱爬，浑身不自在，生着闷气，脸上的神色变青、变红了。集团领导看出刘斌不快活，有情绪，大领导就是不一样，有雅量和气度，用一句玩笑话和谐了气氛，含笑说，现在我们已经和哈萨克斯坦同事坐一条船上，你中有我，我中有你，我们就不要讲究那么多了。

在中哈基地，刘斌有点心意彷徨，不再是“青山绿水”，而是“灯火阑珊”，觉得整天是在十二级台风巨浪中驾驭不可思议的帆船。他想到了曾经走过来的单位，想起曾经有过的快乐日子，嘴里不由泛起一丝苦涩味。他在港口走过近十个大大小小的单位，知道经历就是历练，发生在身上的所有事情都是宝贵的经验，所遇上的困难与挫折，都是自己得到成长的财富。他明白这些人生启示录和意味深长的哲学道理能照亮生活的路，但他就像世界上无数人，包括一些了不起的人物，当身处乱麻般的思想中就会难以自拔、承受、挺身站出来。他自言自语说，走的单位多，自然而然就有些阅历的，我是没见过狗说话，难道还没看过狗叫吗？他是懂好歹，知恩图报的人，感恩帮助自己成长的港口。他说，如果连一颗感恩的心都没有了还叫人吗？港口是我的贵人，花那么多钱、那么大的代价培养、磨炼了我，才使我走上今天这个位置。

刘斌常常温暖地想到，自己走过来的路，在天堂的父亲肯定会点头赞同的，因为迈出的每一步都是老人家说过、教过的，他用人生的厚重让儿子奋斗到了彼岸。

父亲是儿子一座攀登的山、倚靠的山、摘取日月星辰的山。

父亲给了路，给了信念、自信、力量，给了生命的宽度和长度。

刘斌赶到连云港时，母亲已经从医院回到家中。刘斌像被幸福的闪电击中，笑了，带着激动的泪花笑了。母亲从床上坐起来，望着匆匆赶来、一身疲惫的大儿子，轻轻地翕动干瘪的嘴唇，用不是十分清醒的神智慢慢地说，我让王曦红、刘宏不要叫你回来，怎么还是回来了，没有耽误工作?

刘斌坐在母亲床前，用手理了理她额头上的白发，说，没有耽误工作，你尽管放心吧。

母亲说，你忙你的，我有刘宏、王曦红照顾。

刘斌说，后脑勺疼不疼，感觉还晕吗?

母亲说，没什么，好了，过几天就能下床走路。

刘宏对刘斌说，妈妈在医院里刚醒来就喊你。

母爱的烈焰在燃烧、升腾，伤感的幸福溢满脸上，一个意念占据刘斌全部身心，母亲生命力是顽强而磅礴的。他思想感情炽热起来，亲爱的母亲，儿子知道，您和父亲胸怀里永远只有着儿子，而唯独没有自己，对儿女有着一辈子尽不完的责任、义务……

第三章　一次强而有力的拥抱

刘斌从连云港不断给在阿斯塔纳的萨吾特发信息和视频，说中国人正在热火朝天建设中哈基地铁路专用线，工程进展很快，三个月内肯定能通上火车。

萨吾特刚听这话，吓了一跳，怎么可能呢？ 玩笑开得太大了吧？三个月时间，怎么能修成一条长三点八公里的铁路？ 他在图纸上看过，到现场也勘察过，要建的中哈基地和修建铁路的地方，拆迁量、工程量巨大，地势十分复杂，要迁移供电铁塔、破除数万平方米的水泥场地，新建一座跨铁路大桥，铺建三点八公里的路基和钢轨，还要铺设与铁路相辅的还建道路，这还不包括刮风下雨耽误的时间。

萨吾特有点怀疑刘斌是不是说大话、吹牛了。 他想起哈萨克斯坦流传的一个有名传说《爱吹牛的姑娘》：一个虚荣心很强、爱吹牛的姑娘，到处牛皮哄哄，说世界上就没有她不会干的事，没有她做不好的事，结果被“吹牛”害惨了，她吓跑了要嫁的对象，吓昏了要娶她的国王。 萨吾特苦笑一下，刘斌该不会是“爱吹牛的姑娘”吧？

刘斌天生有一种直爽的豪情，有一种男子汉做事要顶天立地的性子，萨吾特的怀疑，让他撸起袖子，一脸决绝，在心里说，萨吾特，你们国家人的性格正如你们国家的格言，“信任、宽容、传统、透明”；告诉你吧，我们国家有二十四字核心价值观，富强、民主、文明、和谐，自由、平等、公正、法治，爱国、敬业、诚信、友善，这是我们中国做人的信条。你尽管在中国新疆待过很长时间，但你不真正了解中国人，中国大得很啦，各个地方水土不同，生活习惯不同，民族风俗、风土人情都不同，至于各个地方人的个性那就更不一样，东北人不怕天冷，湖南人不怕吃辣，四川人会生活，内蒙古人能喝酒，上海、苏州人喜欢吃甜食，广东人什么东西都敢吃，广西人最能打仗，苏北人偏好吃咸味……知道吗，连云港紧靠山东，过去曾有过一段时间隶属于山东，山东是什么地方，自古出响马，性格豪放，民风淳朴，为人忠厚、讲义气，在中国那是出了名的出好汉的地方。中国地方大，十几亿人，东西南北人口音不同，但黄皮肤、黑头发没改，胸怀都是一样的宽广，秉性都是一样的底色，吃苦耐劳，勤恳俭朴，什么活都能干，为人实在但不是老实，待朋友会拿出家里最好的东西；中国人古道热肠，看不得别人受穷挨饿；中国人直爽，说话嗓门大、声音高，但说出话算数，唾沫落地上能砸出个深窝子！

连云港人平时看上去是各干各的活、各挣各的钱，有时用扑克“掼掼蛋”、甩甩“八十分”，也会为一点私利、鸡毛蒜皮的琐事，吹毛求疵，争风吃醋，打打骂骂，似乎一盘散沙，闹内耗，没有集体主义精神，没有上进心，没有心系国家大事，没有操心江苏、连云港什么招商引资、大项目、大数据。但关键时刻，连云港人会像换了一个人，大海边特有的情怀出来了，宽厚、善良、真诚、勤奋、实干、向上的特点全出来了，集体主义精神像太阳从海面上喷薄而出，霞光万丈，热血奔涌，手挽手，肩并肩，心连心，视国家、江苏、连云港、港口的利益像家里的事情一样热忱、关心、出力。站在“大陆桥东方桥头堡”的连云港人心里拎得清楚，锅里有了，碗里才有，国家兴了，家庭才旺。

从七月十四日港口集团敲定建设铁路专用线，庙岭港区进出口的通道横在中哈基地铁路线上，不得已让“掐”断了，庙岭港区有六千多港口职工和为港口服务的职工上下班出入不方便。人吗，吃五谷杂粮，都有七情六欲，有小心思、小九九、小脾气，有的人说怨气话，骂了几句难听话。老百姓有时就是这样，不朝远处看，就盯眼前实惠。譬如，前几年，连云港城区修 BRT 快速通道，刨烂了主干道，尘土飞扬，老百姓出行不方便了，老的少的，牢骚怪话满天飞，发泄着不满。可当快速通道一修好，城市比以前更靓丽，更有气质，出行更便捷了，他们又纷纷为政府说好话。

很快，庙岭港区职工知道修建中哈基地是连接哈萨克斯坦。也许是大海蔚蓝色的沐浴，也许是深受诞生在连云港的美丽神话故事《西游记》中孙悟空一路西行充当先行者、保护者的熏染，今天，处在特殊位置的“东方桥头堡”人群，他们的思想觉悟堪比孙悟空，不，绝不是孙悟空能相比的，情怀博大，志存高远，异常清醒和明白，自己虽处在连云港港口，撬动的却是中国中西部和中亚、西欧国家的地块，要把幸福送到那儿。此时此刻，他们想到断路修中哈基地是国家的需要，是一带一路交汇点的需要，从市委书记、市长、董事长、党委书记、总裁、总经理，到主任、班长、劳务工，大家异乎寻常地步调一致，众口一词，严肃而庄重地说，千条理由万条理由，在国家大事面前都不是理由，一句话，让路。

半年多时间里，庙岭港区职工每天绕道十几公里上下班。集团领导为了中哈基地这个项目说了八个字，“逢山开道，遇水架桥”。

港口集团下达了中哈基地铁路专用线的建设命令，要求九月三十日前完成。

工地上，每天都有两三百名工人在汗水中抢时间拼命地干活。

港口铁路运输公司承担建设铁路专用线，这是一支“王牌部队”，不少人是从部队转业、复员来的，但他们仍然感受到山般的压力。工程施工图纸还没有提交出来，他们就已等不及了，一声召唤，让所有正在享受休息假期的职工回来，投入到一线工地上班。

港口铁路运输公司工程部的年轻技术员们因年轻而无畏，敢想敢干，捋臂揎拳，跃跃欲试，他们像刀鞘里铮铮作响的宝刀，急于向世人展示锋利的光芒。

进度是个挑战。年轻技术员们要让领导、兄弟单位相信他们的能力，相信他们是一支名副其实的“铁军”，要提前拿到测量数据。他们每天早出晚归，有时不顾大雨滂沱，双脚踏进膝盖深的黄泥浆中，一点一点测量，一寸一寸勘测。他们没有节假休息日，即使在中秋佳节，敷衍了事地吃上几口饭，又赶到工地上。

工程刚一展开，庙岭这个“拦路虎”就龇牙咧嘴显露出桀骜不驯、难以驯服的样子。现场指挥部头高气硬，铆足干劲，要扳倒庙岭山，砍掉它半截身子。工地上人声鼎沸，机器轰鸣，炸山的炮声响彻海空间。

老天爷考验着他们，曝晒、大雨、汗水、蜕皮成了工作的常态，原先的“白面书生”，现在被晒得全身红肿。

命运之神有时会不合时宜地开个玩笑。天上下雨了，秋雨绵绵，似乎没完没了。工程队从山上挖出的泥土，被雨水搅和成了泥浆，淹没了整片的路基通道，看上去像一片泥淖。工程队用推土机一遍遍把泥浆推到路边，不一会又流了回来。一位来自甘肃的大学生王雷，去年刚参加工作，为了弄清泥浆的厚度，他穿着雨鞋，踏进泥中，没走几步，泥浆就没过了鞋面，只得一点一点向泥浆中央试着走过去，当走进最深处，泥浆已经没过了膝盖。

工程被逼无奈，停下来了。

困难与挫折让年轻人受了伤，但信心注入其中，那些受伤的地方又变成了最刚强的地方。工程部没有被困难拦住、绊倒，没有把主动权白白拱手让给“老天爷”，每个技术人员攥紧拳头，主动出击，向时间要速度、要效率、要质量，加班加点，把进度赶上来！

很多人“钉”在工地上，长时间的曝晒，个个变得像是个“黑人”，暴雨打在他们黑乎乎的脸上，雨水混着泥浆模糊了五官，整张脸上只露出两只加班熬夜发红的眼睛。开挖山体的一段时间，有的人每天晚上都要干到凌晨……

挡在铁道前的山头终于被一口口啃掉了，山上流下的泥浆也终于被扫荡得一干二净。每天都与困难打交道的港口人知道，不管困难的荆棘多么难以通过，总会为不怕艰难的人留下一条斩棘的路。

进入八月，中哈基地建设一天一个模样。

刘斌奔跑在铁路线路基上，汗流浃背，这时的他练成了一个熟练的“工匠”，可以一眼辨别工地上所用的材料厚度、用的是几号水泥、混凝土的黏性怎样。工地上的人都怕他，看到不符合铺路基的水泥型号，他勒令停工，倔强得水泼不进，不容商量，让换水泥。

二十四米高轮胎式的龙门吊整机从船上卸下来，要进基地，这家伙又宽又长，像架大飞机，没有这样宽敞的路可以通过。沿途几家单位听说了，二话不说，拆房破墙，开出一条大路，让龙门吊舒舒服服开进来。

开始铺铁路了。

刘斌永远铭记港口铁路运输公司工程部人在中哈基地创造的惊人奇迹。

哈萨克斯坦的高层特别重视中哈基地建设的进程，刘斌常给萨吾特发去中哈基地建设的一些照片和视频，让他给哈萨克斯坦铁路快运公司领导做汇报。这天，刘斌给萨吾特发去铁轨铺进中哈基地的照片，萨吾特怎么也不肯相信中国人能有这么快的建设速度，他喊，老刘，在哪里拍的照片？

刘斌说，这是我们中哈基地啊。

萨吾特不相信说，怎么可能呢？

刘斌说，怎么不可能？难道还能诓你？

萨吾特说，现代科技，以假代真，什么东西造不出来，一个人明明在你们北京，也能说成是在美国纽约、英国伦敦。

刘斌说，我以一个中国人的人格担保行不，这是千真万确的中哈基地铁轨铺进来的照片，没有半点虚假。

萨吾特说，老刘，我就是铁路人，从来没有见过世界上有这么快修成铁路的，不要再蒙蔽我了。

刘斌说，萨总，你让我怎样做才能相信呢？他努力克制住焦躁的情绪，用平静的语气对他说话，心里却激动着想，你呀，我算看透了，就是一根筋，呆板死了。

萨吾特说，你把真实情况拍照给我，我要汇报。

刘斌说，拍什么拍，这就是真实情况。

萨吾特有点动气说，我跟你说的是严肃话，不是玩笑。

刘斌沉不住气了，用心、用情、用真诚，激动地大声喊道，我跟你说的话也是严肃的，不是玩笑，要不你九月二十八号来连云港，必须来，铁路铺好通车，你来看了，什么就都明白了。

萨吾特生怕白跑了一趟连云港，支吾着，我手头有事离不开，铁路开通时我一定去。

刘斌动真的了，头一次用中哈基地总经理强硬的口气说，你九月二十八号一定来连云港，既然拍照片不信么，亲眼来看看。

萨吾特见刘斌说话的口气很硬，不像调侃、开玩笑，硬着头皮，换了口气试探着问，九月二十八日九点之后，火车真的就会开进来吗？

刘斌肯定说，一准开进来，不会错的。

萨吾特说，你保证不是说玩笑话？

刘斌说，我能开这样玩笑吗？ 有胆子开这样的玩笑吗？ 这是我们国家大事，也是你们国家大事。

萨吾特点点头，换了一个口气，慎重说，是这样，看样子你们真把铁路铺好了。 他“斗”不过刘斌，只得答应来连云港，可心里还不踏实，嘴里念叨道，铁路怎能修得这样快？

萨吾特从阿斯塔纳动身来连云港之时，正是连云港中哈基地铁路建设工程进入到最后阶段，最终的临门一脚、完美收官，全部集中在庙岭山下，港口人把几个月付出的血汗与热情押在最后一搏上。

随着现场指挥人员一声令下，施工人员迅速将各种螺栓卸下，重达数十吨的轨排被缓缓地放置在了预先标定好的路基上。 在耀眼的氧枪火花中，衔接部位的多余钢轨被“切割手”轻松摘除，钢轨连接工作终于顺利完成，数十号施工人员快速把一车车早已准备好的石碴倒入新铺设的线路中，从批准到建设，历时七十六天的中哈物流基地铁路终于全线贯通。

中哈基地建设场地上鞭炮一起噼里啪啦炸响，缭绕的烟雾中，鞭炮声清脆响亮。

九月二十九日，萨吾特到了连云港。 中哈基地建设工地大门口的集装箱场地上，正在举办首届丝绸之路国际卡车集结赛和交通文化之旅活动的一个启动仪式。 刘斌让刚到港口的萨吾特代表哈方去出席活动，告诉他要准备上主席台讲话。 萨吾特很高兴，这样热闹的场面他很熟悉，也愿意参加，过去他常到中国的霍尔果斯出席此类活动。 他一边答应去参加仪式，一边念念不忘中哈基地铁路铺得怎么样，连续追问，老刘，铁路铺好了吗？ 你不要让我白飞了一万多里路啊。

刘斌拍着他的肩膀，呵呵笑着说，萨总，放心吧，一会你就看到了。

萨吾特带着半信半疑参加了仪式，一结束，三步并两步往中哈基地建设工地上赶。

天上飘起牛毛细雨，密密地斜织着，雨丝如纱。

萨吾特穿着西装，看到雨中长长、锃亮的铁轨静静地伸延进中哈基地，他看到了生命的彼岸，心情激动，感情奔涌，将一只脚轻轻地踏在铁轨上，铁轨似乎载着他的责任、使命和追求，向西、向哈萨克斯坦伸延过去。

萨吾特站在人群里，旁边有人为他撑起伞。 他看到中哈基地的干部工人分别戴着蓝色、红色的玻璃钢安全帽，身着藏青蓝、橘红色的工装，沿着铁路两侧列队站着，兴高采烈，任雨水淋着额头、脸庞、眼睛，雨水落在工装上沙沙地响，他们在接受精神的洗礼。 萨吾特看了看自己穿的笔挺西装，觉得与人群隔着一道墙，像个外人，有点另类、不和谐，浑身有点不自在了。

不经意间，萨吾特看到了刘斌，这个当家人没有打伞，头戴红色安全帽，穿着藏青蓝的工装，和一个怀里紧紧揣着为欢庆准备的鞭炮的员工有说有笑的，雨水从他工装上像泉水往下流淌，脸上洋溢着自信、坚毅的神色，一点不介意秋雨带来的冷意，沉浸在中哈基地铁路建成的喜悦中。

萨吾特内心里一阵阵发热，从当初看到中国人在港口拿出“黄金地块”建设物流基地，已经发现了他们的真诚和实干，现在，他感情升华，对刘斌和员工们油然而生一种亲近感、一种敬意，对他们所有的付出和奉献激动得不知说什么是好。他不自觉地迈开脚步，向刘斌走过去，给他撑伞的人一步不离地紧跟着他。萨吾特觉得给他撑伞的人碍事了、不顺眼了，自己是中哈基地的副总经理，更是一个员工，不能搞特殊化，让人专门撑伞，不能从感情上离开刘斌和员工们……

伞被推开了。

刘斌笑呵呵地迎接着萨吾特说，萨总，看看，梦想成真了吧。

萨吾特很激动，嘴角微微动着，想向刘斌说几句话，表示点心情，可又抑制不住激动的情绪，想不出什么合适的话来，睁大眼睛可劲地朝着西边看，问，老刘，火车头能开进来吗?

刘斌点点头说，能，没问题，你马上就会看到了。

太幸福了，萨吾特觉得这一切来得太快了，怀疑是不是真实的，他仰着脸，让雨水淋着，看雨水落在脸上冷不冷，确认眼前的一切是真是假。

刘斌在他肩膀上拍了一巴掌，萨吾特醒来了。刘斌欣赏着天上的毛毛小雨，说，今天不是做梦，老天爷都为我们高兴得下着喜雨，雨水就是财啊。

萨吾特抹一把脸上雨水，点着头，亲切说，真是想象不到，像做梦一样。

刘斌说，这叫梦想成真……

萨吾特跟上说，是这样，梦想成真。

十点钟到了，火车头从西面鸣着长长的汽笛进场。一瞬间，掌声和鞭炮声、呼喊声、鸣笛声响成一片，响彻港区。刘斌喜悦的心飞翔起来了，自豪地看了萨吾特一眼，见他眼睛上面冒着一缕缕热气，心想，应该是泪水吧。

雨水和热泪交融在一起了。

两个身高差不多的男人紧紧搂抱在一起，这是男人之间一次强而有力的拥抱，他们相互可以听到对方心脏跳动的如同波涛撞击礁石一样的声音。刘斌头上的安全帽落满雨水，像断线的珍珠不停滑落下来，落在萨吾特华贵的西装上，洇湿着。

刘斌对萨吾特说了一句话，眼见为实了吧?

萨吾特抿嘴没有说话，脸上却全是笑容，思想奔流、感情涌动、心灵闪亮。刘斌心想，此时，萨吾特在想什么，他应该想到了他的国家，想到了中国人神奇的创造力，想到了中国为什么能如此高效的发展，想到了一带一路将要带给哈萨克斯坦的实惠，想到了中哈两国合作的无限可能……

第四章　没有因距离而消失的哈方人

哈方人的“刘爸爸”

在写哈萨克斯坦和哈方人之前，我读了不少有关这个国家的文化历史、政治经济发展的书。每个民族都有根子，每个民族都有血流，这是语言、文字、生活习俗、民俗风情。我曾对刘斌说，如果有条件的话，和你同走一趟哈萨克斯坦就好了，亲身聆听和感受一个陌生的国家和那里的人们是不一样的，写出来的鲜活程度、丰富性、真实性也大不一样。刘斌说，年底有一个机会，是哈萨克斯坦铁路快运公司一个朋友结婚，他让我一定要参加。到时候，我协调看看，你能去更好，我们需要文化交流。

我很高兴，但转而一想，觉得去哈萨克斯坦的可能性不大，大国小国都是国，国企出国都有一套规定和手续，哪是想出去就出去？刘总只不过是出于热情，碍着面子，说说而已。

每个人走自己的路，吃自己的苦，别人帮不上忙。我不能等着出国找到感觉后再动笔写作，耽搁的时间太多，把积蓄的一点创作激情和感觉都弄丢了，一切都会白费。趁热打铁，我开始寻找哈萨克斯坦的书，四处搜寻能帮助打开思路、丰富想象的书。可惜，这些书太少了。也有一些例行公事似的写哈萨克斯坦的书，这就像哈萨克斯坦南部卡拉套山的石头，硬实、简单、枯燥、乏味，没有温度、没有软和的地方，估计即使在上面出力流汗、耕耘、播撒下很多种子，也不会嗅到什么芬芳。我把目光盯向百度搜索，这个空间中的东西简直是个魔术，“雪中送炭”，应有尽有，把我送上了飘荡着浓烈牛羊肉膻腥味的哈萨克斯坦土地。一个陌生的国度在我眼前徐徐打开：那是一个地广人稀的国度，人均拥有资源量众多，水资源是中亚各国中最多的，气候也是最湿润的，蓄畜量也大，游牧民多，老百姓普遍很富。人家的生活安定，舒适，居民用的水、电、气、食盐是免费的。出租车很便宜，而且到处都是。坐波音717，飞上六七百公里只要人民币百十块钱。有的人为方便买下了往返于两个城市的一周的机票。每天都是早上飞去，晚上飞回，即使机票作废了也不心疼。哈萨克斯坦人素质蛮好，马路上车让行人先走；车上男人都是站着的，让老人小孩和妇女享受舒坦。哈萨克斯坦挺美的，房子大，多是两层小别墅，有院子，可以自己种花种菜，有的房子附近可以养羊养牛，当然也有高层住宅楼，有的很漂亮，像写字楼。周末双休时，很多人开车去山里烧烤、露营度假。一下班关机找不到人，享受生活去啦。

……

哈萨克斯坦人没有因距离而消失在我视野中。从中哈基地领导到员工神采飞扬的讲话中，我已经认识了哈萨克斯坦人，看到了活跃在中哈基地每个岗位上哈方人熟悉的身影，深深地感受到他们在中国暖意融融的每一天。他们把内心的真实情愫已经托付给了中国人。

在全国很多媒体上看到，二〇一五年十二月五日这天，第二届“情动江苏——杰出国际友人”榜单揭晓，连云港中哈国际物流基地管理团队，荣获本次评选唯一的团体奖项。美国、英国、法国、德国等八个国家的十名国际友人荣获“杰出国际友人”称号。这次活动，讲述外国人以江苏为家，情系江苏，对江苏发展作出杰出贡献的事迹。活动历时半年多，经过全省海选、专家评选、全媒体推广、最终决选四个阶段，最后评定了当选的国际友人。

主办方把一段精彩的颁奖词毫不吝啬地给予了连云港中哈基地的哈萨克斯坦管理团队：

“他们是普通的市民，生活在面朝大海的连云港；他们是勤劳的人们，维护着一条跨越万里的物流长线；他们是友谊的使者，架起了中哈两国交流的桥梁；他们是时代的诗人，书写着‘一带一路’辉煌发展的篇章。”

那天，哈萨克斯坦姑娘娜比拉在会场上，分享了芬芳。记者问她在中哈物流基地负责什么，她仔细地解释说，中方会计与哈方会计做账的方法不一样，我就是连接他们的一座桥梁。

在连云港，哈萨克斯坦人总是充满惊喜。

萨吾特组建的哈萨克斯坦扎根中国连云港的团队一共六人，五名哈萨克斯坦人、一名中国人，这个中国人是翻译杨雷。萨吾特的四个哈方部下是姑娘娜比拉，小伙子哈宝山、达尔汉、丹尼。他们刚从大学毕业，对物流上的什么国际多式联运、集装箱、多点物流模式一点也不懂，但带有异域风情的中国普通话和英语说得都是像模像样，用网络语言说，真的有点萌萌哒哟。

哈萨克斯坦人走上岗位，负责哈方业务。哈宝山做翻译，达尔汉做国际业务部副部长，丹尼做国际业务经理，娜比拉做财务部副部长。

达尔汉在哈萨克斯坦工厂车间里工作过两年，做什么事都踏实。

他头发微黄、微卷，高挑个子，一双敏锐的眼睛闪耀着挑剔的光芒。他做事太追求完美，哪怕是一丁点儿的事，也要做到极致，让人说不出一个“不”字。哈宝山是阿克套人。阿克套在哈萨克斯坦西部，靠着优美的里海，是著名的港口城市，哈萨克斯坦第六大城市。建造在这里的房屋很有名气，像是岩层上的阶梯。哈宝山不到三十岁，做翻译，还负责双方往来邮件的管理，以及和哈方的快运公司文字、语言方面的交流沟通。

丹尼一副欧洲人的脸孔，九〇后，二十四岁。他家住哈萨克斯坦西北边远的库斯塔奈市，一个很小的山村里，放过牛羊。姐姐支持他来中国，在北京语言大学学了三年的中文。他姐姐很漂亮、健谈，曾在中国留学，来过连云港参加丝绸之路国际物流博览会。她告诉丹尼说，中国很大，也很特别，有很多值得去的地方。你一定要利用在中国工作的宝贵机会，趁年轻多跑跑。

娜比拉毕业于上海外国语大学，学了四年的国际经济贸易。她身材窈窕，一米七六的个头，美丽的绿眼睛，一头栗色的飘飘长发。她的男同事们说，她像是从童话里走出来的。节假日时，她喜爱用白、红、绿、淡蓝色的绸缎、花布做连衣裙，袖上有绣花，下摆有多层荷叶。夏季套穿坎肩或短上衣，冬季外罩棉衣，外出时穿棉大衣。戴的帽子和头巾格外讲究。

一条小鱼游进大海，漂上漂下、自由自在地欢乐，但总要经受风浪的颠簸。几个哈萨克斯坦年轻人前往信念的巅峰路上，迈出了奋斗的第一步……

集装箱业务看起来简单，联系一家货代公司，告诉人家你要用什么规格的箱，收货人地址，装货地点，货代给你报价，你同意后，货代联系港口车队，你就等着装箱吧。走箱后，货代会向你收钱的，然后给你提单。看起来不用动大的脑筋，电话联系一下，单据签个姓名，完事了。其实，世上的事哪有这么简单！三百六十行，行行不容易。送快递的有学问，送纯净水、送盒饭都有大学问。集装箱做起来是门大学问，如，集装箱发放和交接的依据，交接责任的划分，进口重箱提箱出场的交接，出口重箱交箱(收箱)、进场的交接，空箱的发放和交接，每一项规定里又有多少多少个细致的条文。如，收、发箱地点应履行的手续，其中的“出场集装箱设备交接的主要内容”有九条，“进场集装箱设备交接单的主要内容”有八条，细密到不能再细小的程度了。

刘斌和同事们手把手教哈方人国际班列业务，让他们参与做业务，在烦琐的过程中，锻炼他们的耐心、细心、尽心，费尽心机让他们学好业务，增长才干。达尔汉和丹尼正常的一些作业流程程序不懂，刘斌就教他们，让他们必须按照流程去做。他们在和哈方国内业务对接的时候，刘斌给他们制定一个可大可小的弹性价格区间，可以灵活掌握，说话算话，拍板“当家”。一次，有一批过境业务，刘斌让达尔汉和丹尼来做，在中国段到哈萨克斯坦段的费用，他们做得过于低了。刘斌就说，这是要赔本的，为什么做得这样低?

他们说，考虑客户能满意。

刘斌说，有钱一起赚是对的，但赔钱不是气度，而是少了睿智；做物流要有眼光，眼光决定亏盈。

刘斌重新给他们一个大的费用框架，只要在这个额度内，他们可以说了算数。

达尔汉和丹尼心中开启了一片新天地，说，这是我来中国听到的最震撼的一句话，可以享用一辈子。

达尔汉和丹尼像海绵吸水一样拼命学习业务，只要看见刘斌不忙，就会问这问那，什么发运流程、报关流程等等。平常，刘斌会叫他们来到办公室讲流程，也让他们讲给他听，看他们学习进度怎么样，一点一滴慢慢来引导。这些小伙子常犯一个毛病，轻视学习过程，想找一些捷径，快速达成目标，摘取果实。刘斌用通俗的道理启发说，我们吃饭是为了什么，是为了抗饿吗?

他们眨着眼，不吱声。

刘斌说，你们来中国上班是为了赚钱，还是为了打发时间?

他们脸上发红了。

刘斌语重心长地说，道理你们都懂，目的、方向也清楚，关键是能埋下头苦干，在苦干中才能学到东西。你们不要瞌睡了才找枕头，迟了，后悔来不及了，要知道，每一个业务流程决定你们最后来中国学习的成绩，学到的知识，更是你们国家经济发展的需求。

醍醐灌顶的一通话，让他们发觉自己确实有点飘浮了，这样不行，必须要让三分钟热度变成恒久的行动，要真正地潜下去，像鱼熟悉大海一样，才有乘风破浪的本事，熟练地干好业务。他们调整了自己的心态、身姿，锻炼着自己的心智，锤炼着眼光和韧劲，勤学多问，把每一步生产流程记在了心中。刘斌给他们肩上加担子，指派单子让他们去做，报价的时候，他们更准确了。

刘斌带他们去码头，现场看作业流程，讲解设备运作、生产装卸工艺等。刘斌给达尔汉、丹尼请来了有经验的退休师傅，手把手教业务，把他们从门槛外领进了门槛内。看到达尔汉他们绷紧神经紧张地学习，刘斌又会让他们松弛一下，有张有弛，争取获得更好的学习效果。他晓得达尔汉喜欢钓鱼，周末时间，专门安排办公室主任王玮带着哈方几个人去郊区野外垂钓，放松心情。

几个月下来，他们一天一个样子，俨然成了一个老练的业务员，当哈萨克斯坦的媒体、客户、铁路快运公司领导来采访、考察的时候，不需要刘斌去讲解，都能独当一面，讲解得明了透彻、头头是道。

在中哈基地这片新天地中，达尔汉和丹尼看到领航者刘斌常去中哈基地所有运作的工作节点，在火车发运、货物仓储、场地堆存量、费用结算的地方停留很长时间，和每个主任、班长、员工聊天。中哈基地每个节点没有刘斌不了解的事情，他的高质量服务，让中哈基地获得了最大的成功。刘斌把自己做业务走过的弯路都告诉达尔汉和丹尼，让他们尽可能抄近路，走得更快更远。他给他们讲，以前在十号港边的货场做过经理，一天晚上，逢他值班，现场忙碌装卸货物，他在现场转悠了一个晚上。场站从东到西有一公里远，两个足球场般大，刘斌在一公里远的场站之间转了九十七趟。达尔汉和丹尼吃惊地问，为什么要去这么多次现场呢?

刘斌说，查看作业。

刘斌把作业流程写在纸上，告诉说，我要考虑货物堆放的位置，要画一张图纸，把整个流程画到纸上。告诉你们，要想把业务做好，一定要把根扎在现场上。现场上随时有事情发生，比如场地上装氧化铝的吨袋有时候会把货托给压坏了，这说明堆放流程是不对的，正常的氧化铝堆放，第一层应该堆七个，第二层堆六个，依次类推，这样的堆放才是最牢固、最规范的。

达尔汉和丹尼还看到刘斌找到海关监管一科科长房军，两人站在海风呼呼吹过的码头上，忘我地交谈开通中哈基地“快速分流通道”的事。达尔汉和丹尼知道刘斌为这个事操着心，牵肠挂肚。

海关监管一科在码头一处拐弯抹角的地方，两层不高的小楼，简单朴素，周围晃动着各种吊车，巨大的轰鸣声震荡耳膜。一科有八个人，平均年龄近四十二岁，担负着进出口转关货物和过境货物的监管，有审核单证的内勤作业和现场监管的外勤作业。

在外人看来，海关人员身穿笔挺的国际化制服，关徽和肩章金光闪耀，显得威严大气，令人憧憬向往。走进监管一科，看到的情景截然不同，他们在铁一般的纪律要求下，像其他劳动者一般辛苦忙碌，埋头敲击着电脑键盘，核对一张张各种各样单据上的数字。他们“白加黑”地工作，没有节假日，经常预约加班，有时下了班，接到货主电话，听对方诉说苦楚，当知道货主箱子要搭乘第二天早上四点开出的船，他们又带着浑身的疲累连夜加班。仅说这三年，他们平均每年处理转关单五万份左右，现场监管仅施验封一项就达两千多个集装箱。

中哈基地呱呱落地之时，房军就已驻足在这片场地上。

他是海关专门指派牵头服务中哈基地的合作联络员，是个老科长，做正科十五年了。他整个人看起来像被工作所累而有些瘦，有些单薄，黑黑的头发在海风中被扯得横七竖八，在码头上待的时间长了，他的讲话中带有一股咸湿的海腥味。

刘斌找房军已说过几次建设“快速分流通道”的事。哈方的货主、货代常常找到刘斌倾诉说，能不能找海关疏通一下，能把船上吊放下的箱子直接放进中哈基地，减少啰里啰唆的麻烦。

刘斌心里像装有一本账册似的清楚，这事不可能一蹴而就，海关有规矩，外来的货物从船上吊放下，必须要在码头上停顿下来，进行缴税、交验许可证件、通关，随后才能放行。

刘斌心想，没有商人会嫌钱赚得太多，哈萨克斯坦的货主、货代是想在寸土寸金的码头上，既能节省时间又能省下一大笔地皮费用。要知道，从船上吊放下的箱子一落地就要交地皮的钱，一个箱子按一小时计算，是二三百元钱，一年几百万箱子会是多少钱?

刘斌在心里说，若能实现“快速分流通道”当然好了，不仅顾客方便、省钱了，中哈基地也能占到有利条件，更好地吸引货源……

刘斌对房军直言不讳说，老话重说了，能不能尽快想办法把吊放下的箱子直接放到中哈基地?

房军盯着刘斌说，信不信由你，我早给领导汇报了，海关规矩装在你肚子里比谁都清楚，货物过关决不可能超过底线。

刘斌说，你不要用这话躲开，我知道，你房科长是关键一环，你如果不支持这事，那就黄了，是猪八戒上高老庄拜老丈人——门都没有。

房军躲闪着说，你不要把我捧多高，我这个小科长能有多大权限你全知道。

刘斌说，我想呀，只是先给一张放行的纸，给货主节省点时间、省点落地费，把货放在中哈基地后，接着过关呗，不会影响什么。

房军笑着、想着，随后是连连点头，他觉得刘斌的话很有些道理，只要不超过规定的底线，货主合法经营，信誉好，海关人员再拿捏得当，给货主、货代一些最大的便利没有什么不好，让大陆桥货物运输更快捷、更流畅、更实惠，让中哈基地发展得更快……他觉得自己这个中哈基地合作联络员应该有这样一份责任。这样想着，他心中不由郑重、庄严起来，中哈基地不单是属于港口集团、属于刘斌和他周围的那几十号人，而且属于他和他们海关所有的人，他们都有一份责任、使命。

房军对刘斌起誓般说，我再向领导反映你的意见。

好消息说来就来，没有几天，房军打电话告诉刘斌说，中哈基地可以试行快速通道了。

刘斌坐在办公桌前，听了电话，激动得从椅子上跳起来，快乐地大声说，你帮我大忙了……

全国海关还没有“快速分流通道”先例，南京海关拿出支持中哈基地发展的五条意见，摸着石头过河，在中哈基地推行“一次申报，一次查验，一次放行”。

放行，就是一张纸，可这一张薄纸像一道钢铁的栅栏，没法子逾越。

房军把一张纸放下了，打开了一扇门，开通了一条“快速分流通道”，从船上吊下的哈方箱子不再停顿，让卡车十分钟内拉进了中哈基地。

“快速分流通道”开通了，达尔汉对着刘斌晃动大拇指，用中国话夸赞说，刘总，你真棒!

刘斌笑道，什么可棒的，放谁都会这样做的。

达尔汉说，你太谦虚谨慎了，机会只会眷顾有准备的人。

刘斌说，达尔汉，看到我们国家政府对中哈基地的重视程度了吧。

达尔汉面带微笑说，OK，百闻不如一见。

气度高阔的人，心里晴朗无翳。

刘斌对哈宝山也付出了心血。他发现哈宝山做人做事谦恭、低调，虚心好学，但在大事小事上都会较真。他经常能接到哈方铁路快运公司发来的指令，询问一些生产信息，哈宝山就会不厌其烦地紧盯刘斌，紧盯其他当事人，不拿到数据就缠着不罢休。

一天，哈宝山索要中方一组生产数据，为开董事会做准备，心想中方不一定给他。他对刘斌说了，没想到，刘斌一口同意了，说，你要的这些数据都可以从我们系统里面调出来。

哈宝山简直傻了，激动地说，我也能调吗？我也能看吗？

刘斌说，能看啊，你是我们公司员工，凭什么不能看我们公司系统呢？

哈宝山说，我能不能去学？

刘斌说，当然能学。

刘斌就安排专人带哈宝山去学电脑数据系统。

中哈基地管理系统是刘斌刚来到时就布局的，一块一块逐步上的，所有的生产都可以通过电脑、系统来解决，生产数据的报表就可以通过系统生成。

哈宝山掌握了数据系统，给刘斌讲了一句话，刘总，我现在才感觉到，学的东西太简单了，我要学会用系统，把所有的数据都找出来、反映出来。

刘斌用温暖的目光望着他说，你的“钉子”精神不简单，可嘉啊。

哈宝山脸上带着谦逊的表情说，刘总，都是你“盯”我的结果嘛。

刘斌开朗说，我们需要你们哈方人给中方提供邮件回复的时候，我盯着你们时，为什么你不像我盯着你一样地盯着哈方人呢?

哈宝山没作考虑，想到什么就说什么，他说，他们哈方人做事和你刘总不一样嘛。

一句日常的话，在刘斌心里激起了千层浪，叫哈方人是他们，不把他自己当作哈方人了，哈宝山已经把我们中方人当作他们自己人，他喜欢上中方人的工作快节奏了。

刘斌让哈方人站在自己的肩膀上成长。

四年，如白驹过隙。哈方几个年轻人从小树长成了枝繁叶茂的大树。生活中，小帅哥丹尼已经非常中国化了，休假的时间，都是跟单位同事或者跟团出去旅游，有时一个人跟团出游也没有一点问题，他的工资基本上都用于旅游，剩下的够吃饭就行了。在吃、喝上面，他和其他哈方人不同，嘴唇不沾白酒，甚至葡萄酒也不沾，但牛羊肉和海鲜，都是来者不拒。他还能唱一口标准、好听的中国歌。达尔汉几乎变成了一个连云港人，他语言天赋很强，有时不忘秀一把中国话和连云港本地的方言，如，说老鹰，大赖雕；说小男孩，死小揪子；说焦急，躁死得了，原汁原味，惟妙惟肖。丹尼他们属于伊斯兰教，不吃猪肉，公司食堂专门改造了一个欧式风格的小餐厅，服务哈方员工。看到中国员工在大食堂排队买饭，他们不愿意享受“特殊”照顾，也去排队。达尔汉说，特殊，我们特殊吗？我跟中国员工是一样的。他们有时吃中国菜，觉得实在太辣了，像吃火团一样。按照中哈基地规定，他们一年回家一次三十天，刘斌别出新意，让他们一年中可以分开回家两次，一次十五天，总数是三十天，报销只是一次的费用。他们还有更多的空隙能回家，因为刘斌会想着安排他们到哈萨克斯坦出差，这也是工作的便利，他们需要出差啊，这样和家人团聚的机会就更多了。有中方上级领导来中哈基地视察时体贴地询问，你们平常在这里想不想家啊？他们用流利的中国话回答，想家，但是，连云港也是我们的家，中哈基地更是我们的家。

达尔汉喝葡萄酒厉害，喝白酒也不是一般中国人能比的。他和中国的缘分太深了，把第一个儿子出生在了连云港东方医院，成了第一个出生在连云港的哈萨克斯坦婴儿。达尔汉谈起儿子，眉开眼笑地说，我父亲、我和我儿子，都是十月十日的生日，而且都是顺产，是不是非常巧合？孩子出生后，达尔汉的母亲、岳母喜得争分夺秒从哈萨克斯坦赶来，看孙子，看外孙子，她们要看连云港是一个什么样的吉祥地方，给他们家里添了一个宝贝疙瘩，给他们的家族续写了三代人罕见的同月同日出生的神奇故事。每天傍晚，达尔汉带着妻子、孩子去海边悠然散步，在海滩上，吹吹海风，看看晚霞落在海面上，见见海鸥飞过头上，赏赏几只快艇从海面上飞驰而过激起几道浪花的醉人美景。孩子已经牙牙学语了，达尔汉打算让孩子学习汉语、哈语“双母语”，让他一辈子都记住自己出生在中国。

娜比拉在飞快成长。她在海风中轻轻吟唱，拍打着理想翅膀飞向远方。

娜比拉刚接触财务时，刘斌关照财务人员一点一点地教她中国的财务软件。每天，娜比拉做的是把中国的财务报表完整地翻译成俄文的报表形式。两个国家所要的东西是不一样的，哈方的财务报表和中方的财务报表是两种形式，两个体系里面的内容是不一样的。打个比方，中方这个科目里面是有三个组成内容，而到了哈方这个科目里面可能要变成七个内容。娜比拉要按照哈方的要求，把中方财务包里面的所有内容进行拆分。特别是到了最后年度董事会做结算的时候，工作量非常地大，哈方那边总是无休止地盘问，刘斌尽可能地把中方所有东西都具体、细致地告诉娜比拉。年度结算时，娜比拉回答哈方铁路快运公司的话干脆利索，让他们直点头，眼里蓄满笑意。这一点，娜比拉非常感激刘斌，说中国人对她没有一点设防、隐瞒，做到了慨而慷。

娜比拉懂得感恩，她经常去做哈方人的思想工作，让他们不要过于防备中国人。刘斌心地磊落，光明正大，他跟娜比拉说，你们来我们中国是学习，也是来监督我们的。

信任，就是把心托付给别人。在业务上和客户喝酒时，娜比拉为刘斌挡酒，客户不同意她喝，她举止大方得体，说是代表中哈合作的诚意来敬酒的，客户没法拒绝，只得喝下酒。哈方人酒量大，娜比拉一个女孩子一口一盅酒，把酒都喝了，客户被喝得头晕站不住，直摆手认输，最后在单子上签了字。

娜比拉生气的时候，撇撇嘴，扮个鬼脸，随后，嘴角总是努力上扬。她有时说话水都泼不进。比如，让她签合同，在采购单或是报销凭证上签字，她不签，说这事不清楚不能签，转身就会找刘斌问，刘总，你知不知道？刘斌作了肯定答复和解释后，她对刘斌眯眯眼，莞尔一笑，如同花开，签了字。娜比拉把自己当成了中哈基地真正的一个员工、一个副部长。

经营一段友情远比建立一份友情要难得多。

在地球上相遇了，一边从大海边跑来，一边从戈壁、高原赶来，你扶着我，我挽着你。相遇是多么大的缘分啊，中哈双方人不愿等待有一天挥挥手，像一片云彩飘去，他们都想留下记忆，在心中埋下种子。

哈方人在吃上做了一次深呼吸。

他们吃过了中国的淮扬菜、京菜、粤菜、川菜、鲁菜、东北菜，也要让中国人开开眼，见识一下哈萨克斯坦的美食手抓羊肉饭。

三月份，哈萨克斯坦的纳吾热孜节，哈方人在中哈基地食堂给中方人做饭。丹尼他们跑到附近郊区养山羊人家，花了一千块钱，牵来一只七八个月大的山羊。达尔汉按照穆斯林在宰羊之前的小仪式，把衣服撩起来蒙上眼，念叨一阵，杀了羊，把带血的羊从大门口一直拖到食堂做饭的地方，为来年幸福生活祈祷。

娜比拉、哈宝山、丹尼都参与进来，各做各的事。娜比拉穿戴上食堂的围裙和帽子，就像一个美女厨师，自己去和面，炸油馍馍，就是小油饼。

开饭之前，刘斌做了一个开场白的讲话，激情地说，今天是哈萨克斯坦人的一个节日，相当于中国的春节，今天，哈方员工用自己挑选出来的食材，给我们做了这样一个具有异国风味的年饭，我们共同来庆祝哈萨克斯坦节日，祝福他们，同时，我们也感受到他们身处异国过节的喜悦心情。

食堂小，平时，都是一线工人先吃饭，然后是二线和机关人员吃饭。现在，大家一起吃饭，感受吃手抓羊肉饭的氛围。桌子不够，很多人端着碗，站着吃，不喜欢吃羊肉的也都吃了，很开心。

手抓羊肉饭，就是米饭、羊肉、胡萝卜放在一起做。中方人用碗、勺子和筷子来吃饭，用中国吃手抓羊肉饭的方法来感受异国风味。每个人都说好吃，想要带一点回家，大家说，在连云港所有的羊肉馆里面吃的手抓羊肉饭都没有这个香。

往日，刘斌吃手抓羊肉饭也就是半碗，这次吃了两碗。他吃下一碗时，已经快饱了，可达尔汉不让，非要让他再吃一碗。娜比拉忙得脸上都带有面粉，她拿过来油馍馍说，刘总，这是我亲自炸的，你得多吃几个。

哈方人看大家吃得香喷喷，有说有笑，打心眼里高兴。文化的融合，是人与人感情交流的融合。

刘斌喜爱哈萨克斯坦年轻人，喜爱这些热情、率真、坦诚的孩子，喜爱他们的笑声，也喜爱他们一见面就嘴里叽叽咕咕地亲热着，拥抱，相互用脸颊左一下右一下地碰碰。尤其那个娜比拉，无论回国前，还是从国外回来，见了中国人，也是拥抱，嘴里叽叽咕咕，挺兴奋地碰面颊，有时让中国男人真有点不习惯，别扭，心里那个一拱一拱的，简直无法言说。

刘斌关照哈方人，这些年，他常常奔波在万里长的大陆桥上，知道外出的人“颠沛流离”非常辛苦，到一个人生地不熟的地方，一切都得从零开始，同时，他们又需要融入这个社会。刘斌照顾哈方人的饮食习惯、租房住宿、跟车上下班和社会上人的打交道交流等问题。住宿上，哈方每个人都是一个独立的住处，一小套房间。有时加班太迟，娜比拉和同事们没有车回去，就会打电话给刘斌，让安排一个他能信任的人送她和伙伴们回去。有时间，刘斌会开车过来带他们。中国春节时，刘斌和几个副总经理都会买鲜花和海鲜、点心送给哈方人。

哈方人都把刘斌喊作“刘叔叔”“刘爸爸”。

哈方人看着刘斌工作台历上刚来中哈基地时拍的相片，一头乌发，青春飞扬，又见眼前的刘斌仅仅在几年内头发变成了灰白色，心里有点疼，惋惜地说，我们更喜欢你的一头黑发，年轻帅气……

刘斌说，中哈基地是块“磨刀石”，把我身体磨壮了，头发也磨白了，但我的白发是淬了火，更成熟了……

哈方人若有所思地点着头，心中明白，创业是一种赌博，如果不冒险，你就喝不到香槟。

二〇一七年十月，娜比拉在哈方群里发一条微信：和刘爸一起看十九届中共中央委员会第一次全体会议公报。

时间是最好的老师。

四年的光阴，教会了娜比拉往来连云港和阿拉木图的线路。她的生活已经很中国化了。她汉语学得好，了解到了所不知道的中国。来中国前，她看了香港电影，认为中国人是会飞的，能飞檐走壁，都会功夫，喝醉了酒也能打倒一片人，还能来无踪去无影，神龙见首不见尾。中国人每天都吃虫子、青蛙、蛇什么的。以为世界上近几十年算得上迈入发达经济体的，也就是亚洲“四小龙”和以色列；韩国是人口大国，人口过了五千万，比她的国家多出几倍。来到中国看了，惊住了，印象全变了，中国的发展和开放，国家和人民的形象是一变再变，过去的一切都不是现代中国人真正的样子，一个上海人口有两千多万，五千万人的省份多了；中国除了北京、上海、深圳这样的世界级现代大都市以外，更有许多令她感到震惊的事情，这其中就有移动支付、网购、外卖，还有中国的高铁、大飞机。

娜比拉活得漂亮。在上海，娜比拉有一个好朋友、好闺蜜，她经常飞到上海去见闺蜜，去说话，去逛街，去旅行。每次去前，娜比拉都会跟刘斌请假说明情况。

娜比拉对上海有很深的感情。她用流利的汉语说，我超级喜欢上海，基本上每月都要去一次。

上海居然那么大，让娜比亚整个人都震惊了。上海展露出不一样的鲜活与清新，仅崇明岛，就相当于两个新加坡那么大。每到节假日，上海就是一个长长的停车带，从市中心开出上海，可以开四五个小时。就算不出上海，崇明环岛游两个小时都开不完，你说上海有多大？初来上海时，她以为南京路是上海的中心，直到去了中山公园，后来去了五角场、徐家汇、陆家嘴，她彻底不知道哪里算是中心了。在上海，机场就有两个，火车站好几个，这也就算了，竟然同一个机场还分 T1、T2 航站楼，走错一个你就走远了。

爱的意义在于替身边的人，替周围的一棵树、一根小草着想。刘斌还发现娜比拉是一个很细心、有爱心的人。娜比拉在中国的一个朋友送了她一只小狗，是只泰迪犬，当时买下可能也就一两千块钱。有次，小狗生病，娜比拉给刘斌打电话，说小狗快要不行了，她都快要急死了。她对别人不信任，只信任刘斌。刘斌告诉她，在第一时间里，你快点把小狗送到宠物医院。他细心地叮嘱娜比拉宠物医院在哪里，怎么去，做些什么准备。

在医院里，小狗治疗挂点滴，小狗在流泪，娜比拉也在流泪。

小狗的病治好了，对着娜比拉发嗲，摇头摆尾。娜比拉见了，疼爱地说，我的宝贝，真是一只剽悍的泰迪犬。

娜比拉眷恋上中国了。她是独生子女，父母每年都问她，你什么时候回国呢？

她说，我对中国习惯了，还有一年，等一会儿吧。

父母说，父母想着女儿，女儿却不想着父母。

娜比拉说，我不是趁年轻在外多打拼嘛。

二〇一八年三月，春意朦胧。娜比拉要回国了，她年龄一天天大了，父母一天天地催促，让回国找个男朋友，解决婚姻大事。

美国诗人弗罗斯特说，从高兴开始，到智慧结尾。

娜比拉在父亲面前有了一次高光表现，兴高采烈地回国。

娜比拉专门给小狗办了签证，过程非常复杂的，小动物血液检验时间限制，办理手续很多。娜比拉所有不明白的事情都是求助刘斌，请他帮助办理。刘斌懂得多，朋友多，帮助她去办理很多事情，包括卫生检验、国检局检验一嘟噜事情。

航空要办理托运手续时，娜比拉打听到中国航空是不能托运小狗的，她有点难受，对刘斌说，俄罗斯航空那边五公斤以下是不用托运的，可以随机。

刘斌调侃说，这里可是中国，国情不同嘛。

刘斌最后安排订俄罗斯航空，把小狗通过俄罗斯转到哈萨克斯坦，前前后后的各种手续费用，娜比拉花了近两万块人民币。

连云港的海风不停地吹，娜比拉不忍离去。

用六天时间到了阿拉木图

我见到了翻译杨雷。他一米七四的个子，身体挺壮实，像木桩。

他是一九八四年出生，河北衡水人，留学白俄罗斯四年。他来中哈基地，是北京的一个朋友向萨吾特推荐的。

我想主动靠近他，赢得信任，就说，我高中学过三年俄语，但学得不好。

他说，俄语和白俄罗斯语不同。

我很惊讶，一直以为俄罗斯和白俄罗斯区别不大，白俄罗斯只不过是多个白，俄罗斯只是少了个白。

杨雷说，俄语属于斯拉夫语族的东斯拉夫语支，白俄罗斯语是白俄罗斯人的语言，是白俄罗斯的官方语言，音韵、文法以及词汇接近乌克兰语。

他谈到俄语，身上就带着浓浓的俄罗斯气味，说，哈萨克斯坦的国语是哈萨克语，官方语言是哈萨克语和俄语。由于以前受苏联的影响，哈萨克语中有很多源于俄语的外来词。另外，年轻一代掌握英语的人也很多。

杨雷常常沉默，脸上写着心事，问他的话，回答总是语调平淡和漠然。我们突然说到萨吾特，他神情一转，眼里闪耀光亮，话也多了，说，我父亲生病时，萨总掏给我三百块钱，钱不多，说明这个人很有人情味。

我明白了，杨雷经历了父亲的病痛，心底的雾霾还没有散去，眼神里有些忧郁。

我说到了丹尼，想多了解点这个人的情况，搜寻点素材。

他说，丹尼的家住在库斯塔奈，过一个山头就是俄罗斯。丹尼家乡最大的特点，是冷，冬天零下四十多度，十月下雪，到来年四月不会化掉，嘴里哈气，脸上结霜。不过，天最冷，女人还要穿裙子。

我说到了达尔汉。

他说，达尔汉家在首都阿斯塔纳。他说中国话很好……达尔汉说，在北京感觉压力大，喜欢连云港生活节奏，慢一点，适合他。

我说到中哈基地，杨雷眼睛放出骄傲的光芒，眉飞色舞，提高声调说，有一件事使我感到在我们中哈基地挺有面子，挺长志气，我陪同领导到北京哈萨克斯坦大使馆办签证，中石油公司的人也去了，他们多有实力，人到什么地方都是牛气冲天，说话的语气都不一样。可他们办签证，一周时间才能取到，我们中哈基地大不一样，早上九点到，下午两点就会拿到。他们惊奇说，你们是哪里来的？我说，中哈基地的。他们慨叹地说，难怪，还是你们牛。

中哈基地在我心中崛立着，一个个朴实、敦厚的中哈人向我走来，向着这个时代走来，成为一带一路上不可或缺的光彩的角色。

中哈基地高高的卡口建筑上竖写着一行红字：连云港中哈国际物流基地。十一个鲜红大字，映照在蓝天白云下，遒劲有力，夺目醒神。

萨吾特经过大门口时，常常驻足端详着“连云港中哈国际物流基地”十一个字。一天，他走进刘斌办公室，郑重其事地说，老刘，有时间吗？

刘斌正忙着，从桌子上抬起头，说，有什么事吗？

萨吾特说，占用你十分钟时间，我们到大门口去一下。

刘斌慢慢站起身，玩笑道，怎么回事，萨总神情很庄重啊。

萨吾特不和刘斌逗乐，带着他默默地向大门口走去。

大门口，集装箱车进进出出的。

萨吾特站在刘斌面前，手指着卡口上说，你看到了什么？

刘斌朝卡口上下看了看，平静说，萨总，让我看什么，打什么哑谜，有什么事情直说嘛。

萨吾特手指着“连云港中哈国际物流基地”十一个字，看着刘斌，把内心里闪烁的火花抖搂了出来，正色地说，我们中哈基地体现了中国元素，应该还要体现哈萨克斯坦元素。

刘斌听了，连连点头，忍不住笑起来。

萨吾特被刘斌的神情弄得有点发蒙，不知道他为什么这样发笑，就说，你笑什么，我是认真说这话的。

刘斌赶忙解释说，我知道，我们的想法撞到一起了，我没有来得及与你通气，早点敲定下来。

萨吾特怔了一下，随后看着刘斌，有点丈二和尚摸不着头脑。

刘斌眼里笑出了泪花。他是有心人，好些日子了，想着卡口上“连云港中哈国际物流基地”中文下面，能再添加上一行哈文或者俄文，可整天没里没外地忙着、忙着，晕晕乎乎，竟没有和萨吾特沟通、落实，耽搁了下来。他早看到萨吾特在言谈举止上体现出来的浓浓爱国精神，萨吾特经常给达尔汉、娜比拉、丹尼、哈宝山讲，我们是祖国派来的，学习中国搞物流的经验，待几年回去，要报效国家和人民。刘斌看到了萨吾特与达尔汉、娜比拉他们是如何地心恋祖国，懂得祖国在一个公民心中的力量。他按照萨吾特的要求，在中哈基地会议室、广场、门厅里都竖起哈萨克斯坦国旗，他们的办公桌上也都摆放着一面缩小的哈萨克斯坦国旗。哈宝山办公桌上没有哈萨克斯坦国旗，哈宝山当作了一件大事，饭也顾不得吃，向刘斌索要国旗。刘斌马上派办公室王玮放下手中事情，带着哈宝山去商店买国旗。他们转遍港区大街小巷，没有买到，又赶到二十公里外的闹市区，跑了几十家文化用品店，买到了哈萨克斯坦国旗。

刘斌暗暗内疚，没有把想法早点告诉萨吾特，给他平添了烦恼，甚至误解。他拍着脑门，对萨吾特表情认真地说，萨总，你的想法也是我的想法，只是没有及时告诉你，你说说“连云港中哈国际物流基地”十一个字怎么做吧。

半晌，萨吾特没说话，微微仰起头，眼睛凝望着“连云港中哈国际物流基地”十一个大字，望着澄澈、辽远的天空，一头黑发任海风胡乱掀动。这一情景，刘斌看在眼中，记在了心里。萨吾特心念哈萨克斯坦，虽远隔万里，心中却一刻不离不舍。是呀，他在异国他乡日夜操劳、奔波，全都是为了祖国！

在国外待过的人都知道什么是孤独、寂寞，知道祖国在心中给予的力量，自己的小家在心底带来的温暖。刘斌在哈萨克斯坦时，独自奔跑在冰天雪地里，黑夜里陷入进退两难的困境中，也曾有过对祖国的强烈眷念……

刘斌暗想，要抓紧把哈文“连云港中哈国际物流基地”装到卡口上，这不仅是几个字，而是一种情结、一份念想，也是一片心情的天空，让哈方人天天看着、守着，与它做伴，形影相随，像站在自己国家的土地上，享受着空气和阳光，感受到自由、放松、亲切、荣誉、骄傲……

萨吾特爱国的炽热感情，让刘斌浑身暖烘烘的，他饱含情感说，萨总，这样好不好，在卡口的门厅上面再做一排俄语或者哈语的“连云港中哈国际物流基地”，好不好？

有一个人插话说，可以考虑用俄语，是哈萨克斯坦通用语言。

萨吾特脸上凝结着庄重，断然说，不行。

刘斌知道萨吾特心里想的是什么，跟上说，没猜错的话，你是想做成哈语吧。

萨吾特用特别响亮的声音说，是这样，做成哈语的。

刘斌用赞赏的眼光看着他，心中春光灿烂地想，萨吾特是把爱国的一片赤诚融进了中哈基地。

萨吾特少有地高兴，对着刘斌说，这样就完美了。

爱国必然爱岗，爱事业，爱身边每一个追求美好生活的人。刘斌和萨吾特又想到了一处，看到了哈萨克斯坦元素的品牌价值、优势，在业务上有了新的想法，要把连云港乃至周边的所有的 KTS 箱子都转到中哈公司，这些箱子留在这里，实现一种代理，实现具有哈萨克斯坦元素的面上的一些东西，这是中哈公司一种正常的业务。

KTS箱子寄寓着最美的追求。

爱国，是燃烧的生命之灯。爱国的江河咆哮奔腾，没有什么可以羁绊、阻挡的。

二〇一五年二月二十五日，连云港到阿拉木图的“点”对“点”快速班列就要首次开通。过去，连云港到阿拉木图需要十二天到十五天时间，这样长的时间，客户等不了，快节奏的生活等不了，两个国家之间的需求也等不了。人都是这样的心理，出门坐车或发货，都想朝发夕至，一步到位。中哈快速班列能不能提升速度，对接成功，面临一座座的山、一道道的坎，主要是双方的车皮能不能提前安排好，班列换装、单证处理上是不是简单、快速、有效、准确。萨吾特和刘斌心里都有点紧张，拿捏不准。

他俩把精力全部放了上去。刘斌对萨吾特说，萨总，这次对接是开天辟地头一回，关系我们中哈基地今后发展的前途，能不能一炮打响，你们国家境内全看你的了，我们国家境内全是我的事。

萨吾特语气肯定说，我们哈方是全力以赴，保证快速对接。

刘斌思忖说，开通后，发布连云港到阿拉木图的时间，定在十天左右怎样?

萨吾特用哈萨克斯坦人做事的风格，不给自己留一点余地，说：六天吧。

刘斌说，能行吗? 在我们中国境内四天时间，肯定没问题，你们……

萨吾特说，在我们哈萨克斯坦境内两天时间，保证没问题。

刘斌心思缜密地说，万一路上有点耽搁，那……

萨吾特说，不会的。

每天，刘斌、萨吾特用像闹钟绷紧的发条的心奔跑着，双脚不停地奔走着。在特殊的日子里，萨吾特容不得身边的人在工作上有一点失误，杨雷在翻译信函中，没有标注一个标点，他发了一通火，用俄语称呼杨雷，廖沙，你怎么了，难道不知道，一个标点符号可能导致数据相差十倍？这是第一次，希望不要有第二次。

杨雷第一次看到萨吾特对自己发这样大的火，平时，萨吾特对他如同兄弟一般亲切，杨雷天天开车送他上下班，萨吾特有时间会请他吃小吃，还把省下的海鲜送给他吃。萨吾特信任他，把家里的钥匙放在他手中，有事可以请他帮忙协助。

现在，萨吾特用严厉的语气批评他，杨雷心服口服，脸上火燎燎地说，萨总，是我的过失，我一定以严谨的态度对待工作，这种错误以后再不会发生了。

刘斌每个月都要跑一次哈萨克斯坦，连续跑了两年，快到开通快速班列时，跑得更多了。他和哈萨克斯坦铁路快运公司谈车皮、箱子、价格、代码。在哈萨克斯坦时间多了，每当回到家中，他浑身上下都是异国的牛羊肉味道，爱人王曦红烧出的牛羊肉，他闻了都难受，要作呕。下班路上，看见有卖小鱼小虾，刘斌一手全捂住，不讨价还价，买下来，回家烧着吃图个过瘾。

再有十天时间，快速班列就要开通了。每天快到中午吃饭时，刘斌赶到集团办公大楼，坐在领导办公室，等待十二点钟时，和万余里外的哈萨克斯坦铁路快运公司举行电话会议。哈萨克斯坦和中国有两个小时的时差，中国的中午十二点，是哈萨克斯坦的上午十点，他们刚上班不久。领导和大家一样不吃午饭，与哈方商谈对接事情。刘斌回到中哈基地时，都是下午两点，他再把刚刚与哈方商谈的项目、对接人、时间节点、什么时间完成等事情，列成一张表，发往哈方国内，再商量、敲定。

离开通快速班列只有几步之遥了，达尔汉、娜比拉、哈宝山、丹尼仿佛看到了祖国在看着他们，亲人们在盯着他们，看他们在关键时刻，能不能顶住熬通宵，集中精力，不怕烦恼，不怕苦和累，憋住劲，把一沓沓的单证再审看一遍，做到毫无疑问、无差错。他们很是争气，做到了，迈出了几步关键的步子！

达尔汉、丹尼对客户报过来的单证进行前期审核，困了，眼皮不听话总是朝一起撮合着，他们用冷水激下额头，赶走睡意，再清醒地审核单子，给到阿拉木图的班列顺利接单，保证第一趟快速班列能够万无一失地到达。他们还不分昼夜和国内通话，一个单证一个单证地对接，有时，写错一个字母，这个单证就要重新填写。

在与哈萨克斯坦铁路快运公司业务对接中，有些事情搞不平的时候，刘斌会按照中国人的管理思维，让哈方人想办法，动用一些私人关系去协调。哈方人想法正好相反，他们习惯工作和私人是两条线，是扯不到一起的。

刘斌知道丹尼姐姐在哈萨克斯坦铁路快运公司做一个客服经理，说话挺有威信。他对高挑个子的丹尼说，丹尼啊，你不行的话，找你姐姐帮帮忙，单证可以审得快一点。

丹尼有些犯糊涂，奇异地说，这个事就是我的事，和我姐没有关系啊。

刘斌说，怎没有关系？ 关系大着呢。

丹尼说，有什么关系，我怎么不知道？

刘斌说，你姐管的人多，通过她认识的人来帮助我们审单证，这就是关系。

丹尼摇头说，这什么关系，他们都有自己的业务。

刘斌心里真急，哈萨克斯坦人怎么这样一根筋，非要死活一条道走到黑呢？

做人的思想工作像拿旧钥匙开锁，难呀，现在，要做一个外国人的思想工作，让他脑筋开窍，更是难上加难。

刘斌不相信打不通丹尼的脑筋，都是亚洲人，黄皮肤，黑头发，两个眼睛一个鼻子，喝的都是水，吃的是白面肉食，只要找到合适的钥匙，就一定能打开他这把锁。刘斌用一把特别的钥匙来开丹尼这把“锁”，给他讲了一个故事，细心启发说，我有货物在连云港，这边海关不让发了，铁路上不高兴，甩脸色了，怎么办？

丹尼说，这是你的工作，和他们联系呗。

刘斌说，这是我的工作，也是你的、大家的工作，因为所做的都为了一个目标、共同的利益。

丹尼的目光和刘斌的目光碰到了一起，他心里激起来没有过的一种好奇的骚动。

刘斌说，举个例子，我要办一件事情，需要一个部门盖章同意，但是在办理过程中，这个部门有人认为有些不合规定，不准盖章。怎么办？难道就这样不办了？我们就要想办法，争取能盖章。我就可以找战友、老同学、亲戚朋友，做那个不同意盖章的人的思想工作，带着感情，用充分的理由，去解释、说服，取得他的理解、同情、帮助和支持。办这样的事情，在不违反原则的前提下，采取迂回变通的办法，目的只有一个，千方百计完成任务。这也说明一个道理，人头熟和人头不熟来工作是两个概念，熟了，人家会帮你出主意、想办法。

丹尼脑筋像块冰，开始融化了。他从沉思中醒悟过来，光闪闪的眼睛盯住刘斌说，我知道你们怎么回事了。

刘斌说，中国有句话，人不能让尿憋死，知道吗？

丹尼点头说，听你们中国人说过。

刘斌说，中国有很多类似这样的话，像不要一棵树上吊死，人挪活、树挪死，都是说，人不要被困难憋住，一条路走不通，再换另一条路走。

丹尼深深地吸入口气，带着点幽默感说，刘总，你真是老司机，懂“套路”的。

刘斌说，你可以利用你姐在贵国铁路快运公司这个影响，把单证快一点审完，下一步可以慢慢把你的业务做起来。做业务就是要灵活，不要死板教条，要学会利用自己的社会资源。

说完，刘斌用信任的手拍了拍丹尼肩膀，呵呵一笑，说，丹尼，看你的了。

丹尼被激励得浑身发热，心花怒放，立即说，好嘞。

刘斌说，明白了？

丹尼精神昂扬，举起一只胳膊，大声说，努力工作，为了两国的合资企业发展，以后回到国内，十几、二十年以后，我会看到一个新闻，报道中哈物流基地得到了一个很大、很高的发展，我告诉孩子、老婆，我曾在这个基地工作过，作出过贡献。

成长，是从低处向高处走。

北京召开全国“两会”期间，哈萨克斯坦铁路快运公司对世界上发布，连云港到阿拉木图“点对点”快速班列，只用了六天时间，把原有的在途时间压缩了一半以上。世界上做中亚班列的国家和地区发出了一声惊叹，向中国、哈萨克斯坦投来非凡的意味深长的一瞥。

第五章　叫飞机等候一个人

小狐狸和老狐狸

哈萨克斯坦铁路快运公司领导人要到连云港参加一年一度的丝绸之路国际物流博览会，紧接着，哈萨克斯坦国家领导人要来连云港出席中欧班列开通仪式，管业务的副总裁扎克舍夫要来连云港打前站，看看中哈基地现场弄得怎么样。这是二〇一五年七月，天朗气清，绿肥红瘦。

来什么样的领导人，意味着什么样分量的重视。

萨吾特提醒刘斌，这个领导来要注意了，他做事不是一般的认真，会提出很多你想不到的问题。

夏天的天气说不准，前一个月天气真是好得不得了，到了七月里，晴雨冷热一股脑儿挤进了港城明媚的夏日。

扎克舍夫来了，天气又阴又冷，他不习惯地问，连云港天气经常这样吗？

萨吾特说，前一段时间热得难受，这几天又阴凉下来了。

扎克舍夫下意识地把短衣领紧了紧，自说自话道，我说吗，海滨城市不该这样，四季分明才对么。

萨吾特太了解连云港，随口就说，连云港是四季分明的海滨城市，受海洋的调节，气候湿润，寒暑宜人，光照充足，雨量适中，常年平均气温十四度，常年无霜期二百二十天。

扎克舍夫没吭气。

刘斌跟在扎克舍夫身边，看着这个比自己稍矮一些，身体壮硕，脸上微黑，有络腮胡子的副总裁，心想，能看出来，他性格豪气，做事较真，是个眼里不揉沙子的人。

这几天，扎克舍夫忙着和中国铁路集团、连云港港口控股集团、连云港铁路单位领导握手、拥抱，谈的事情有的顺利，有的不是太顺利，心情有点不爽。

在中哈基地现场看了，听了，扎克舍夫双手插在衣兜里，多半不说话，可偶尔插嘴说话，像天上掉下来的冰雹砸在刘斌心中。他说，你们箱子少了点，视觉不太好看啊。

刘斌像在验证扎克舍夫的话准不准，目光又重新扫了一遍现场，场地内堆放的七八千个箱子，如同一座小山连着一座小山。刘斌对扎克舍夫说，这里有七八千个箱子，我们还在尽力上量，大批箱子还在陆续进来。

扎克舍夫听了，心里稍有些熨帖，他看着刘斌又提出了一些问题，什么境外代码销售、箱子销售，以及其他一些业务还没有做好。

刘斌平静、坦诚地解释说，我们努力了，可你们底下人支持力度小，不到位，境外代码、箱子销售，价格太高，我们根本没法卖出去。

扎克舍夫撇了撇嘴，说，有这事？不可能的。

刘斌紧盯着他的脸，说，我说的句句是实情，代码销售给我们的价格接近于市场价，很多个体户比我们拿的价格还低。

扎克舍夫不舒服了，脸上几乎能滚下雪团，神色不好看。是呀，哪个上级部门人愿意看下面人顶撞自己，当然更不愿意听那些不中听的扎耳话。扎克舍夫回到会议室，坐在沙发上，一言不发，两手不停地撕纸，把一张A4白纸撕成一片片长条，随后，再接着撕，慢慢地撕，撕得碎碎的。

他一脸不高兴。

萨吾特把刘斌拉到背后说，你怎么了，扎总不高兴了。

刘斌说，我没惹他不高兴，说的都是实话啊。

萨吾特说，人都得罪了，还说是实话呢……

刘斌微笑着，眼里闪着真诚和机智的光亮，他把扎克舍夫刚刚撕纸的一些动作，全都看进眼中，看出是个急性子、脾气暴躁的人。他想，这样的人心宽体胖、没有坏意，容易相处得好。刘斌拍一下萨吾特肩膀说，莫急，我有办法让他高兴。

萨吾特眨巴下眼睛，一脸不解的神色。

扎克舍夫把撕碎的纸朝篓子里慢吞吞地丢，一小块、一小块碎纸屑，像雪花，飘飘洒洒。

会议室里，大家望着扎克舍夫，没有人讲话。

猛然，扎克舍夫站起来，望了望大家说，现场都看了，情况知道了，现在可以离开了。

临要出门时，扎克舍夫对跟随的人员丢了一句重重的话，把中哈基地所有管理流程和管理规定全部带走。

刘斌心里被刺了，扎克舍夫这不是要准备找我们的事情吗?

萨吾特看着刘斌，用焦急的眼神与他交流，怎么办?

下午五点钟还未到，天上滚动的乌云遮盖得天地间一片昏暗，飕飕凉风中夹带着凉丝丝的雨点，看样子，一场暴雨就要劈头盖脸地下来了。

刘斌拉住扎克舍夫的手说，雨就要下来了，扎总，不要走，在这里吃饭吧。

扎克舍夫耷拉下眼皮说，不用了，晚上要乘飞机。

刘斌说，晚饭总要吃吧，哪能不吃饭就走人！

扎克舍夫望了望天上说，雨暂时下不来。

刘斌说，这雨说下来就会下来。

扎克舍夫执意要走。

刘斌说，吃了饭一点不误乘飞机，下雨天飞机来时也会迟到的。

扎克舍夫迟疑一下，问道，真是这样？

很多人点头说，是这样，我们常坐这班飞机，下雨时，飞机来时就会误点。

刘斌挡在扎克舍夫前面，说，扎总，你和连云港有情有义啊，老天爷都下雨要留下你吃饭……

扎克舍夫见刘斌执拗地挽留，看出了中国人真诚、热情和好客，不好意思再推辞，难得地一笑。刘斌不失时机把他请到饭桌上，随即给每位哈方人递上一碗又亮又透明的葛藤羹。

扎克舍夫盯住葛藤羹问，这是什么啊？

刘斌说，连云港云台山上的一种野生植物根子，喝酒前吃了，能解酒精。

扎克舍夫仍然没有走出下午不太愉快的心境，用无所谓的口气说，晚饭不喝酒，我们要乘飞机。

刘斌说，喝葛藤羹身体健康，清淤化痰，治疗很多毛病，没坏处。

萨吾特配合密切，紧紧跟上说，我喝过，感冒发烧喝了，好得很快，还清心润肺呢。

刘斌用手比画说，山上的葛藤根，大的有手腕粗，小的也有拇指粗，长有十几、二十几年了。

扎克舍夫第一回听说这事，惊异了，拿起调羹，搅了搅发亮发灰又黏稠的葛藤羹，说，这样珍贵的东西，怎么做出来的？

刘斌脸上带着笑讲了怎么从山上挖出葛藤、清洗、捶烂、过滤、放进缸里沉淀、晒干，随后怎么做成这样的稀羹。听了刘斌一番生动的描述，扎克舍夫喉咙里不知怎么就不舒服了，轻轻咳嗽两声。刘斌赶紧说，喝下葛藤羹，马上就不会咳嗽了。

扎克舍夫被逗得憋不住发笑，说了一句玩笑话，看样子葛藤羹真是好东西，把我咳嗽都勾引出来了。

刚才安静的人群发出一阵开心的笑声，大家有说有笑地热闹起来。

一碗葛藤羹滑下肚子，肠胃被滋润得舒服了，扎克舍夫心情好多了，脸色渐渐开朗，找着刘斌不停说话。刘斌给他讲了葛藤羹的来历和民间传说，讲了花果山孙悟空是如何出生的，徐州到连云港这一段的陇海铁路是怎样修起来，连云港这块地方是怎样的风水宝地，一年四季很少有台风、洪涝灾害。当刘斌说到连云港是一带一路的交汇点，也是《西游记》中孙猴子的老家，孙悟空是享誉世界的安防之神，手持的“如意金箍棒”是纵横天下的安防利器，扎克舍夫乐得眼里冒出泪花，用力点头赞同说，孙悟空厉害，我知道，是个浑身长毛的灵猴子，上天入地，无所不能，他那筋斗云太快了，谁也拿他没办法。

刘斌说，我们中哈基地有孙悟空当安防、保佑，想什么就会有什么，做什么就会成什么。

扎克舍夫说，刘总想象力丰富啊，不错、不错。

扎克舍夫不仅知道孙悟空，对《西游记》中神通广大的人物也能说出来，唐僧、猪八戒、沙僧、李天王、哪吒……

神话与现实连接到一起，让扎克舍夫乐得忘了白天里弄出的一点不合心意的事情。

扎克舍夫望着粗壮的刘斌，随意问，你多重？

刘斌说话随意多了，说，我们俩身高、胖瘦差不多，体重也应该差不多吧。

扎克舍夫说，很多人说你能喝酒，说实话，能喝多少？

刘斌说，我知道，你酒量很大，我不如你。我们中国有句话，酒逢知己千杯少，遇上朋友了，不能喝也要喝，我是舍命陪君子，一定会喝好。

扎克舍夫脸上带着笑容，听得认真。

刘斌说，我今晚陪你喝酒。

扎克舍夫抬手推让着说，今晚不行，我要赶回去。

聊天轻松、愉快，还伴有笑声。

扎克舍夫突然惦记起乘飞机，盯住刘斌眼睛问道，乘飞机时间能保证吧？

刘斌一身轻松说，尽管放心，一点问题都没有。

其实，刘斌在连云港机场有同学，是机场塔台总调室人员，他打电话问过了，同学今晚值班，已经知道北京那边飞机还没有起飞，这趟飞机确定会晚点。同学告诉刘斌说，你们尽管在酒店喝酒，不碍事，只要我给你打电话，你们从酒店出来，直接上飞机没问题，只要把资料都发过来，我把你机场这边的手续全部办好。

吃饭了，刘斌劝扎克舍夫喝酒，他不喝。刘斌开始想办法，让他喝。酒有时是好东西，交朋友、找人帮忙做什么事情，喝酒比什么都管用。有人说，没有醉过酒的人，不能做朋友，这话不是没有一点道理的。

刘斌端着酒杯对扎克舍夫说，你们哈方铁路快运公司在阿斯塔纳机场有货源业务可以进贵宾室，但是，你不能叫飞机等你，你今天就在港口这边好好吃饭，我能保证飞机等你过去。

扎克舍夫浅浅地一笑，是怀疑，不相信他说的话，看成是吹牛。

刘斌跟他神乎其神地说，我老刘对你说，你在阿斯塔纳能做的事，我在连云港也都能做，但是我能在连云港做的事，你扎总在阿斯塔纳可能都做不了。

扎克舍夫呵呵乐了，摆着头说，不可能吧，你这样自信?

刘斌说，是的，我自信。

扎克舍夫说，飞机能听你的?

刘斌不含糊地说，当然了，肯定听我的。

扎克舍夫双眼透出一些无奈说，我在阿斯塔纳做不到，不过，你要是做不到怎么办?

刘斌晃了晃手中酒杯说，喝酒啊，连续喝三杯。

扎克舍夫喝酒的兴致蹿上来了，说，不行，把这一瓶酒全喝光。

刘斌说，行呀，但你要答应我一个条件，你现在要喝酒。

扎克舍夫酒劲上来了，端起酒杯说，答应你，我和你喝。

酒是个怪东西，一旦开口喝，就收不住，喝多了，那辣味不知道了，像喝白开水，平淡无味，不停地朝嘴里灌。

他俩一杯接一杯地喝，喝了很多酒。

雨一直没有下来。

机场电话来了，刘斌送扎克舍夫去机场，扎克舍夫酒意蒙眬的双眼里透着怀疑，冲着刘斌反复地追问，你真能把我们直接送上飞机? 不是吹牛皮吧?

刘斌说，当然了，我说话算数，泼出的水从不往回收，吐出的唾沫落地砸出个洞，要不怎么走南闯北。

扎克舍夫的头如同鸡啄食般连连点着，嘴里喷着酒气说，这就对了，是男人，我没看错，佩服，做人硬气。

扎克舍夫要直接上飞机了。

飞机似乎在等待着扎克舍夫。扎克舍夫吃惊了，心服了，抱着刘斌，高兴得又摇又晃，说，你是神通广大的人，你这个朋友我处了，有什么业务需要支持，告诉我一声，都能支持的。

哈萨克斯坦国家领导人来中哈基地的日子一天天临近，刘斌每天忙着箱子上量，一时一刻没有消停。他到每个船公司拜访，告诉他们说，哈萨克斯坦国家领导人马上要到中哈基地来，很多媒体也会过来，这是一个宣传的好机会，你们该考虑把箱子多弄点进来，尤其是好的新的箱子。船公司人说，你说的我们可以做到，但你打算怎么宣传我们公司？刘斌说，帮你们的箱子朝摄像机镜头前多摆摆，朝人群面前多摆摆。船公司人满意了，每个箱子上都有船公司的名称，做一次免费的广告宣传是合算的。很多船公司挤着找上门，跟刘斌说能不能给他们多摆一些箱子，摆在摄像机镜头前面，摆在好的位置，在媒体上多宣传宣传？

刘斌在借力打力。

扎克舍夫又来了，哈萨克斯坦领导人来前的一个礼拜，他跟着哈国铁分管物流的副总裁兼中哈国际物流有限公司副董事长阿尔皮斯巴耶夫、铁路快运公司总裁叶留巴耶夫赶来打前站。

刘斌陪同他们看现场，扎克舍夫眼前的情景变了，场地多了三千多个箱子，遍地都是一堆堆箱子，阳光下，箱子汇成的海洋，宏大、壮观、气派。

扎克舍夫脸上现出了洋洋得意的笑容，从内心深处佩服刘斌的实干能力。他给阿尔皮斯巴耶夫、叶留巴耶夫说了一句无比自豪的话，比我上一次来看的时候，箱子多了很多。

阿尔皮斯巴耶夫看着，眼中全是喜悦，满意地说，比预想的还要好，满眼生辉啊。

刘斌说，现在比过去多了三千多个箱子，总共有一万多个箱子。

扎克舍夫半玩笑、半认真地问，是不是为了领导人来专门做的准备？

刘斌一脸坦然说，没啊，是正常业务。

叶留巴耶夫和阿尔皮斯巴耶夫相互看一眼，叶留巴耶夫心里高兴，脱口说了一句话，扎克舍夫是小狐狸，刘斌是老狐狸。

在哈萨克斯坦人眼里狐狸是聪明的人，刘斌不懂，就问，老狐狸是什么意思？

扎克舍夫说，在我们国家是狡猾的意思。

刘斌和哈方铁路快运公司领导人能够在一起开玩笑，感情融洽，是心与心的相通。刘斌说，这是从不认识、不理解、不信任，到认识、信任和变成好朋友的过程。

朋友就是喜欢你的人。

后来，扎克舍夫在俄罗斯做哈方铁路快运公司的代表，刘斌还会经常在阿斯塔纳铁路快运公司大楼里碰到他，他们一起吃饭喝酒的时候，扎克舍夫一定要和刘斌多喝两杯酒，心中才痛快。他对刘斌说，俄罗斯有什么业务需要我出力，尽管说，我会全力帮忙。他俩虽然语言不通，要通过翻译，但有时看手势、口形和脸上神情，包括端酒杯的动作、拥抱的力度，都能懂得对方说些什么、要干什么。

信任让荒原鲜花绽放

在哈萨克斯坦铁路快运公司的一次会议上，刘斌以一当十、舌战群“雄”，演绎了一场“笑傲江湖”的辩论战，博得了哈方人的尊重。

二〇一五年九月到二〇一七年五月，刘斌前往哈萨克斯坦二十多次，不是商谈项目，就是谈判什么资金、预期、股权分置等伤脑筋难弄的事情。就说在哈萨克斯坦合作建“霍尔果斯无水港”的事情，双方为了股份多少，像推磨一样推来推去。有人说，中英香港回归谈判才二十次，刘斌跑哈萨克斯坦谈判二十多次，比中英谈判还厉害。

二〇一五年九月，一天，刘斌跟着集团领导在阿斯塔纳谈完合作，哈萨克斯坦方面突然要求刘斌一个人留下来。刘斌充满了疑惑，对着萨吾特随口问道，为什么留下我一个人，有什么事吗?

萨吾特摊了摊手，望着刘斌，神情茫然而内疚，他虽然没有说什么，但刘斌从他眼中看到了“心有余而力不足”。

集团领导经验丰富，马上意识到是哈萨克斯坦铁路快运公司要过问中哈基地经营情况。

中哈基地把哈萨克斯坦进口的电子产品、汽车配件、生活日用品、医疗器械等等，从连云港拉到哈萨克斯坦，再把那边东西拉回连云港。可那边没有太多的东西拉回来，能拉回点的货种是有色矿，火车常常是空荡荡回来，造成了运输能力上的浪费。怎样解决运输不匹配，避免两国财力的浪费，物流费用过大，成了中哈双方急待解决的问题。

九月的阿斯塔纳，正在演绎着春天般的故事，绿色在大地上恣意铺展，花儿在生动摇曳光彩。

连云港人无心流盼、品尝哈萨克斯坦不一样的“春天”，心里隐隐担忧，哈萨克斯坦铁路快运公司领导问刘斌的话，会不会有什么意外发生?

领导把一些想法对刘斌说了，提醒说，你要有个思想准备，抓紧理个思路，不要到时乱了手脚。

刘斌笑着说，什么事情都装在肚子里，不怕。

领导看着刘斌宽宽的肩膀，轻松的神情，沉稳、坚定的脚步，觉得“考试”在他面前不算什么。是呀，他筹建过铁路线，筹建、运行过货场，运行过铁路线和国际班列，运行过场站和仓储业务、保税业务，在中哈基地运行的所有业务，之前他全部经历过……现在去汇报中哈基地经营情况，对他来说，只是多了一个货场，过国境多了一套单证……

领导从背后打量刘斌，他的脊背像一座山。

下午，萨吾特陪着刘斌走进哈萨克斯坦铁路快运公司。萨吾特见前后没人时，赶紧对刘斌低声说，这一关不好过，很多人要对你提出不少问题，要有个准备啊。

刘斌瞟了一眼他，问，你估计，我能通过这一关吗?

萨吾特没说话，嘴角微弯，带着些许笑意，用信任的眼光照在刘斌脸上。刘斌看懂了他的眼光，相信他会临场不怯，汇报的内容一定能通过专家评审，赢得铁路快运公司领导的肯定。一年多了，萨吾特了解刘斌，佩服刘斌的能力，敢想敢干，遇事不惊不乱。中哈基地的一切都装在刘斌的脑子里，什么财务、业务、工程，他是记得滚瓜烂熟，倒背如流。他平时喜欢转现场，和主任、班组长、员工泡在一起，谈生产问题，解决生产问题，碰上难事拦不住他，总有办法解决掉；他好学习，碰上什么不懂的新知识都要搞懂，一般人不懂搞基建，他却懂得，还懂经营和管理，这样的总经理在会议上说话怎能没有底气?

萨吾特发自内心佩服刘斌，说了一句，刘总，你还行，若是让我来，肯定过不了这一关。

刘斌放松地一笑，那神态是成竹在胸。

萨吾特看着刘斌刚毅的鼻梁和嘴角，心想，这个刘总，天生像头牛，有股倔强劲，没有见过他怕的事情。看他现在这样子，多自信，稳操胜券似的。

进了会议室，刘斌朝主持人的位置上看了看，坐着阿尔皮斯巴耶夫副总裁、叶留巴耶夫。阿尔皮斯巴耶夫翻看着材料，一言不发。刘斌发现来自铁路快运公司九个部门的负责人、专家都用探询的目光看他，个个脸上挂满了严肃的一个个急待发出的问号。刘斌心中更有数了，铁路快运公司想通过这个会议，给他施加压力，实现利润新的增长，并要超过他们预定的目标。

刘斌善解人意，懂得阿尔皮斯巴耶夫副总裁的用意，理解他的心情，懂得他肩膀上的压力。是的，以连云港为节点，来自全球的货物通过这条专用铁路更加快捷地对接哈萨克斯坦，而哈萨克斯坦的货物更是从这里往东从中国连云港出海。中哈基地是哈方在中国最大的投资项目，总投资将超过三十亿元，这么多钱投入了，回报能多少，哈方高层看着它，哈方人民也看着它，阿尔皮斯巴耶夫副总裁心中的压力能不大吗？

会议室里坐着二十多个人，只有刘斌一个中国人。

萨吾特在旁边给刘斌当翻译。

阿尔皮斯巴耶夫首先问话，刘总，你做中哈公司总经理后想得最多是什么？

刘斌有点激动说，我的一生当中，在即将退休的这个年龄段，很有幸与我们哈方的朋友一起工作，这是我人生当中的第一次，也可能是最后一站，但我和你们共事非常开心，尤其是以萨吾特先生为首的团队，我也许不能把效益做得最好，但努力做得更好……

阿尔皮斯巴耶夫眼中闪了下笑意，点了点头，又问，现在中哈公司管理人员、员工是什么状况？

刘斌说，公司下设综合管理部、财务管理部、安全技术部、国际业务部、生产业务部、机械队。在册职工五十三人，其中包括哈方员工八人，另有劳务人员六十人，一共一百一十三人。

阿尔皮斯巴耶夫问，生产能力怎么样？

刘斌说，有集装箱卡车九台，平板自卸车三台，装载机两台，正面吊两台，堆高机一台，叉车十七台，轮胎式集装箱起重机两台，轨道式集装箱起重机两台，铁路专用线两条。

刘斌流利回答，如数家珍，每当说出一个数字，阿副总裁都是轻轻地点头。

阿尔皮斯巴耶夫询问得很详细、很细致，生产经营呢？

刘斌思路清晰，有条不紊地说了怎样抓生产，提高装卸作业效率，业务稳中有增。当说到四月九日火车装卸昼夜作业达 201 车、九月三十日昼夜作业达 265 车，十月二十九日，铁路装卸作业白班工班突破 211 车，昼夜作业达 359 车，再次刷新两项作业纪录时，阿尔皮斯巴耶夫眼角绽出十分开心的笑容，花白的头发也闪出异样的光泽。刘斌看着他欢愉的神情，心想，阿尔皮斯巴耶夫副总裁是看到了中哈公司露出的希望曙光，欣慰了，高兴了，他主管的项目总算结出了果实，怎能不兴奋？

刘斌汇报着劳动的果实，倾泻的全是奋斗心路历程。他心里激动着，曾有的痛不见了，兴奋的话语被哗哗啦啦地倒出来，讲给阿尔皮斯巴耶夫、叶留巴耶夫听，讲给在座的每一个人听，也讲给自己听。他要让他们相信，他能讲出来，就能做得到，自己是个完全值得信赖的人。

他要把信任摊开来给他们看，也要给自己看，在这个世上信任两字多么贵重，千斤不换!

第一个回合的问答之后，接着，铁路快运公司九个部门负责人提问了。毕竟，国家利益非同小可，一个细节考虑不到，往往会带来成千上万的经济损失。

他们询问中哈基地整个建设过程中的问题，包括交通、财务、经营等方面的内容，有些问题提得又专业又难以回答。快性子的刘斌要是放在过去，不等他们提完问题，早就高声大嗓地抢过话头发声了。这次，他忍住了，改变了自己。曾在一次中哈工作会议上，刘斌抢过哈方人的话，弄得他们有点发蒙。当时，旁边的集团董事长丁锐对他低声交代说，要学会听别人讲话，不要抢话。

厚爱，意味着责任。

一句话，点醒了刘斌，知道什么叫作远方。

时间在一分一秒地流逝。挨到刘斌发言了，所有的眼睛都看着他。刘斌神情沉稳，望了望大家，轻轻咽一口唾沫，滋润下嗓子，所有的话语立刻像涌泉似的冒出来。他的讲话，真有点“兵来将挡，水来土掩”的味道，严丝合缝，滴水不漏。中哈基地的整个建设过程和时间节点都装在他的脑子里，说起这一段的日子，那些人、那些事、那些艰难、那些汗水，都在心头翻滚，历历在目。刘斌给他们有板有眼地介绍铁路线建设、场地建设和其他几个板块建设，介绍得既有时间节点又有工程管理现状，每个环节都讲得头头是道，在场的专业人员无从再询问建设的细节问题。他们问道，铁路线建设，包括时间节点，重载压道的方式，刘斌按照建设铁路标准一一回答，解释到位。他们问，场地建设中混凝土的厚度、强度以及标号，刘斌对答如流，他说，混凝土厚度是450的，标号是C35的，这些都是按照正产的国际标准。他还把混凝土打造完成后的保养，解释得清清爽爽。刘斌对有些专业技能问题的回答，让专家感到吃惊，如地质资料的勘察，因为只有根据地质资料勘察，才能出方案，说出为什么打这么厚的混凝土，打 450 的才能有足够的承载力，才能说出满足正面吊吊一个集装箱的重量达到 96 千帕轮胎胎压现场的操作使用，这些都是专业语言，刘斌掌握得量多、准确。他们还问专业问题中的细节，比如，加不加钢筋网片这些专业冷僻的问题，刘斌一口答道，加！那些专家提的问题很多，还有铁路线路长度，重载压道的范围，还有整个道床情况，铁路线牵出线出来，火车头怎么掉头，道口怎么管理。刘斌像一本“大百科全书”，越讲越生动、越有味道，把熟知的东西都从肚子里倒出来，告诉他们说，采用倒杆和车挡两种方式，线路全部采用电气化集成式的启动系统，不是人工的，全是电气化集成式，远程控制的，不存在现场扳道岔的情况。

专家们随便的一个提问，看似风轻云淡，但都是剑有所指，问在利害点上，步步逼人。他们问，财务费用是怎么算出来，集装箱卡车为什么包给别人，经营收入是多少，利润多少，成本怎么分析，有收入的活有哪些，没项目活的收入是多少，产生了多少成本，最后利润是多少……

刘斌答话声音不高，目光却亮堂、自信，语气坚定。朴素的言语、坦诚的自信、真挚的情感，流露出刘斌干实事的气质风格。

哈方人看着刘斌，心里是满满的踏实，觉得这个中国人说的话是真诚的，值得相信。他们目光朝向阿尔皮斯巴耶夫，意思说，我们再没有什么疑问和需要提问的了……

萨吾特被刘斌的发言打动了，心里有说不出的感动。

阿尔皮斯巴耶夫坐不住了，举行这次会议还有一个最大的目的未达到，那是利润指标。他看看手表，望着刘斌，单刀直入地说，刘总，我就向你提一个要求，希望你二〇一五年做到六万四的利润。

这，点明了会议想要的最终结果。

刘斌答复得干脆，响亮的声音回荡在会议室里，说，可以，不过你要支持我几个条件。

阿尔皮斯巴耶夫爽快地说，你说，我答应。

刘斌把心里酝酿已久的事情像竹筒倒豆子般全部倾泻出来，他说到了火车从哈萨克斯坦去中国连云港货源开发，要实现“重来重去”，做到六万四的利润，必须保证大宗货物朝连云港流动，只靠有色金属、棉花、棉纱几样，不可能达到那么大的量……

事业之火燃烧着刘斌的心，他要通过一些谈判的技巧来达成所做一些事情的目的。他心里清楚，自己有能力把利润做到六万四，但是，需要哈方人鼎力支持，中哈公司不是他一个人的，也不是中国一个国家的，而是属于中哈两国共同的财产。兄弟同心，其利断金。两国人要心往一处想，劲朝一处使，一荣俱荣，一损俱损。他给哈萨克斯坦铁路快运公司领导提出条件，想逼一逼对方，把好多业务慢慢都能放到中哈公司，不断地放开口子，把两国物流做大、做多、做强。

阿尔皮斯巴耶夫高兴地看到刘斌提出的这些条件，他从中看到中哈公司这个当家人是有担当的，有能力，有办法，还有压力。他心想，有点压力好，压力是担子，会压着他跑，压着他想办法，把利润搞上去。

阿尔皮斯巴耶夫对着刘斌用欣赏的口吻说，还有别的问题吗？

刘斌说，没了。

阿尔皮斯巴耶夫用力点了点头，信任地说，好，那就这么定了。

这时，刘斌头脑清爽，思路洞开，打开话匣子，滔滔不绝地讲起国际业务大循环：

国际大循环经济发展，契合了二十世纪九十年代以来国际分工的一种深刻变化，由信息革命所催生的模块化生产在几乎所有产业（包括许多服务业甚至农业）都导致了国际分工的关键性变化，生产和服务功能在地理上的分散推动了产业价值链分工的新发展，从而催生了跨国公司全球产业价值链的迅速扩张。

像草原上的秋风，刘斌带来的新理念吹拂着哈方人的头脑，他们这才意识到，地球上的世界旋转得这么快速……

哈方人对刘斌的记忆更深刻了。

刘斌的话匣子打开了，就收不住，说到了中国西北地区经济的快速增长，特别是连锁商业的发展，各种形式的物流配送中心在西北地区发展起来。它们绝大多数都跨越了简单送货上门的阶段，基本上属于真正意义上的物流配送。

哈方人听着刘斌朴素而动人的介绍，仿佛中，觉得中国西北地区高速公路上的车流就在身边。刘斌还说出了中国西部仍是传统意义上的物流配送，处于物流配送初级阶段，不具备或基本不具备信息化、现代化、社会化的现代物流配送的特征，在经营中存在着传统物流配送无法克服的种种弊端和问题。

真真切切、实实在在的话语，让哈方人恍如站在哈萨克斯坦最高峰汗腾格里峰上，有高度，有厚度，又实在可靠。他们愿意攀爬冰雪封盖的汗腾格里峰，愿意任凭汗腾格里峰的风雪吹打……

刘斌兴致勃勃，话头不断，说到了中哈基地将要建设成为一个物流枢纽，船站直取，信息化系统，智能无人机，在连云港就能看到霍尔果斯无水港集装箱堆场。

阿尔皮斯巴耶夫被吸引了，盼望一个蒸蒸日上的物流枢纽早日成形。他向刘斌朗朗大笑着走过去，伸出大手，紧紧握住，接着，敞开宽阔的双臂，用力地拥抱，口中说了四个字，我信任你。

信任，多么崇高的字眼，多么神奇的信物啊！ 信任让荒原鲜花绽放。

晚霞染红西边天空时，中哈两方唇枪舌剑交锋的一个下午，终于过去了。

晚上，在铁路快运公司招待所，叶留巴耶夫请刘斌吃饭，他俩喝了很多酒。 喝酒就会话多。 刘斌谈到在阿斯塔纳能看到连云港中哈基地信息化装卸那个视频和火车装卸等所有数据，叶留巴耶夫兴奋喊道，真的啊，下午怎么没听你讲？ 阿尔皮斯巴耶夫副总裁要是知道，还不知怎样高兴呢。 他激动地站起来，展开双臂，要直接从对面跟刘斌进行拥抱，把桌子碰翻了。

叶留巴耶夫不顾打翻的饭菜弄脏衣服，紧紧抱着刘斌，大声说，太好了，你总是给我带来惊喜。

服务员重新摆上了饭菜。 刘斌推托说，喝好了，不用再上菜了。

叶留巴耶夫挥着手，坚持要喝酒，说，没有喝完，再接着来。

他俩重新坐下来，你来我往地吃菜喝酒。 无意中，刘斌说了句，过几天在阿斯塔纳圆桌会议有一个推介会，我要有个代表中哈基地的演讲。

叶留巴耶夫听了，有几分激动，喝上一口酒，大声说，我也要代表铁路快运公司演讲。 说罢，他又举起一杯酒，要祝贺自己和刘斌一块儿在圆桌会议上演讲。

刘斌下午精彩的演讲还在叶留巴耶夫耳边回响，他很想知道刘斌在圆桌会议上又要演讲什么样的内容，情绪高亢地说，刘总，你将要演讲什么呢，现在能给我讲讲吗？

刘斌说，这样急干什么，过几天就会知道。

叶留巴耶夫心急，一个劲地说，先说出来听，我们交流学习。

刘斌躲不开就说，我讲了，你喝酒吗？

叶留巴耶夫说，你讲，我来喝。

服务员拿来一瓶酒，放在叶留巴耶夫面前。刘斌讲得高兴、有劲道，叶留巴耶夫喝酒越发兴致盎然，一盅接着一盅地喝。刘斌讲的是信息化互动，这像磁铁一样，把叶留巴耶夫牢牢抓住了，不等讲完，他盯住刘斌说，刘总，你讲的内容太好了，我的不讲了，你的让给我讲，好不好？

刘斌被噎住了，想对他“砰”地关上门，委婉地推脱着说一句“我的演讲准备好长时间了”，但又觉得不妥，叶留巴耶夫开口说这话不容易，封口推辞他会扫兴，甚至不高兴。

刘斌还在犹豫不决。

这时，叶留巴耶夫直通通说，我们铁路快运公司太需要信息化了，把你的PPT给我讲，你给我做实时连接，我在阿斯塔纳就能看到中哈基地怎么装卸的了。

成大事不在于超越别人，而在超越自己。刘斌做事贵在能超越自己，此刻，心里笑着想，这个叶留巴耶夫，想做的事是一条道走到尽头，谁也挡不住，把我的PPT给他讲也好，对中哈下一步合作会有更大的好处。他大声答应他一句，行呀，你讲我的PPT，我给你做实时连接。

刘斌觉得这样做值了，有心栽花花不发，无心插柳柳成荫……

第六章　一块聪明的“跳板”

“野心”的“领头羊”

在中哈基地偌大的堆场上走走，站在堆得如同楼房般高大的集装箱下，我顿觉整个人微小如一枚树叶、一颗螺丝钉，对身边的生产部副部长、抓安全管理的乔港说，中哈基地堆场不太大，可走上来感觉还是很大的。

乔港是土生土长的港口人，看上去像土地一样朴素、实在，脸上带着富足、满意的神情说，港口堆场非常紧张，我们这里算是港口好地块之一了，寸土寸金。

我望了望相邻的、隔着一条大路的其他公司二十一万吨粮食筒仓，二十几年前，它被誉为亚洲最大的粮食筒仓，我曾写过建设它的一个姓刘的总经理。 此时，蓝天白云下的筒仓依然高大雄浑，气势磅礴，我说，你们可以把散装的小麦放进筒仓嘛，反正都是集团所属的公司。

乔港眼睛扫一遍堆场，明亮的眸子闪动着激情，说，筒仓里装的是我们国内的粮食，哈萨克斯坦的小麦进不去。 我们国家有严格控制，国外物种不准随便进入国内。

我哑然后，想起自己当知青时，喂养过一段时间的猪，天天到河塘里捞水葫芦，打碎喂猪。水葫芦是从外国进来的物种，可能引进时低估了它的生命力，到了中国水里，疯长，其他东西都长不过它，成了灾害。我还见过一种大米草，从外国来到中国，在盐碱地、滩涂上长得太好了，控制不住地狂长，成片成片，像芦苇荡，污染着水道，常常引发赤潮。

刘斌他们也是国家物种“守门员”啊。我这样赞许地想。

乔港说，国检局对于过境的小麦场地、作业流程等要求很严，我们遗留的小麦一粒都不能随便处理，都是统一烧毁。

我问，那小麦带壳子吗？

乔港说，是带壳子的。装过小麦的箱子还要消毒呢。我们国家的小麦也不会去越南，都是自己用的。哈萨克斯坦那边小麦多，人少，小麦生长的周期也长，打成面粉很好。我们公司过年发过哈萨克斯坦面粉，我母亲说包饺子很好吃了，嚼起来有劲道。他们那边土地多，会轮着种，租金也便宜，一亩地一年租金十块钱，这还是交通便利的那种地，如果交通不是很好的地方，哈萨克斯坦人告诉我们说才人民币六块钱。

沿着中哈基地的铁路，从东向西走，铁轨里外，干干净净。我像公鸡觅食般低头看着地上，想发现几粒遗失的哈萨克斯坦小麦，看来看去，却没有发现一粒。

乔港见了，笑嘻嘻说，找不到的。

从乔港的目光中，我看到了自信，看到了祖国沃土上的庄稼为什么能茁壮得郁郁葱葱，金色的麦穗为什么能在徐徐的风中荡起千重浪……

二〇一四年年初，刘斌就想着哈萨克斯坦小麦了，要开启一个忙碌的新亚欧大陆桥。

现实距离理想很遥远，有时只能是一个念头，一个梦。刘斌想要哈萨克斯坦小麦跨出国门，门槛多，难度大。

二〇一三年九月，中国领导人在访问哈萨克斯坦时提出共同建设“丝绸之路经济带”的倡议。二〇一五年八月，连云港港口控股集团成立，董事长丁锐、总裁朱向阳做的第一件事，到北京参加了中国和哈萨克斯坦签订的过境物流通道和货物中转基地合作协议，要发挥连云港一带一路交汇点的区位优势。

刘斌想做小麦的想法更强烈了。

哈萨克斯坦小麦要从连云港中哈基地过境出海不是想象中的那样简单容易。

哈萨克斯坦小麦矮腥黑穗病和印度腥黑穗病是粮食中的“癌症”，这种病，不是虫子，是一种真菌，就像在农村可以看到小麦抽穗之后麦穗发绿，长绿毛这样，很多国家将其列为检疫性病害严加控制。

国家与国家间的小麦进出口要求十分苛刻，尤其是对被发现有小麦病菌的国家把控得更是严上加严。如小麦印度腥黑穗病菌，一九三〇年发现，全球有四十多个国家将其列为检疫性病害。小麦一旦受其感染，将会导致高达百分之二十的减产，甚至绝收。该菌在土壤中可存活多年，一旦传入将难以根除。该病已成为危及小麦生产、影响国际贸易的世界性检疫病害。

连云港是开放性港口，每年国检局都要对距离港口五公里范围内的草木、庄稼进行多次疫情监测，一株没有见过的小草、一只没有见过的小昆虫，都会拨动他们敏感的神经，用警觉、探究的眼光去分析、研究，不放过任何一个疑点，注意疫情动态。他们不得不小心，小麦的病菌孢子遇有小风、溅落的雨水，就会脱离菌丝而随微风、雨滴落到正在孕穗到扬花期的麦子上，便能造成麦子侵染发病。

开始，刘斌不知道国检部门对哈萨克斯坦小麦过境还有那么多的条条框框，简直就是一扇敲不开的门。他曾有过一头雾水的困惑，有过失望的叹息，有过不被理解的窝囊气，有过与植检处邵沛泽处长、谌运清副处长闹不开心的事，他们常常相见，却咫尺之间如隔天涯。

面朝大海，大家都在给国家一带一路作贡献。后来，刘斌想到，前几年，美国飞蛾寄居在装木材的船上，来到连云港，猖獗得厉害，把树叶吃成蜘蛛网一样，飞机撒药，第三年才减轻一点，灭了灾害。刘斌走出误解，看到了更蔚蓝的大海。他理解了，冰释了，哈哈一笑，慨叹了一句，国检的人把关不容易啊!

一群忠诚的国门卫士，用心帮助着中哈基地，创造转运哈萨克斯坦小麦过境的条件，一个月跑几趟北京、南京，争取国家、省里给力，让中哈基地这只船挂起云帆，抖落沉重，乘风出海。

二〇一六年元月国家质检总局发布公告，连云港口岸被国家明确为哈萨克斯坦粮食过境中国的唯一离境口岸。

连云港优势得天独厚，一是亚欧大陆桥的东端的起点，二是哈萨克斯坦过境最便捷的出海口，三是连云港港是农业生态的天然港，南边是山，北边是海，周围五公里范围之内没有种植小麦，还有一个是中哈基地这几年的努力，有稳定的箱量到东亚，所以连云港才是哈萨克斯坦粮食过境中国的唯一离境口岸。

丁锐、朱向阳顺利拿到了哈萨克斯坦粮食过境连云港的国家路条。

人，天生有一个好奇，越没有踏足过的地方越想去，越是悬崖峭壁越想冒险走过去，要探个究竟，看到未知的东西，体悟一番哲学人生。

刘斌有个大胆想法，想超越自己所能承受、应付的能力，把哈萨克斯坦小麦拉到连云港，再过境去东南亚，这边压力重的过去，那边压力重的过来，形成“重来重去”，整个铁路运力和集装箱都不浪费，将物流成本降下来。

刘斌想当粮食“贩子”，用挑一百五十斤的担子挑起三百多斤，撞开哈萨克斯坦“小麦”这扇门，激活新亚欧大陆桥。这个想法，让刘斌心里一阵激动、欣喜，若能真的这样，那就做了一件大事，一举两得，既给港口扩展货种，又提升了物流上量……春天仿佛猛地投入他的胸怀，心里全是哈萨克斯坦漫山遍野蓬勃茁壮的小麦，种子萌发、出苗、生根、长叶、拔节、孕穗、抽穗、开花、结实……

刘斌再去哈萨克斯坦，盯上了小麦。会议期间，他想着千般法子赶到距离阿斯塔纳一百五十公里处产小麦的地方，叫加尔特尔，看看小麦，见见农场主。哈萨克斯坦主产小麦，面粉是世界上最天然的面粉，每年出口一百万到二百万吨，占全世界面粉出口总量的十四分之一。哈萨克斯坦全国可耕地面积超过两千万公顷，每年农作物播种面积约一千六百万到一千八百万公顷，粮食产量一千八百万吨左右，主要农作物包括小麦、玉米、大麦、燕麦、黑麦。他们种小麦的地，今年收割了，就撂下荒废着，两三年后才仿佛想起来，再种小麦。这是一种养地好办法。

刘斌心里掂量过，哈萨克斯坦小麦亩产八十公斤与国内小麦亩产三百五十公斤相比较有着天壤之别。哈萨克斯坦小麦不撒化肥，不打农药，精细研磨，粉质细腻，麦香浓，易出筋，做出的面包拉丝柔滑软韧。这面粉，做面包、馅饼、煎饼、松饼、馒头、包子、面条和饺子，那真是好得没说了。

刘斌背上哈萨克斯坦十五斤小麦样品回到连云港，送到国检化验，见没什么问题，把哈萨克斯坦小麦做到外国去的愿望更加迫切、坚定了。

“领头羊”要是没有了“野心”，羊群是要挨饿的，甚至要被饿死。刘斌意识到哈萨克斯坦的小麦将会与自己的使命和中哈基地的成长脱不开时，便想到了哈萨克斯坦小麦会大量汇集过来，装小麦“下海”的船也会越来越多。他心中的湖水像投进一块石头，涟漪荡漾，小麦说进来就会进来，刻不容缓，要抓紧时间做好准备工作。他心中波澜起伏，中哈基地能不能“吃”下小麦？刘斌看到了困难，第一个是场地不大，总共二十二万平方米，堆货、过境的货物、国内货物已经把场地挤得满满的了；还有一个就是怎样将散装的小麦装到集装箱里。

缺乏想象的人，缺乏创造。刘斌不缺乏想象，在第一时间内，他想到了哈萨克斯坦小麦肯定是用那敞着顶的高边车发来的；又想到港口有些国内客户，在农忙时间收小麦，将散装汽车开到一个集散点，进行装箱，再通过港口南北运输。他心想，我们能不能考虑用斗车散装小麦，并做到斗车又不碾压粮食呢？

在码头上干了半辈子，刘斌不满意中哈基地现在“原始”装卸的模式，火车运来的箱子换到船上海运，靠人工搬，卖体力，一个人一天差不多只能搬一个箱子，生产能力低得简直不能用眼睛去看。

刘斌思想的风车开始“哗哗”旋转起来：能不能通过一些小创新、小技术的改造，改变员工劳动强度，把一个劳动力一天只能干几个箱子，发展到一天能干二十个箱子，把小麦轻松地装到船上？

他想到了两种装卸小麦办法，一种是小麦直接装成集装箱下海，还有一种是把小麦直接装到船舱里，用散装船下海。一个“集改散”的想法从头脑里冒出来了。相邻的新东方集装箱公司十几年前搞过“集改散”，每年，他们有大量出口的吨袋装矿渣要装集装箱出口，用常规机械的作业没有办法装满集装箱，大部分工作量只能靠人力完成，于是创造了拆装箱作业，把原来工班装五个集装箱，提升到现在工班装五十个集装箱。刘斌当时看了，饶有兴趣。今天，刘斌想把那想法拿到中哈基地试试看，改造改造，绽放一次奇葩。他把什么都想到了前头，想到了哈萨克斯坦方面要是用集装箱发运小麦，那就有可能用五十个四十英尺的大箱，体积大，箱容能占三分之二，海上运费会大幅增加，我们能不能把哈萨克斯坦的大箱换成五十四个中国二十英尺的小箱，再换成小包装，一百斤一包的规格，重量不超又符合要求，还为客户节约一笔费用呢?

刘斌想得透彻、看得远，智能化码头是未来码头发展的大趋势。智能化码头是技术进步和创新变革，是港口服务经济的变革，智能化将大大提高港口码头的利用效率。上海的洋山港岸线、土地、环境承受能力都是有限的，凭现有的自然条件，用传统建设方式，只能建设四百万到五百万标箱的码头，但是用上了最新的智能化码头方案之后，达到六百万箱以上，甚至有把握做到七百万箱。

刘斌想把中哈基地变成铁运与海运之间一块聪明的“跳板”。他对人说，我们不能全部实行智能化，现在可以搞搞小发明、小革新，先做到机械化嘛。

乔港是中哈基地的技术“专家”“万事通”，是刘斌手中的一张技术“硬通货”。一九九〇年，他在连云港港校上中技，学的是港口电气，到港口工作时，参与技术改造。平时，他就喜欢捣鼓电器这些东西，门机、吊车、行车，凡是与电气有关的，几乎都能修。在参加集团技术比武中，比赛编程，要求时间是两个小时，他用了一个小时左右就完成了，得到第二名。

他能在港口一举成名，是曾经修好了东联公司一台英国西蒙出产的灌包机。

当时，灌包新机买来时，十几万美金一台，东联公司来了四台，它把化肥灌包成五十公斤一包后，销往全国各地。灌包新机调试结束后的两个月，出现了问题，主板和从板都没有人打开过，所有程序也正常，但是工作一段时间就自动停止工作，还找不到原因。公司、两个队里的技术经理都来会诊，他们有的是名校毕业的大学生，围着机器，拆拆卸卸，思来想去，都没有找到毛病。

乔港也来了，干点小维修、修修补补的他，没有“话语权”，只能站在一边不吱声看着“风景”。

午饭时间到了，技术经理他们去了。一片好奇心的乔港不甘寂寞，无名的“小草”也想冒出地面看看“世界”，赏赏“风景”，呼吸一口新鲜空气。无畏的他，不知天高地厚，想给灌包新机号号“脉”，看看“病”，拿出随身携带的英语词典，边看单词，边查灌包新机的毛病。前后用了半小时，发现了毛病，是排线的问题，机子长时间的震动，排线松了，命令发出后接收不到。乔港把排线拆下来，重新装上去，灌包新机又欢乐地转起来。技术经理他们回来一见，大吃一惊，冲着乔港问道，你弄好的？乔港憨厚地笑着说，瞎琢磨呗。技术经理他们万万没有想到，一个高中文化的小技术员与他们“掰手腕”，竟把他们扳倒了，他们输得心服口服。乔港拿到了五百元奖励，从此，名字也就被港口人记住了。

刘斌关心搞技术的人。乔港技术达到顶尖的时候难免会有得意、满足的心态，有点浮躁。刘斌就跟他讲，技术无止境，在集团里有点能力算什么，山外有山，连云港能人多了，你要把手里的工作踏踏实实干好。

好钢用在刀刃上。刘斌组建了一个科技攻关小组，把重担子压在了组长乔港身上。他交代说，你们是公司的技术权威，关键时刻还是要看你们这些宝贝疙瘩的本事。你们要考虑能否上一套设备，把这个问题解决，时间要快，说用就要用上，同时还要尽可能节约资金。

解开一个困难的新疙瘩，乔港像拿着一个烫手山芋，捧不住、吃不下。现在，他的心完全被“集改散”占住了，在苦闷中，头脑里的想法如同推磨一样慢慢地转动，思考到，要进行社会考察或者采购新设备不太现实，基地里有大型龙门吊，还有集装箱；如果采购开顶箱，用斗车往里喂小麦，一个大问题解决不了，斗车无论如何还会来回碾压落在地上的小麦；另外还有一个问题，小麦装进开顶箱之后，如何倒出来呢？

思绪如一团乱麻，想要理出一个头绪，岂是简单的事情。刘斌隔三岔五就把技术团队人员召集到一处，泡在一起，钻“迷雾”，爬“峭壁”，找“跌跤”。刘斌思想活跃，点子多，一条路走不通，再换一条路走，接连不断的想法像按下水的葫芦，这边按下去那边又浮起来，拿来启发大家。这天，他灵光突发，问大家，开顶箱不能倒小麦，能不能在下面开个洞呢？

大家纷纷叫好，说，好点子，开个洞准能成。

设计方案出来了，采购了十个自备箱，准备运小麦一趟用十个车，每个箱子能装二十六吨左右。基地里抽来两个最棒的电焊工，又拿出一万块钱，投入到开顶箱改造上。

大家热火朝天干了起来，在一个开顶箱的底子，开了一个六十公分左右的洞，下面装个插板，想等把小麦装进去后，把插板抽出来，让小麦淌出来。

准备调试了，中哈基地领导都来了，达尔汉、娜比拉也来了。

箱底的插板需要用人力拉开，刘斌一马当先，站在拉插板的队伍前面，两手抓住绳子，一声吆喝，两端拉绳人憋足力气，用尽全力，一起用劲拉紧绳子，可是，插板一动不动，拉不开。

刘斌信心没减，刚劲地喊道，大家再使劲拉呀！

达尔汉、娜比拉激情燃烧，也插到了队伍里，拿起绳子，要用微弱的火星发光出力。

乔港扯着嗓子喊道，一二，拉——!

大家咬紧牙关，脸上憋得通红，像拔河一样拼命地拉着绳子，“嘣”的一声绳子被拉断了，一串人像多米诺骨牌般一个接一个跌倒在地上，可插板依然纹丝不动，像被焊了上去似的。

刘斌、达尔汉、娜比拉跌倒了，还相互瞅着发笑。此刻，已成了他们手挽手、战胜困难、乐观、畅快的时刻。

刘斌对着细皮嫩肉的娜比拉打趣道，娜比拉，跌破了脸还怎么找婆家呀。

达尔汉脸上溢着快乐和愉悦，说，娜比拉在青年人眼中是女神，跌破了脸那也是优点。

娜比拉爬起身，弹弹身上尘埃，把脸前长发朝后一撩，不在乎地说，刘爸爸，换一根绳子，再拉。

刘斌说，不要这样拉了，我看呀，这样拉到下班也拉不开，白费力气。

娜比拉不服输说，就这样看着失败吗?

刘斌说，你没想一想，几十吨的小麦压在插板上，怎能拉得动?

娜比拉不吱声了。

刘斌有招数，换了一个高招，给插板又换上碗口粗的尼龙绳，叫来叉车，再来拉，一较高低。

刘斌一个指挥手势，叉车开动了，插板被“哗”地拉开了，小麦像水流倾泻而出。

达尔汉满脸是笑，竖起大拇指，满意地说，我们成功了!

娜比拉乐得又鼓掌又欢跳。

谁知，刘斌不满意了，用叉车拉插板是容易的，可这要派上一名司机，增加了成本，作业效率就不是很高的了。

在会议室里，刘斌召集技术小组开会，给大家出点子，鼓劲说，不要灰心，现在不是很有进展嘛。再考虑考虑，能不能用上电动的、机械化的。我看到人家车库，用的是自动化的门，遥控器一按，开合自如，我们是不是可以考虑这种方式?

说着，刘斌在小黑板上画了一个示意图，说，我们多想想，三个臭皮匠，顶上一个诸葛亮。

天地人和之妙真是说不出、理不清其间的奥秘。大家好像是听到小麦的召唤，突然间，灵感像大海涨潮一样挡不住地扑来了，七嘴八舌，一个方案就诞生了：在插板上多开了六个长方形的洞，底板好比筛子一样，装上一个马达，有了好几头牛的拉力。

接着，又是紧锣密鼓地试验，这次是马到成功，插板自动抽出后，二十多吨小麦大约不到四十秒都淌完了。

二〇一六年初，改造散装货物专用箱向国家申报专利，二〇一七年三月，申报成功。可惜，改造箱准备好了，哈萨克斯坦过来的小麦是小包装，暂时就没有用上。如果来的是大批散装小麦，这种改造箱可就要大显身手了，三台龙门吊吊起改造箱，一台一小时大约能卸下十五到十八节车，一个班列五十车要卸的话，只需要两个小时左右，如果装满五千吨的船，有四天到五天的工夫就行了。

中哈基地变得越来越宽阔了，智能化有了话语权。整个场站作业，人不是很多，那些集装箱进来堆在哪里，不是人说放在哪里，那太烦了，而是每个箱子有箱号，整个通过电脑上的智能化管理系统安排；哪些箱子要来，他们会提前做一个计划，电脑系统和场地设备通过无线连接，两个选择，4G，或者 WIFI，WIFI 能覆盖两个国家；龙门吊司机干完活，按确认键后，箱子的数字就会回到后台，传到调度室。哈萨克斯坦的霍尔果斯“东门”无水港，也要做视频连线。现在，中哈基地正在做远程操控智能，三台轨道吊已经改了一台，另外两台也在改，进行调试，在四楼办公室可以看到，一个操作台，两个把手，和司机室一样，通过那个可以控制现场的三台吊子，一旦网络连起来，直接遥控近万里外无水港的机器，无水港也可以通过网络控制这边的机器。

一场厄运瞬间降临之际

本来是春风送暖的时候，瞬间就变了，一场厄运悄悄地降临到萨吾特身上。

二〇一五年八月底，萨吾特和刘斌在北京筹备中国和哈萨克斯坦战略合作框架协议仪式，这是国家大事。这个协议大都是双方互相投资深度合作的内容，有原来中哈二期和三期项目合并称中哈二期项目，一是粮食筒仓，十点五万吨的扩容项目，二是上海合作组织出海基地的三个项目，叫铁路站场，保税加工物流区和大宗商品交易中心。参加会议的人会常常觉得时间过得很快，然而筹备一个会议需要很长的时间，尤其是会议上用的核心材料，有时从酝酿到定稿几经修改，撰写人埋头文稿，忘记用饭，不知早晚；完稿之日，头昏眼花，有点人瘦毛长的苦样子。撰写文字材料的人就是这样，如果出了成绩，是无名英雄，寂寂无闻，万一出点差错，全是责任、埋汰，弄得灰头土脸。中哈两国战略合作会议所需要的文字东西都在刘斌和萨吾特手里，他们自己动手写材料，随后，分别由刘斌和港口控股集团与省市政府来对接，有的让萨吾特和哈方铁路部门和哈方政府来对接。那段时间，萨吾特和刘斌真是疯狂的忙，拿着协议，在连云港与北京、南京、哈萨克斯坦之间不停地穿梭往来，到省市、外交部、铁路部门一个一个、一条一条审核内容，提出了意见，连天带夜修改。在连云港时，他俩在一张桌子上办公，有时刘斌把写好的材料传给萨吾特过目，有时萨吾特把写好的材料传发给刘斌把关；在北京时，他俩住在安定门外江苏大厦修改协议草稿，没在晚上十一点前睡过觉。

萨吾特坐在电脑前，手指头不停敲打键盘，电脑屏幕上发出的微光照着他专注写作的眼神。刘斌心疼萨吾特了，这个老外，忙起工作来不要命，简直忘记了一切。他心里翻阅着自己对他留下的深刻印象：三月二十九日，连云港市政府与哈萨克斯坦国有铁路公司在阿拉木图举办“连云港—阿拉木图”集装箱班列接车仪式等商贸活动，从筹备活动仪式和迎接连云港代表团，到活动结束的半个月内，萨吾特每晚与中方人员研究接车仪式、接待方案，没有安稳地用过一顿餐，嗓子沙哑得说不出话来，每天按中国时间忙到夜里十二点，整理、收集、翻译活动行程安排。这时，正逢哈萨克斯坦最热闹的纳吾热孜节，萨吾特完全可以顺道回家看看父母妻儿，但没有这样去做。刘斌看在眼中，心底发热，劝说，活动已经结束了，你该回家看看。萨吾特说，不了，我跟大家一道回连云港。感动是一种心态。刘斌拾起感动，在心里说，中国古代有个大禹治水，三过家门而不入，今天哈萨克斯坦有个萨总，回到国内不回家，视国家利益为第一，成了哈萨克斯坦的“当代大禹”！

灯光下，萨吾特的身影投在墙上，显得瘦小细长。刘斌看他，平日修刮得干净白亮的下巴，胡子拉碴，额头上似乎过早出现了几道浅浅的皱纹。短短十几天里，他变了，哈萨克斯坦国家的责任、中哈基地的压力，让他变得不修边幅，模样都改变了。刘斌眼前重新叠现出一个难忘的夜晚，那是五月二十六日凌晨两点多钟，朱向阳总裁坐飞机去哈萨克斯坦，与哈方国有铁路公司阿尔皮斯巴耶夫副总裁签署一个重要合作项目，为了让他与马明总裁和阿尔皮斯巴耶夫副总裁第一次见面会谈有一个好的结论，萨吾特在飞机上用电脑办公，把哈方人想要的、大家商谈出来的一些内容，用俄文整理、写出会议纪要，提前发给哈方人。飞机飞有多长时间，萨吾特整理会议纪要就用了多长时间，他一会儿把左手的大拇指和食指放在下巴上来回搓动，聚精会神地苦苦思索，一会儿眼睛兴奋得瞪大，闪动光彩，手指连续不断敲击键盘。

感动是用心品出来的，刘斌说，萨总，歇歇吧，太辛苦了。

萨吾特盯住电脑屏幕说，我分内的事，应该辛苦，再说，只有我会写哈文呀。

刘斌心里涌动着感动，一时不知道说什么好，只觉得他有点不像老外了，是个实实在在的中国人。刘斌见过的老外太多了，有的老外行为准则是公私分明，工作的时候尽力工作，拿什么样的钱干什么样的工作，个人的时间做自己想做的事情。萨吾特甚至比中方人工作还要用心出力。刘斌思想火花迸发：像萨吾特这样做事业的人，有什么样困难能挡得住，有什么样的工作做不好？

刘斌感动得越多，为萨吾特想得越是深，想到了他的二孩子这几天里生病，他给萨吾特沏一杯茶，用关心温暖着他的心，问，孩子生病怎么样？

萨吾特心里装着正忙碌的协议内容，一下没有醒过神来说，你说什么？

刘斌说，二孩子生病怎么样？

萨吾特说，没什么，是感冒，他妈妈照顾着呐。

刘斌说，多打电话问问，对家里是个安慰嘛。

萨吾特眼睛望着屏幕，有点愁绪说，这一阵哪有时间想小孩，更不要说带着看病了，心急也没办法。

刘斌说，我给办公室打电话说了，帮助带孩子上医院。

萨吾特用感谢的眼神快速望一下刘斌说，谢谢，我让杨雷帮着去医院了。

凉风微来，心里灼热。

三十一日，在北京人民大会堂河北厅，如期举行两国元首见证下的两个国家签订合作框架协议的仪式。

九月二日，还要举行一个仪式，是哈萨克斯坦元首会见江苏省、连云港市政府主要领导，按照仪式要求，很多人进不了会场。刘斌要回连云港，顺道去天津，看望一个货主。

萨吾特留在北京，忙碌着中哈活动之间一些事情。

九月一日晚上七点钟，刘斌刚从天津回到家中，接到了萨吾特的电话。刘斌以为萨吾特是要说九月二日活动的事情，可听了两句话，觉得不对劲，他声音变调了，是那种沙哑的、带着哭腔的声音，低沉地说，老刘，我已经到连云港机场了。

刘斌的心拎得多高问，怎么回事？

萨吾特心情难过，几乎哭着说，孩子出事了。

刘斌感受到了他的痛苦，说，你不要急，到底什么情况说清楚。

萨吾特说了爱人告诉他的二孩子生病情况，是杨雷送他和小孩到港口一家医院，医生判断这病不行，医院接不了。

刘斌说，什么病？

萨吾特说，两家医院诊断，都是白血病。

刘斌说，你现在准备怎么办？

萨吾特说，我还在连云港机场，想听听你的意见。

刘斌说，那好，有车接吗？ 我马上派车去接你。

萨吾特说，杨雷来接我了。

刘斌说，那你直接上连云港第一人民医院去，我也赶紧过去。

萨吾特说，你有没有熟人，能联系人民医院给予关照？

刘斌说，没问题。

在大事面前，刘斌一分钟没耽搁，立即打电话给在北京的董事长丁锐和总裁朱向阳，他们正和连云港市委书记、市长在一块，大家听了，都重视起来。丁锐第一时间给集团工会主席冯志打电话，让抓紧时间和医院联系。

萨吾特乘坐的飞机是提前落地，他坐在机场大厅里，烦躁不安地给翻译杨雷打电话，询问，怎么回事，太迟了，我早落地了。

杨雷是萨吾特专门带来做中方翻译的。杨雷按照每次正常接机时间开车来机场，在路上，他给萨吾特细心解释说，今天飞机是提前落地的，否则我接机的时间正好。

萨吾特郁闷地说，你快来吧。

杨雷说，在路上，十来分钟就到。

过了几分钟，萨吾特又打电话问，到哪儿？

杨雷加快开车的速度，心想，萨总平时不是这样，很平和，今天真是一反常态。

一会儿，萨吾特又打来几个电话。

杨雷心里沉甸甸，理解一个父亲对生了重病的孩子那种焦虑、不安、无奈、烦乱的心情。

萨吾特上了车，杨雷用朋友的语气问，孩子怎样？

萨吾特脸上苦涩，沉闷着说，不怎样。

还没有确诊吗？

没有。

不好吗?

不太好。

刘斌和萨吾特见面的时刻，生病的孩子已送到连云港第一人民医院。

医院重症室下了病危通知。

刘斌赶到医院，在重症室没有找到萨吾特和孩子。医生、护士说，孩子给父亲抱走了。

刘斌问，他为什么抱走小孩子?

护士说，他不相信我们。

萨吾特怎么搞的! 刘斌急坏了，心里直是埋怨，什么时候了，怎么能拿孩子生命开玩笑! 他绷紧心弦，上上下下、里里外外，寻找萨吾特和孩子，跑得两腿又酸又痛。

在楼底，刘斌总算找到了萨吾特。萨吾特抱着孩子在大厅里来回转圈子。

可怜世上当父亲的，活得真没那么容易，一边不相信灾难降临到孩子身上，一边又想找到天下最好的神医给孩子治病。

刘斌对萨吾特又疼又气，眼睛盯着他说，你把小孩抱走干吗?

萨吾特心里难受得厉害，手也颤得厉害，他一抬头，正与刘斌目光相遇，说，这里看不了，我自己去北京治疗。

刘斌看了看低烧未退的孩子，说，你等一下，我找医生问问去。

萨吾特觉得有点孤寂，这时，他只信任刘斌，点了点头。

接诊医生告诉刘斌说，小孩现在很危险，不能走，血小板指数降得特别低，随时都有生命危险，必须补充蛋白质抗炎抗感染之后才能走。

这时候，集团工会主席冯志来了，医院院长、有名气的医生都来了。冯志劝萨吾特不要走，孩子生命很危险。医院院长挽留萨吾特孩子住院，说，进了医院，我们会对孩子负责任的。

别人的话，萨吾特根本听不进，垂着头，眼睛无神地望着刘斌，六神无主地说，那怎么办呢？

刘斌说，大家说的话都对，你先不要急着走，先住下来，孩子要补充蛋白质，明天一早所有医生给会诊，看看具体情况再说，你现在抱着孩子走，太危险。

萨吾特心里难受得像在发高烧，无力地念叨说，我想去北京。

刘斌说，我知道你想法，不过你现在想去也去不成，没有飞机。

萨吾特说，坐火车、汽车。

刘斌说，火车、汽车也没有。

萨吾特又说，那怎么办呢？

刘斌说，先到病房，都为你准备好了，抓紧时间让医生把孩子那个血小板指数给提升起来，这样才能离开啊。

萨吾特突然间什么都明白似的，说，能不能给我一个单间？

刘斌说，给你准备的就是单间。

孩子住下了，医生开始按照正常程序做治疗。这个时候，萨吾特不放心说，给孩子做得保守点，不要做太多。

刘斌就说，今天晚上就是应急处理，明天早上会诊之后才能给方案。

萨吾特被稳定下来后，刘斌给丁锐打电话，说萨吾特想带孩子去北京。

丁锐用超乎寻常的速度，很快联系上首都儿童医院。

晚上，小孩的病情稳定下来了。刘斌用像大哥的语气对萨吾特说，今天晚上不能再发生你之前做的事情，不能一时激动就抱上孩子要走。

刘斌告诉萨吾特，已经联系好了北京的医院，萨吾特脸上神色好了不少。这一个晚上，他没闲住，在网上一直搜小孩得这个病会是什么结果，会产生什么问题，需要做什么工作。

第二天，上班之前，医院安排了所有专家，包括各个科室的主任，给小孩做会诊，之后，要给小孩家长开会告知。几个主任问刘斌，这个外国人能不能听懂中文。刘斌说，他能听懂。

几个主任关上门，单独和萨吾特交流。不上一会儿，办公室里吵起来了。刘斌赶进去，见萨吾特气得不轻，眼中冒火，两手叉腰，嘴里呼呼喘着大气。医生向刘斌不满地告状，说萨吾特不配合，脾气特大，不好伺候。

原来，萨吾特救子心切，心里犯急，医生刚把会诊的结果说出来，判断小孩的病需要做穿刺，化验骨髓，萨吾特一听，火气蹿上来了，跳着，把从网上得到的一点知识搬了出来，火冒三丈说小孩得的不是穿刺的病，喊着说医生水平不行。

刘斌微笑、点头、解释。

萨吾特见医生一直给刘斌说话，心烦意乱地直嚷嚷，不要听他们的话，要抽骨髓化验什么的，胡乱来，我孩子不是白血病……

刘斌把萨吾特摁坐在椅子上，说，萨总，你先不要急，喝杯水，我先和医生了解一下，完了给你解释，好不好？

医生对萨吾特发“疯”，又好气又好笑，索性不理他。刘斌急了，对医生陪着说好话，这个老外，也是比较特殊的人……

医生压住火气说，外国人也要讲道理，哪像给孩子看病的家长！

刘斌连忙说，他脾气是太急，不好，另外也有点误会，他懂中文，但对医生说的话是半懂不懂的。

气氛缓和下来了，刘斌把医生和萨吾特又拉着坐下来，当了平生第一次翻译，用“刘式中文”给萨吾特做翻译，把医生说的话转化成他的话，再说给懂中文的萨吾特听。萨吾特听惯了刘斌的话，听得懂，在语言、语气和心理上都能接受。刘斌听了医生的话，再对医生重复说一遍，确认是不是这个意思，医生说是的，他就一段一段重复告诉萨吾特。

萨吾特心情平复了，对医生表示了歉意。他有问题不问医生，专问刘斌，刘斌再问医生。终于，所有穿刺不穿刺事情都掰扯清楚了。几个主任医师冲着刘斌开玩笑说，有你这样的翻译，他就不会发火蹦跳了，更不会像炸药一样爆炸了。

刘斌笑着说，也得理解他，我和他相处一年多时间，知根知底，才能有这样的沟通能力。

萨吾特好歹同意做保守疗法，待小孩稳定后转院去北京。

丁锐心里牵挂着萨吾特的孩子，从北京给刘斌打电话说，首都儿童医院已经联系好了。

萨吾特又说，我想回国。

刘斌说，没问题。

萨吾特说，我妻子一直说，大孩子也出现过二孩子类似的情况，他回国之后就治好了。

刘斌说，我不反对你的想法，但是，中国的医疗条件比哈萨克斯坦要好一些，首先是首都儿童医院，在这方面是很棒的，另一个是上海儿童医院和医疗中心，还有就是苏州儿童医院，这几个医院都是非常好的，你可以关注一下。

萨吾特说，回国治疗，我们国内能治好，有土耳其的一种治疗方式。

刘斌心里有数，萨吾特在担心一种最坏的情况，怕孩子有个什么，就想回国。他说，丁锐董事长很重视，已经给你安排好北京儿童医院了。

萨吾特家里来了很多亲戚，刘斌安排人带他们买菜买东西，并对萨吾特说，工作上的事你先全部放下，专心照顾带好孩子。

第三天，大清早，杨雷开一辆面包车，带着萨吾特和孩子去徐州东高铁站，赶往北京儿童医院。为了早点赶路，没有人吃早饭，但大家都没有说一声饿。

在车里，发烧的孩子不住哭闹，大家心情低落，神情呆板，很少说话。

到了高铁上，杨雷见萨吾特嘴巴焦干，脸上发黄、枯燥，买来盒饭说，萨总，吃点饭吧。

杨雷把盒饭放到萨吾特手中。萨吾特身子一点不动弹，脸上像被冻僵一样发木，嘴里“唔”一声，未见动手。

一个上午，萨吾特粒米未进，嘴唇干巴巴。

在北京，儿童医院专门安排了一个单间，带套间的，配有专门的护士。孩子发烧了，要打针，医院从外面调来药剂，时间有点晚了，萨吾特又爆发火气，冲着护士发脾气。护士素质好，脸上带着歉意，一直说，对不起。

孩子病情稳定了，医生说要做一些大动作的治疗，萨吾特又害怕了，给连云港的刘斌打电话，说不做，要回国。刘斌说，你先听医生的，把孩子的血小板等各项指标都恢复起来，再走嘛。

萨吾特听了，说，我等。

萨吾特孩子要离开儿童医院时，刘斌再三交代在那儿陪同的连云港人员，让他们和医院沟通，务必将孩子的指标调整到能坐飞机，要把蛋白质多补一点，一直补到快要上飞机时。

心痛皆因真情在。有谁能读懂一个中国人的柔情，他的万般牵挂？

从儿童医院出来时，萨吾特穿戴得不像平时那样整齐了，衬衫袖子左边短一截、右边长一截的。

刘斌把萨吾特全家回国一路上安排得妥妥当当，滴水不漏，飞机从北京两点五十五起飞，到那边是凌晨，北京时间七点多钟，有救护车到飞机场去接，直接住进首都阿斯塔纳的医院。

生活无论多么不容易，总有力量会支撑我们度过难熬的时刻。

要分手了，刘斌在电话里动了感情，差点说不出话来。他说，你要走了，我来不及去北京送行了，我最不放心的是孩子，最好征求一下医生的意见，看各项指标是否危险，能不能坐飞机。

萨吾特含着泪说，我懂……

刘斌笑着说，你那脾气不行，不能动不动就发火。

萨吾特说，我非常感激你，感激你所做的一切……

悲伤和泪水，一直没有离开过这个让人迷恋、美丽的世界，但温暖和希望的星光一刻也没有忘记照亮黑暗，生命的浪涛只会扑岸不息。

第七章　发自肺腑的一句话

卡纳特副总经理来了。他年龄比离开中国的萨吾特小了一点。

他来中国前，从网上、书上、报纸杂志上已了解到中国，中国不仅人多，中国人还认为自己的文明比西方优越；中国以人为核心的“人定胜天、自强不息”文化，和西方以神为核心的拜神宗教文化，是两种不同的文明内核。中国和西方历史传说上同样是遭遇大洪水，中国的故事是大禹治水三过家门而不入，西方的故事是挪亚方舟。

卡纳特还有一个印象，中国人太古板，不够灵活。

在阿斯塔纳，刘斌第一次和卡纳特握手，卡纳特就印证了自己的感觉，中国人刘斌有点古板。

刘斌用带着暖意的手握住卡纳特的手，此时，他已了解了助手的情况：卡纳特，汽车旅客运输管理阿斯塔纳市国家机关技术监督员，哈萨克斯坦国有铁路股份公司火车机车制造厂副总裁，欧洲经济贸易工商会波流谢利市区域副总裁，牵引车制造股份公司商业事宜副总裁。他的英语、土耳其语水平很高，读写自如。

卡纳特对刘斌说的第一句话，萨总介绍过你，你是很能干、很有原则的人。

刘斌说，我们中国有句话，叫作同舟共济，我们今后是一条船上的人了，齐心协力好好干。

两个真正干事的人，在一起配合时没有牙齿不碰牙齿的，吵了、疼了、委屈了，都是为了牙齿不再碰撞牙齿，走向同一个目标。

二〇一六年三月十六日，在南京香格里拉酒店翠洲厅举行的中哈公司一届五次董事会，刘斌在中国第一次与卡纳特握手。董事会的前一天，第一次坐在一起的总经理与副总经理就因想法不同脸红脖子粗地争论起来，火花迸溅。

在“六朝古都”能俯瞰著名的玄武湖和紫金山的湖光山色的南京香格里拉大酒店举行这次董事会，也许是选择会议地点的人早已看到卡纳特与刘斌将会有今天这一场针尖对麦芒、互相掣肘、寸步不让的激烈争论，于是，足智多谋，想到山会养性，水会蕴灵，让这一片山水与他们的心能够相连、相融，让襟怀宽大，心里澄清，放下重负和疲累。

刘斌和卡纳特带着各自国家的使命走到一起，卡纳特拿出了一份哈方工作目标设计方案，提出今年业务量要有一个新超越。刘斌直言相告，这样一个指标不可能完成。

卡纳特说，这是我们哈方领导指定的。

刘斌说，不管是什么领导，指定目标任务要从实际情况出发吧，明明完成不了，指定出来有什么用处?

卡纳特说，领导指定目标不是一时冲动，是深思熟虑，有他想法的。

刘斌说，有想法是好的，那是追求目标，但目标太高了，做不到那就是放空话，失信于员工，会挫伤大家生产积极性。

卡纳特觉得刘斌太死板，不可理喻。刘斌觉得卡纳特太僵化，泼不进水。

卡纳特武断说，领导指定的，我们就是要一定照办、办好。

刘斌语气强硬说，做不到的事情，我们根本不能去做。

卡纳特说，我是哈方的代表，就是要完成我们领导布置的任务。

刘斌毫不客气地说，我是中国和哈萨克斯坦两个国家的公司总经理，你是副总经理，那你就要按照我的要求办事，做不到的事情不能做。

卡纳特睁大眼睛，用带着火气的语调大声地说，我们是合资企业，我有权坚持自己的提法。

刘斌说，你可以坚持提法，但我们也可以独自去做指标，当你不能完成你负责部分的时候，那我绝对没办法帮你，到时候，你只有看着我去领奖金了。

这话，卡纳特听了，先是震了一下，随后摇了摇头，看着刘斌，没有一句话。

中国有句老话，宰相肚子里能撑船。刘斌突然“哈”地轻松一笑，当了一回“宰相”，把带着点火药味的紧张气氛降温、扑火、减压，缓和了下来。他想，哈萨克斯坦和中国的思维模式有太大的差异，卡纳特和自己的想法像两条河流，各流各的，那水怎么可能流到一起？只有慢慢地疏通，一点一点做思想工作，才会可能畅通，幡然明白过来，知道中方的做法完全是为了两国利益，是正确的，同时，他也会看到、理解到我的良苦用心。刘斌又往深处想到，我和他现在同在一个战壕里打拼，无论中方还是哈萨克斯坦方面下达怎样的生产任务，还不是落在我俩肩头上，靠我们来想法完成？我俩只有心连心、心靠心，才能团结、带领大家，把中哈公司经济效益搞上去，做得更大、更强。

刘斌的心在香格里拉酒店翠洲厅里回旋，在玄武湖上空飞翔，在浩荡的大海上飞翔，唱着友情、合作的歌，要让卡纳特头脑里“天堑变通途”，能主动说服他们国内领导，拿出一个新的业务指标。

刘斌脸上表情随和，眼中闪出温情，对着卡纳特用兄弟般的语气说，卡总，我说的话是关心和提醒你，要不你会被动的，当这个副总经理会很难受的。

被理解的卡纳特低着头，翻看着材料，默不作声。

刘斌用心用意地说，我们是一个合作团队，不是靠哪一个人就能包打天下。我是一个总经理，即使力气最大，也不能把火车推到你们国家，这要靠团体、靠大家、靠你、靠我，齐心协力，才能把我们中哈公司做大、做强。

卡纳特抬起头，看着刘斌，端详着、琢磨着、品味着刘斌眼睛中的光泽，像看到了一个人灵魂的窗口。短暂的几十分钟，卡纳特发现了一个说话质朴，不会拐弯抹角，却能让人动心、动情，还会包容、理解人的人，看到一个讲道理、头脑清楚、做事灵活，还会大刀阔斧干事业的人。卡纳特心里想，刘斌说的每一句话都是掏着心、掏着良心、掏着真诚，他没有任何理由不相信！

卡纳特刚刚的误解、不愉快早已烟消云散，心中涌上来一股感动的暖意，对刘斌说，对不起，是我的错，没有你想的全面。这样吧，我再去找领导协调一下。

这个中午，刘斌、卡纳特面对面坐在饭店公共阳台上喝茶，春光妩媚。他俩一块欣赏着玄武湖，水面银光点点，游船浮动，岸边树林绿意朦胧，几只或一群鸟雀不时掠过林梢。玉兰花开了，一簇簇、一团团，点亮了湖面，也似乎照亮了城市。他俩闻到了花香，香味轻抚脸颊。

人与人相遇，是缘分。

人与人走到一起，总要相互打量、询问、试探，才有真心诚意的交往。

卡纳特用真挚的眼神看刘斌，他相信中国的两句话：百闻不如一见；路遥知马力，日久见人心。在时间面前，黄金都能识别出真假，更不要说去识别一个人了。卡纳特相信自己的眼睛，不会识错人，他想看看刘斌究竟像不像萨吾特说的那样好，神乎其神，能唤起自己对他真心的尊重。

刘斌也看着卡纳特，看看这个新上任的副总是怎样的一个人。

二〇一六年六月二十三日下午，江苏省盐城市阜宁县遭遇特别重大的冰雹和龙卷风袭击，造成九十九人死亡，八十六人受伤。中哈基地干部、员工慷慨解囊，捐款有二十元、五十元、一百元，一些休假或不当班的员工纷纷委托同事代自己捐款。卡纳特问员工，什么事？员工说，阜宁县遭遇龙卷风死了人，我们捐款献爱心。卡纳特说，爱心无国界，我要捐款。他捐了一百元，哈方员工都捐了款，还将捐助信息发到留学生微信群，呼吁国际友人捐款。

有爱心的人，爱自己，也爱别人。即使不是正脸，是背影，也有夺目的光芒。

卡纳特的善举，在刘斌心里微微一热，他向他伸出感谢的手，说，谢谢！

刘斌朝卡纳特跨近了一步。

爱，就是帮助别人，爱是刻骨冰寒中的“雪莲”，在孤独、寂寞中长出来，在误解中发现，捧到手中。

卡纳特参加中哈基地周一早上例会，各部门汇报生产上的事情，有的人提出需要采购一些叉车配件。卡纳特眉头一蹙，稍显诧异，周一早会是研究布置生产，怎么能把大量时间和精力耗费在买一个空气滤芯、机油滤芯、灯泡、保险丝、电瓶上呢？在哈萨克斯坦，卡纳特是火车头制造公司管采购的副总裁，他们每年年初就会做好机修配件采购计划，把采购来的配件放进库房里。他没有想到中国式的采购管理会是毫无计划性，是这样地混乱、落后，简直没有章法。他看不起这种采购管理，下意识地攥紧拳头，在桌上轻轻地捶了捶，心里说，中哈基地不能这样持续下去，一定要改变，我要给刘总、给中方人讲讲我们哈萨克斯坦火车头制造公司仓库管理模式，怎样地规范化，省时、省力、方便、节约资金。

卡纳特发言了，目光扫一遍大家说，我有一个建议，希望以后采购设备配件，一定要有计划性，年初就应该报计划，提前把设备配件采购来，不要像今天会议上临时提出要采购什么什么配件。

管理设备的人员忍不住低头偷笑了。

卡纳特瞥见了，不客气说，不要笑，还好意思笑，这种管理是跟不上生产需要的。

刘斌憋不住也想笑，但没有笑出来，望着大家说，不要笑了，听卡总讲话。

卡纳特对刘斌说，刘总，这样的采购要改变啊。

刘斌说，你刚来，还不知道，听我解释……

卡纳特心情急切，抢着说，我这样说，是为了把我们公司搞好，你应该知道我的心意……

看着卡纳特忠心耿耿的表白，更多的人捂嘴笑了。原来卡纳特说的那一套，中哈基地之前已经采用过，仓库里有些配件都是几年前买的，现在已经不能用了，有的不配套而买不到。吃亏只能一次。他们尝过了苦头，知道像油封之类的配件，放在那里不用，两年就会因老化而坏掉。

卡纳特望了望偷笑的人，不舒服地皱皱眉头。

刘斌对卡纳特说，卡总，这个事情我们会后再交流吧。

卡纳特受到点刺激，脸一变说，我讲错了嘛？

刘斌说，你没有错，是对的，因为在你们哈萨克斯坦，物流和体制的限制，这样做法是没错的。 不过，在中国情况不一样，现在有新的做法，我们会后再好好地交流，好不好？

卡纳特没吭气。

会议一结束，卡纳特走进刘斌办公室，把门故意敞开，站在刘斌面前，带着不悦的情绪说，我刚刚说错了吗？

刘斌说，我说了，没有错，讲得很好嘛。

卡纳特说，那怎么不让我讲下去？

刘斌说，你有点误会了，知道吗，我们现在物流发展很快，老一套采购计划已经不适应，我们这里有了零库存。

卡纳特满脸迷惑，问道，什么零库存？

刘斌说，仓库里不留有不用的东西啊。

卡纳特盯着刘斌的眼睛，从这心灵窗户注意着他的讲话的细微变化，看说的事情是不是真实的。

刘斌说，我们现在发现一个配件坏了，马上打电话，明天配件就收到了，快的可能立马就能到达，也就是一小时之内，和你到仓库拿新的是一模一样，这要省多少资金压力？

卡纳特笑了笑，觉得像听着神话，说，零库存这样神吗？

刘斌说，你不相信？ 现在是什么时代啊，我们的高铁从北京到上海只需要五个小时，买东西、到酒店吃饭、旅游都用移动支付。

卡纳特脸上流露出诚服的神情，不讲话，只是微微点头。

刘斌的话语透出内心的激动，说，我们中哈公司管理用的都是新模式，说出来你都难以相信，例会制度、督查制度、月度会，利用 PPT 方式汇报工作，公司中层管理人员每天发布工作信息，把市场经济模式和原来的经营模式融合在一起，有很强的超前性；我们注重公司的宣传和前景发展，从刚开始，就打造中哈公司这个品牌，进行商标注册，获得了国家工商总局授予的商标注册权，确保了“中哈”商标在中国的唯一性，为公司进行国内外业务宣传抢占了先机，为今后做上市和发展做了铺垫，这已经形成了中哈公司品牌效应、无形资产，这个无形资产可能价值几个亿。

刘斌是实话实说，要让卡纳特相信、开开眼界。他还想在他面前好好地“骄傲”一把，索性带着他下了楼，去了仓库。

一间不大的仓库，干净、利索、整齐，货架上有常用的配件，灯泡、保险丝、发动机滤芯修理包、变速箱修理包、电器开关。卡纳特没有看到一件经常坏的配件。他目光里充满新奇，有所发现似的说，这都是常用的吗？

刘斌没有马上回答，而是拿起一个电器开关，告诉卡纳特说，这些都是供货商自己放在这里的。

卡纳特像听错了话，连连追问，是供货商放在这里的？

刘斌笑笑说，是这样的。

卡纳特说，这有悖常理，供货商怎么把货放在这里，他们犯傻啊？

刘斌说，他们一点不傻，这里相当于他们的仓库，我现在没有花钱，他们把货放在这里，等于这里是他们的一个柜台的延伸，如果我生产上需要急用这个柜台上的东西，拿来用了，那他明天会给我开票，同时再带一个过来放在这里；如果这里没有配件，我打电话告诉他，几零几的配件，他立刻会把这个配件送过来，就 OK 了。

卡纳特看着、听着、想着，一件件冷冰冰的配件向他婉转传递着刘斌生命的信息。

刘斌又说，你看这里有传感器、轴承、链条、旋转马达、电瓶什么吗？ 没有，它们可以随叫随到嘛。

卡纳特奇异地笑了笑，带着沉思意味说，是这样，原以为你的管理有问题，现在看来，跟我想象的不一样呀。

刘斌说，你跟我走，在这后面还有更大的仓库，有更全的配件。

一个更大的仓库呈现在卡纳特眼前，长长的、高高的货架上，摆放着供货商送来的各种各样配件，卡纳特两眼看不过来了，绕着货架，放大脚步走了一遭，如梦初醒，几乎惊叫起来，你们还带这样玩的，哦，原来这就叫零库存。

终于，卡纳特理解了零库存是什么概念，明白这样能够节省资金。换了一个思考方式，他头脑里立刻意识到，自己过去的观念、管理模式都过时了，嘴里禁不住嘀咕了一句，那就不用我们花钱买了。

刘斌说，对了，我们是先用货，随后再花钱。

卡纳特说，万一买不到怎么办?

刘斌说，那万一买了，又用不到，一直放在这里，不是就闲了吗?

卡纳特眼前一亮，一个新的“世界”、一个新的词汇烙印在头脑里。 他在中国学到了零库存，看到了中国这列火车奔驰的速度。

什么也抵挡不住变化。 中国每天都有新的变化，新的思想、新的观念、新的生活、新的速度。

卡纳特每天站在刘斌身后，他读懂了刘总。 他觉得自己太板了，跟不上中哈基地快节奏奔跑的脚步。 一天，他攥紧刘斌的手说，从今以后，我就喊你老刘吧。

刘斌直呼道，好啊，喊老刘，多亲切。

卡纳特说，老刘，能不能麻烦你个私事儿?

刘斌直通通说，什么事，直说，只要能办到，二话不说，一个字，帮。

卡纳特说，如果以后有人想把我调走，你一定要挽留我，我真心想和你一起干下去。

刘斌用大巴掌在他肩膀上使劲拍了下，卡纳特一震，觉得很重很疼，但心中有数，这是掏心窝的一句话。

第八章　无水港陡地冒了出来

卡尔哭着说你最理解我

中国新疆有一个霍尔果斯，哈萨克斯坦也有一个“霍尔果斯”，这是中国和哈萨克斯坦合资的中哈霍尔果斯无水港，距离中国霍尔果斯口岸站不到十公里，到哈萨克斯坦第一大城市阿拉木图三百六十多公里，到哈萨克斯坦距离中国边境第一个车站阿腾科里五公里，中哈人又称是“东门”。

东门无水港在哈萨克斯坦阿腾科里经济特区里，二〇一五年前，哈萨克斯坦开始建设这个前沿“港口”。刘斌头一次来时，看到荒凉的丘陵山地上都是拼命生长的茅草，几台推土机、挖掘机屁股后吐着黑烟，在山地上爬上爬下忙着，挖掘山土、乱石，推平土地，成群的人弯腰翘腚忙着铺铁路、打水泥场地，他肚子饿了，在一个超市买点果汁和面包就算是完成一顿午餐。刘斌第二次来时，心中闪亮了一下，发现这里变了，已经开办了一个小餐厅，说明来这里的人多了。第三次踏上这片土地，看见大型设备进场了。以后再来，看到仓库建起来了，有了快要投产的感觉。他强烈地感受到无水港建设的速度是超乎想象的。

一片干硬的、凹凸不平的土地，突然间就冒出来一个无水港。过去，货物都是在阿腾科里车站进行换装的，二〇一六年下半年无水港开始投产，给来往班列换装。

二〇一七年，三月的戈壁滩尚未从冬眠中苏醒，扑面而来的是远方还未融化的冰雪和寒风。刘斌随着连云港港口控股集团总经济师陈光平来到哈萨克斯坦的阿腾科里，商谈无水港合作中最关键的一部分。

在历史上，哈萨克斯坦是一个出过不少思想家、哲学家、文学家、音乐家、心理学家、生物学家、医学家、自然科学家和英雄的地方，如被誉为“东方的亚里士多德”的法拉比，开疆辟土的阿布赉汗，智者、传奇人物霍尔赫特，还有阿拜库南拜乌勒、巴彦巴特尔、卡班拜巴特尔，等等。

每个时代都有能人。过去的人会走“路”，现在的人没有不会走的“路”。

哈萨克斯坦人想到了阿腾科里这个东门，想到了在这块土地上建一个霍尔果斯无水港。他们想到了中国，想到了中远、海运集团和连云港港口控股集团，把连云港和别的点连成一条线，引入中国资金，成为战略合作伙伴，形成强强联手，从而大踏步走向大海。

内陆的人才知道大海，因为想象远比眼睛看到的世界更大、更远。朝大海每靠近一步，对幸福的向往和憧憬就近了一步。

在阿腾科里，刘斌遇到了一个“知音”，叫卡尔，四十几岁，比利时人。他是职业经理，哈萨克斯坦方面很看重他的职业素质和职业能力，让他担任阿腾科里经济特区整个前线的负责人，整个东门无水港都是他设计出来的。他对来自新亚欧大陆桥东方桥头堡中哈基地的总经理刘斌颇有好感，见了第一面，觉得这个刘斌脸上的笑是那么自然、亲切，是一种发自内心真实的笑。他有个直觉，刘斌能和他谈到一起，走到一起，成为交心的朋友。他迫不及待地向刘斌披露了心事，说，我想把无水港做成功，将这里变成一个海外仓库、通关的地方，更是食品原料冷链的集散基地。他停顿一下，脸上堆起了忧郁，又说，但你不知道，我把想法讲给哈方好多人听，他们都觉得我的想法不靠谱，好高骛远，不切实际，不踏实。你对我的想法有什么看法？

刘斌佩服卡尔这个人，一个项目经理，能有这么大的设想和超前性，足够说明他目光远大。他用赞同的口吻说，你的想法是无水港今后发展的方向，我很欣赏。我曾经在国内青海做过无水港，知道它发展的大趋势，现在来阿腾科里就是想继续做好无水港。

卡尔用炯炯的目光看着刘斌，相邀说，今晚我请您喝酒，我们谈谈无水港，遇见你，真是太难得了。

夜晚，黑暗罩住了偌大的阿腾科里，车站、无水港里闪烁的灯火，像秋天里一星星的菊花，黯淡、低调、寂寥。黑色中，白天的那些人的脚印、车的辙迹、羊啃过草的痕迹都隐匿得无影无踪。黑夜的静竟让人心里发慌。

刘斌深深地吸一口阿腾科里夜晚冰凉的空气，他的视野中，黑夜、寂静、车站上灯火柔和的光芒、无水港一盏盏温暖的照明灯，构成了一幅和谐的图画。

在通宵酒店包间里，卡尔和刘斌都带上一个翻译，边喝酒边低声说话。

卡尔显示了比利时人的个性，穿着讲究，西装搭上鲜艳的红领带，显现出高贵的气息。他的一言一行，有法国的热情态度与英国的绅士风度，传统又不保守，态度和善，有幽默感，做事计划性强。他和刘斌握手，简捷、有力。刘斌要给他倒红酒，他不让，一定要自己倒，还要给刘斌倒。刘斌说，你去过中国？

卡尔微笑道，去过，乌鲁木齐、北京、上海、广州、深圳都去了。

刘斌说，有什么印象?

卡尔流露出羡慕说，上海比较好吧，有活力，的确是很领先的。深圳发展迅速，完全是经济的社会。说着，他用抱歉的语气说，你的连云港没有去过，但早就知道那里是新亚欧大陆桥东方桥头堡，我们阿腾科里东门是西方桥头堡，紧紧联系在一起。

刘斌受到他的情绪感染，锦上添花般说，我们中国很多项目通过大陆桥运到哈萨克斯坦，阿腾科里东门是中国和哈萨克斯坦经贸往来的跳板。

卡尔说，的确是这样。他眼中闪耀着神往的光彩，说，连云港肯定是个美丽的海滨城市，连着云彩的城市属于浪漫。

刘斌说，是的，欢迎你去，中国人好客。

卡尔竖起大拇指，美滋滋地说，中国人好，我的朋友。我们比利时人真诚、重感情的。在欧洲国家里，全国没有任何一段高速路收费的国家，是比利时；欧洲夜晚高速公路全程亮路灯的国家，也是比利时。

刘斌说，有机会的话，我去你们比利时旅游。

卡尔说，我看你们的北京，真大呀，差点比我们比利时大了，比利时差不多有三个北京大小。比利时是港口经济，港口是国家现在经济的发动机；安特卫普港是比利时的第一大港口。

卡尔十分注意礼节，坐姿端正，边吃薯条边说，比利时有三宝：啤酒，巧克力和薯条。大家都听说过德国啤酒，实际上比利时是真正的啤酒王国，而且大部分都是手工啤酒，精酿啤酒。有上千种啤酒，每种啤酒都有专用的啤酒杯。

喝了一瓶伏特加白酒，又拿来一瓶伏特加。这酒四十二度，喝了不甜、不苦、不涩，只有烈焰般的刺激。

卡尔喝了白酒，心扉打得更开了，他讲了哈萨克斯坦一个有名的故事：《鹦鹉的四十个故事》。他在哈萨克斯坦时间长了，知道这个国家、民族许多民间传说和故事。他很会讲故事，常常让人身临其境，那些生动的人物、曲折的情节、喜怒哀乐，在他脸上有声有色地流淌。

他讲了一个“三个王子与鹦鹉”的故事：

三个王子准备远行，艾木拉江的两个哥哥为了早日找回鹦鹉，得到父王的奖赏，暗自商定甩下艾木拉江，偷偷地上路。艾木拉江跟着他们追过去，第三天，在一个三岔路口赶上了他们。

三岔路口立着一块大石头，上面刻着几个醒目的大字，第一个路口的石头上刻的是“能往能返”；第二个路口的石头上刻的是“能往难返”；第三个路口上刻的是“能往无返”。两个哥哥走向第一条路和第二条路，艾木拉江走向了“能往无返”的路，走进了荒蛮无际的戈壁滩。他走了很远，累坏了就睡着了，他梦到了一位老翁，告诉他该怎么获取鹦鹉。艾木拉江醒来，记住黑孜尔圣人的圣训，不管多渴多饿，不喝路上的湖水。一天，艾木拉江遇到一个名叫乌尔丽哈的仙女，她发现艾木拉江，产生了爱慕之心。她问他怎么来到这里，艾木拉江讲述了为了实现他父王的愿望而冒险找鹦鹉的事，乌尔丽哈说这只会说话的鹦鹉在她姐姐的天园里能找到。乌尔丽哈就招来一只神鸟，把艾木拉江带到天园，将会说话的鹦鹉取回来。当艾木拉江拿着鹦鹉即将回去的时候，被乌尔丽哈的姐姐乌尔孜派拉发现，将鹦鹉抢了回去，把艾木拉江从天上打到地面。乌尔丽哈及时接住他，跟姐姐打了一场，获胜了，姐姐把鹦鹉给了她。艾木拉江请求乌尔丽哈说自己想回去看父母，乌尔丽哈只好答应他。神鹰带着艾木拉江飞到那个三岔路口，艾木拉江在这儿等他哥哥回来，看他们没来，就自己去找遍了那个城市，最后在一个杂碎店里发现了他的两个哥哥，说自己已经把会说话的鹦鹉弄到手，让他们一起回去。他们三个兄弟又来到了那个三岔路口休息。

刘斌听得津津有味，知道卡尔讲这个哈萨克斯坦故事的用意，弦外之音，告诉他，现实生活中，不努力就会被生活踩死。无须找什么借口，一无所有，就是拼的理由。成功的人不是赢在起点，而是赢在转折点。

刘斌和卡尔的话题转移到无水港上，话题一打开，像水库的闸门被打开，湍流奔腾不息，你一番高论，我一阵情感抒发，谈笑风生，如沐春风。

刘斌说，哈萨克斯坦地处欧亚大陆中间地带，拥有中国、印度、俄罗斯等重要市场。这一地理位置得天独厚，在中亚建设跨洲物流无水港最合适不过了。

卡尔说，历史上，哈萨克斯坦一直是连接欧洲、亚洲经贸往来的重要纽带。当前，哈萨克斯坦最大的贸易合作伙伴是欧盟、中国和俄罗斯，与这些国家的贸易往来占哈萨克斯坦外贸总额将近四分之三的比例。现在哈萨克斯坦境内的铁路、公路、水路运输通道比较发达，运输费用并不高。预计到二〇二〇年，哈萨克斯坦同欧洲和亚洲的贸易额将达数千亿美元。

刘斌说，我从中国经济网上看到，“欧洲西部—中国西部”公路交通走廊全线开通后，将成为中亚地区最重要的货物运输主干线。中国运送欧洲的货物在途时间将由现在海上运输的四十五天缩短为陆上运输的十到十一天。

卡尔说，哈萨克斯坦已经完成了中国到欧洲公路工程，就是“欧洲西部到中国西部”交通走廊哈萨克斯坦境内部分的建设。这条公路总长八千多公里，在哈萨克斯坦境内的长度就超过两千多公里。这是你们中国因为丝绸之路的重建，对中亚及其他亚洲国家，对连接的各国，包括俄罗斯和欧洲都特别重要。丝绸之路沿线国家在服务业、制造业、交通运输都将有好处。

刘斌说，哈萨克斯坦要建设“通往东方和西方之门”，阿腾科里是哈萨克斯坦通往东方的大门，也是通向西方的大门。

卡尔说，在阿腾科里建无水港，辐射的面太大了，这是哈萨克斯坦和中国丝绸之路经济带建设的重要物流基地。

刘斌说，有这无水港，班列从连云港可以直接到这里换装，现在的车站换装压力大，我们班列也是耽搁很多时间。

刘斌还谈了冷链物流的设想，如冷藏箱做的海产品、水果，还有信息化的互动。

一个欧洲经济人与中国的一个总经理相守在哈萨克斯坦土地上，感受到春暖花开和勃勃生机，享受到激情和追求。

已是深夜十二点，卡尔的翻译困倦了，不时地打哈欠。刘斌不停地慰藉说，辛苦了，我们再聊最后一个话题，马上结束。

十分钟又过去了，卡尔的翻译受不了困乏，跑了。

刘斌和卡尔还在乐此不疲地交谈，刘斌的翻译没有离开，不停地给他俩翻译着讲话。

卡尔沉浸在无水港实现的理想中，好像构想的美景明天就要实现似的，兴奋中，眼眶不禁湿润了，倒满一杯白酒，灌下喉咙。他在哈萨克斯坦这偏僻、遥远的地方，总算遇到一个知己，好像自己守在这儿专门等待这一天，浑身精神亢奋，一口气又喝下两杯白酒，还用手做出一个V形手势，举向刘斌，预祝胜利与成功。

刘斌也兴奋，说，百度是我们国内最早做搜索引擎的，现在已经成长为一棵大树，他们的成功，是独辟蹊径。我们搞无水港，就要做人家没做过、想不到的事。我们做物流要不断发展，现在全程物流是一个新的物流概念，这是物流今后发展的一个大趋势。

卡尔用拇指竖起OK手势，赞同说，我知道，全程物流这个概念，好像是你们中国四川省的一个官员提出来的。

刘斌说，是一个转业军人，现在的四川商务厅副厅长杨春轩，半路出家。他能率先提出物流人才培养、信息资源整合、系统集成、金融信息化交易，真是个不简单的人。

卡尔说，英特尔总裁安迪·格鲁夫说，“当今时代一切都在发生巨变，不变的只有一条，那就是永不停歇且愈演愈烈的变化。”当今世界各方面都在高速发展，尤其企业的竞争日趋激烈，要让自己的企业立于不败之地，管理者就应对企业进行不断的变革和创新。

刘斌说，企业的任何经营活动都在获得收益的同时存在着风险，世界上没有只有收益而没有任何风险的经营活动。天有不测风云，许多危机让企业防不胜防。我们国家的古人曾经说过：“先天下之忧而忧”……

卡尔说，比尔·盖茨说过，“微软永远离破产只有十八个月”，世界上实力雄厚的大公司都是这样，我们可以想到忧患意识的重要性。刘先生，相信吗，未来的企业是头脑的企业，只有灵活的头脑，才会保持鲜活的思维，企业才能发展。

他俩越谈越投机，越谈越热乎，越谈声音越高，高谈阔论，简直忘了周围其他休闲的人，以致引起了别人的不满，示意他们小点声。他俩的心连到了一起，所思所想的都是一个事情，成了难觅的知音，心潮腾涌。

这时，翻译悄悄告诉刘斌，已经凌晨一点钟了。刘斌的困意被翻译一下子唤醒了，“瞌睡虫”爬上眼睛，浑身的疲累跟着袭来，他打了一个哈欠，对着卡尔指了下自己手腕上的手表，说，时间不早了，一点钟了，结束吧。

卡尔突然失声地哭了，像一个受了欺负的男孩子，哭声低低的。

刘斌起初一愣，后来马上反应过来，卡尔是一种快活的哭，在倾诉着心中的梦想，发泄一种情绪。他劝慰说，卡尔，你喝多了，不要再喝，回去吧。

卡尔泪水下来了，哭着说，我没醉，我今天高兴，我们再喝。

刘斌给他拭去泪水，说，不喝了，回去。

卡尔灵魂似乎泡在酒里，不听，拎来了第三瓶伏特加，哭着说，刘先生，我们一定要喝了这瓶伏特加，你要喝，你是最能理解我的。

刘斌没办法，喝了一杯伏特加，扶着卡尔要走。卡尔带着哭腔说，再喝一杯，行不行?

刘斌架着他，边走边说，不喝了，你都醉了。

一句话，听成了走向坟墓

东门无水港收购谈判在四层楼三层会议室中进行的，总经济师陈光平是个“掰手腕”的厉害角色。

谈判像在高海拔的原野上跋涉，越到后来，越有缺氧般的感受，每一步的迈开都是异样地吃力。当谈判双方的看法、观点越来越近，谈得越顺时候，越是到了山峰、悬崖峭壁，陡地就会变得没路走了，心里的弦会拉得紧紧的。

谈判也是“揉面”，把两团面揉到一起，不用几番功夫使劲地揉，怎么也不会成为一个面团。中哈双方谈判跨过了不少道“门槛”，只剩下一个运行模式和价格的“坎”过不去，谈来谈去，双方脸上都有了点“赌气”颜色。

他们面对面守候着，看着，煎熬着，耗着时间，较着劲，看谁韧性大，决心强，能不能坚持到底。他们长时间地相互端详对方，把眼睛、脸色、嘴巴、鼻子、耳朵、头发、下巴几乎研究了几十遍，对方额头上的黑发有多长、有多细，嘴唇边的皱纹有多少、有多深，耳垂上的汗毛有多粗，鼻孔里的毛发有多黑，都看得一清二楚，甚至对方一个不经意的眼神、一声咳嗽、一点微小的细节，都会引起对面人的警觉，揣摩着他的想法。

中方人想丢掉谈判桌上的烦恼，让头脑里云淡风轻，可根本做不到，老是觉得天上云彩亮得刺眼，天上的蔚蓝色也亮得刺眼，吹过的微风也是苦着、愁着的。

哈方人觉得陈光平这个女经济师厉害，是个常在谈判桌上驰骋的人，像在打着中国太极拳，柔中有刚，静中有动，招招厉害，一步不让。

坐在谈判桌上的人都是聪明人。哈方人目光不时落在陈光平身边的刘斌身上，他是双方的总经理，他们把希望寄托在他身上，希望能够说服这个陈光平，缓解僵持的场面……刘斌看出了哈方人的意思，只是会意地笑，不讲话。

一个哈方人轻手轻脚走过来，从后面拍一下刘斌肩膀，低声说，领导让你到楼下，有事情商量。

陈光平平静地说，你去吧。

刘斌有压力，心里有波澜，哈方人是要对自己发起“攻击”了。刘斌心里有准备，他不是一次与哈方人谈判了，早已听惯、看惯了哈方人的“办法”“理由”，意料到这一次冲突迟早会到来。

刘斌是常闯“风雨”的人，习惯了。生活中，他有时闯“风雨”，用信念和勇气把畏惧赶出多远。一次，他憋了很长时间没有钓鱼，这天要出门钓鱼，王曦红告诉说，今天可能有雨，不要去了。他不顾一切，带上雨衣，旋风一般地去了。半路上，下起小雨，他不在乎，赶到河边，穿着雨衣，举竿钓鱼。雨有点大了，鱼被雨水砸到深水处，不肯上钩，他依然站在雨水中，举着竿子钓鱼。他没有钓到鱼，这是他早已预料到的一个结果。他不是去钓鱼，想要的就是苦涩的过程，迎接一场大雨对自己人生的洗礼，看看自己的臂膀有多么刚强，能不能挡住风雨。

可以说，刘斌早就等待着无水港这一场滂沱大雨。是呀，怎么能没有狂风暴雨、电闪雷鸣？怎么能避免迎面而来的汹涌波涛，让航行的大船不颠簸，甚至不倾覆呢？这是国与国经营理念的差别决定的不同思路，不同的思想必然要迸溅起冲天的浪花！

哈方铁路快运公司领导把刘斌叫到楼下一个会议室，一脸严峻说，这个方案行不通，与我们的想法出入太大了。现在谈不下去，怎么办，很被动嘛。你能不能做做陈光平总经济师的思想工作，说服她，接受我们的想法？

脚步已经迈出去，怎能止住、收回呢？刘斌认为后退一步就是万丈悬崖，心想，我这个总经理毕竟是站在中国土地上，不是在哈萨克斯坦，哈方铁路快运公司领导应该设身处地为我想一想，慢慢适应中方，适应我的经营理念和工作方式嘛。

他豁出去了，捧出心和哈方铁路快运公司领导对话。

一个多小时的谈话，哈方铁路快运公司领导和刘斌像守着中国象棋中的“楚河”与“汉界”，对峙着，不是“象”飞“田”，就是“马”走“日”，要不就是用“炮”隔着“山”来轰击“士”，你来我往，谁也不让谁，争执不下。他俩脸上变得通红，在肃穆中有一种隐约的疲累和不耐烦。暴雨再大、再猛烈，也有云开天晴的时候。慢慢，他俩又平静下来，在疑虑中细细说话，寻找双方的契合点。

楼上会议室里，静悄悄的。

窗外无边无际、平平淡淡的天空，太适合一个人凝望、欣赏、发呆，偶尔一朵洁白的云彩飘荡过来，能照亮心里，什么都不会想，那真是人的最舒服的状态。

丹尼的姐姐英德拉看着挂在天上的云彩，想发呆，却发不了，不愿想的那些事，却偏偏邪着门要去想。看到刘斌出去谈话一个多小时没回来，她很紧张，坐不住了，以为肯定没谈好，如果谈好早回来了。她不安了，对中方人员低声说，坏了、坏了，丹尼老总没有了。

中方人员说，不要担心，刘总会把握好的。

英德拉双手合十，念叨说，千万不要吵起来呀。

中方人员在心里笑了笑。

英德拉说，不要吵，只要不吵，不闹翻，什么事情都好商量。

中方人员说，放心吧，不会到闹翻那一步的。

英德拉说，刘总那股犟脾气也不简单，谈崩了他会不干这个总经理，我弟弟丹尼就失去一个老总了。

心与心的激烈碰撞，哈方铁路快运公司领导仿佛看到了刘斌在想什么，看到他更多的时间在为着哈方的利益操心、焦急、憋气。哈方铁路快运公司领导在微笑中绽露了一个表情，认可、通过了刘斌提出的方案。

哈方铁路快运公司领导紧紧握住刘斌的手，摇了摇，笑道，我们就是认你刘总，看上你的忠诚、实在、能干、实话实说。

刘斌说，相信吧，我们会一步一步实现目标的。

这话，哈方铁路快运公司领导听了，心里一震，脸上表情有点不自然，愣怔地望着刘斌，莫名地问，你说什么？

翻译对刘斌笑着说，哈萨克斯坦人的话里，一步一步实现我们的目标，那是走向坟墓的意思。

刘斌笑了，不好意思地解释道，误会了，弄岔了，我们中国这句话是美好的意思，表示要逐步实现自己的目标和理想。

哈方铁路快运公司领导明白过来了，“哈”的一声笑后，跟着刘斌学说起这句话，大声念出来，一步一步实现我们的目标！

刘斌上了楼，笑眯眯进会议室。英德拉迎上来，小心地问，没出意外吧？

刘斌说，没有啊，谈得很好。

英德拉松口气说，这下好了，我都要担心死了。

刘斌说，大家慢慢沟通，什么都会好的。

英德拉喜笑着说，我知道你会有办法。

无水港的路在延伸。

刘斌是无水港谈判的“总联络人”。

当总联络人是个苦差事。有一件事情最苦，谈判的时候，邮件的流转在理论上应该是由连云港港口控股集团战略投资部负责的，但他们邮件发得比较乱，有时发到刘斌这里，有时会发到战略投资部去，最终对接出现失误，弄得中哈双方都很乱，两方都嘟嘟囔囔的不满意。

刘斌被选成了中方唯一的联络人，烦恼也就接二连三地涌向他。邮件里有些事情不是由刘斌直接去处理的，他像一个送信的，上传下达。有时候，中国晚上是十一点半，而哈萨克斯坦这时才是九点半钟，他们把邮件发过来，刘斌就得起床，在手机上忙着接收、处理。爱人被闹醒了，翻来覆去睡不着，拿起一本书翻看，陪着他。刘斌做事认真，一字一板，有时怕睡着了，误了接收邮件，在手机上设定闹铃怪叫声，几次，全家人从酣梦中被一串刺耳声吓醒。事后，爱人心有余悸地说，这样一惊一乍，全家人非要被弄成神经病不可。刘斌莞尔一笑，赔上一句话，对不起，吵醒你了。爱人听了，心里冰雪消融，什么埋怨话都没有了，还会褒扬说，你就像电影《永不消逝的电波》里的地下党员李侠，专门夜间发电报。

爱人睡着时，刘斌目光落在她忙累了一天显得十分疲劳的脸上，心里泛起一阵愧意，自己不分早晚在外面奔波，家里大事小事全靠她忙碌，没有一句怨言，有时还为他在酒桌上应酬，担惊受怕，忍不住抱怨几句。他不忘爱人曾经给他说过一件事，什么时候能带着她和女儿出去旅游，他答应了，可一直忙呀、忙呀，现在也没有出去……

忏悔可以使人更好地活在明天。

刘斌依旧忙呀、忙呀，爱人还是依旧帮着忙。

邮件天天都来，时间一长，刘斌从发送方来的号码都可以猜到大概的事情，不用看，随手转发给翻译。翻译团队有哈方三人，中方三人，包括无水港招聘的翻译。他们把邮件翻译出来，转发给总裁、战略投资部的人。

刘斌从来没有把邮件处理失误过一次。

时间长了，刘斌晚上没有收到邮件，就会有点神经质了，睡不着觉。怪了，爱人也睡不着，心事重重地问，怎么回事，今晚邮件还没来啊。

到了下半年，每晚，刘斌几乎都要收到两个邮件。哈方人刚发来邮件，急着想要中方立马回复，中方都是尽量满足。可是，当中方发去邮件，哈方常常需要催促很长时间，才能回复。刘斌抓住中哈两方邮件来往之间的“宁静”，扑到网络上，学习投资管理经验，这些东西翻新得快，他要现学现用，活学活用，掌握一个正确的操作思路。

二〇一七年五月十五日，无水港正式收购，是中国在新丝绸之路上的国家唯一做实扎根的企业。

进入无水港，第一眼见到的是一面中国国旗下的三条轨道，这是通往中国的国际轨，第二眼看到的是一面哈萨克斯坦国旗下的三条轨道，这是哈萨克斯坦的宽轨。无水港设备齐全，场地大，可以进行换装、装卸、堆存，还有自己的铁路线、冷藏库，有七台龙门吊、正面吊等大型设备，以及先进的信息系统。

一天，刘斌向哈方人展示了远程视频播放“空箱配货”业务，叶留巴耶夫激动地突然起身紧紧拥抱着他，表示最热烈的感谢，全场哈方人为刘斌鼓起雷鸣般的掌声。那一刻，刘斌眼圈泛红，心中涌动着豪情，为中国人骄傲!

当着几个中国人的面，叶留巴耶夫满怀期待地说，刘总，我希望你来我们国家工作，统筹无水港管理。

刘斌开玩笑说，你给我什么职位?

叶留巴耶夫当真的了，问，你想要什么职位，我应该能满足你。

刘斌说，开开玩笑，不可能的，我离开中国，什么都干不成。

柔道冠军站长

阿腾科里火车站站长叫战多斯，是刘斌非常好的朋友。刘斌能让中国班列在哈萨克斯坦的东门“一路绿灯”，离不开战多斯。

阿腾科里地方不大，火车站却是个大站，是哈萨克斯坦到中国的国门，中国的国际班列都是从这里走。这里有两千七百多个员工，十分忙碌。

战多斯年不过三十，手中的权力可不小，中哈无水港大大小小的业务都在他的手中，受他管。

他身材又粗又壮，身高接近一米九，体重二百五十斤。刘斌站在他身边，头皮刚好够到他肩膀上面，和他握手拥抱时，感觉他像是一堵墙。他的家世比较显赫，父亲和爷爷都是宇航员。战多斯上学时，学的是柔道专业，之后就是在阿腾科里车站做总工程师，当管生产、抓安全的负责人，业余时间做柔道运动员。他在哈萨克斯坦国内得过金牌，在比赛中，别人可能打倒他，但永远不可能把他打败，因为他有一颗打败不了的心。一次比赛中，他一条腿上髌骨脱臼，疼得倒在赛场上，裁判问他能不能比赛了，他不等裁判说完话，咬着牙把髌骨推回了原位，震撼了裁判和观众。

战多斯喝酒量大，有两斤。能喝酒的人性情豪放，好交朋友。战多斯朋友多，不过，他交朋友是有选择的，都是他佩服的人，在社会上有着一些不错的声誉。他从小就喜欢英雄，心里佩服的人就是相当于英雄。

刘斌在哈萨克斯坦国有铁路公司是一个有影响的人，战多斯把他当作哈方人，因为他是两个国家合资的中哈公司的第一任总经理。首任老总都是什么样的人才能做的？那是有想法、有能力、能干事、干成事、与众不同的人。看看吧，世界上凡是做首任老总的，哪一个不是非常有办法的人，没有路都能走出路！

首任老总的岗位不是一般人能做得了的。战多斯敬佩刘斌，他做了两国合资企业的老总，在风浪中像一只船，稳稳当当的，班列越来越多，越来越快，业务也越来越大；据说，无水港周围还要做成十万人的小城镇哩。

刘斌在战多斯心中是一个神秘的人物。哈萨克斯坦国有铁路公司的高层领导和铁路快运公司的领导都器重刘斌，与他走得也非常近，中国港口的领导也重用他，他身上究竟散发着什么样的魅力，这样吸引着哈方人？战多斯想走近、认识、了解刘斌，能成为自己的好朋友。

哈萨克斯坦铁路快运公司里面有一种说法，不认识刘斌总经理的不算是铁路快运公司的领导。战多斯对刘斌有一种期待，想和他心碰心地交流，升华自己。

战多斯与刘斌的见面是跨时空的，也许是要考验他们友情的耐力和真诚，也许是在久久等待的过程中，再递增感情，沉淀心声。

一个偶尔的机会，他们在韩国邂逅了。刘斌去韩国无水港揽货做推介，战多斯也去韩国推介阿腾科里火车站冷链，哈方想让更多日韩的货物通过连云港中哈基地，经过新亚欧大陆桥运到中亚。他听说刘斌要过来，一直问别人，刘斌怎么还没来，怎么还没来。

刘斌还坐在飞机上，战多斯就怕耽误了第一时间见到他，急忙往酒店赶，给刘斌留下桌上位置，摆好碟子、刀叉、杯子，等着他的到来。

几个哈方人急不可耐地喝起酒，催促战多斯也喝酒。他头一摆，手一推，说，我不喝，我要等刘斌，和他一起喝。

哈方人说，一个下午全听你念叨刘斌，这人真有这样重要、吸引力啊?

战多斯朝他们摆着大手说，你们不懂，我就是一心想见他。

刘斌与战多斯见面了，战多斯像见到失散多年的朋友，与刘斌握手、拥抱，激动地说，我的老朋友，终于见到你了。

他俩一见如故，心里没有障碍，有着说不完的话。战多斯敬刘斌的酒是用大杯，一口一杯，刘斌不让他这样喝，可挡不住，他大着嗓门说，这顿酒等待好长时间，不喝不行，这是心情。他俩边喝酒，边谈业务，谈怎样把业务做得顺畅，谈连云港到霍尔果斯的通道问题等。

刘斌说，我的车皮、换装、转关，你要多帮忙啊。

战多斯说，我们都是中哈的，你的就是我的，我的就是你的，没问题。

每说上几句话，他俩就喝上一杯酒。刘斌酒力不如战多斯，看他端起酒杯，一仰脖子，把酒“哗”灌下去，甚至有点心惊胆战。

刘斌说话多，战多斯喝酒多。

战多斯成了连云港过境业务的“桥梁”。

连云港班列过境，从查验、快速通关，再到快速装卸、车皮的安排，战多斯是特事特办，优先安排，出力流汗，最快时间解决，一般班列换装不超过两天。有时，车皮安排得慢了一些，战多斯打电话给刘斌说，老刘，按你的要求，我慢了。不过，班列现在出发了。

刘斌朗声笑道，朋友，OK!

连云港的班列越开越快。

每次，刘斌来哈萨克斯坦时，总是买上“琅琊台”酒，送给萨吾特等朋友。这酒是中国山东产的，有两千多年历史，发轫于春秋战国，繁荣于秦汉，鼎盛于唐宋，窖香浓郁，绵甜甘洌，落口爽净，回味悠长。这酒包装很好，二两五一瓶，价钱不贵，七十元。

战多斯也喜欢喝“琅琊台”酒。有时，这酒在中国国内脱销，刘斌派人跑到酒厂也要买上几瓶带上。过境时有点麻烦，刘斌就将酒瓶装进档案袋里，打包，带过境。

二〇一六年，冬天，刘斌随着总裁朱向阳一行去阿腾科里车站，战多斯当成了一件大事，安排轿车来迎接。

那天，天上下雪，比较大，火车比战多斯预计时间晚了二十分钟才到站。战多斯带着一帮人，站在冰天雪地里，等着，有几个女同志穿着裙子，冻得两手不停在嘴上直哈气取暖。

轿车来了不少，按连云港来的人头安排了车。朱向阳坐进第一辆车，刘斌被安排坐第二辆车，他看见副总裁要坐进第三辆车，急了，喊着要调换。来不及了，刘斌的第二辆车开动了。刘斌坐在车内，不时回头看后面，很尴尬，心有不安。

下车时，朱向阳对着刘斌低声安慰一句，哈方人是为了表达一种感情，可以理解的。

战多斯打破常规，带着连云港客人到单位，刘斌以为要进会议室，战多斯把他们引进了自己的办公室。战多斯打开了对外尘封的秘密，邀请刘斌一个人去办公室里面的一个小密室，他的一个小收藏室，看一些经典的东西。里面全是满满的他获奖的奖品、奖牌什么，中亚几个比赛的冠军他也几乎拿过了。他拿出准备送给刚退休的前任站长的礼物，一本影集，给刘斌看，老站长在车站上曾经做过的大事小事、精彩的生活细节，被一张张照片生动地再现出来。刘斌翻看着老站长的相片，暗暗佩服战多斯是个重情重义的人，看到他做人的一种大气，一种坚韧向上的力量。他想，这些气质，让战多斯有了与人不一样的精彩人生道路。

战多斯收藏室里还摆了很多红酒，是各个国家的。他喜欢喝红酒，把收藏室里最贵的一瓶红酒送给了刘斌，那瓶红酒至少收藏十年以上，是人家赠送他的。他说，别人向我要过这瓶红酒，没给，现在给你了。

刘斌从包里掏出“琅琊台”酒，回赠了战多斯，说，给你专门准备的。

战多斯接过酒，放在嘴唇上轻轻一吻，“哈”的一笑，用夹生的中国话说，知我者，刘总也。

战多斯送刘斌的红酒，后来让在东门无水港做前期工作的中国员工喝了。

战多斯带着连云港人参观火车站，介绍火车站整个布局时，有人要照相，他不让，却对大家说，别人不可以照相，刘斌可以照。

大家“哈”的一声笑了。

战多斯用最好的饭菜和酒热情招待连云港客人，吃饭座位要摆席卡，朱向阳是摆在一号，刘斌怕被摆上二号，他心急火燎，东闪西藏，想躲过去。刘斌心想，上午乘车尴尬难堪的事情不能再犯，哈方人重义气，但中国的规矩不能破，还得讲究。他偷偷把席卡换了，按照中国的习惯摆上去。

第九章　敲响做小麦的大门

一个约定

有一句哲理话已成了流行语，该记住的不会忘记，不该记住的早已淘洗掉了。

粮食，我活着的命根子，整个人类活着的命根子。粮食在哪里，人就会走向哪里。

我是一个挨过饿的人，上个世纪六十年代初尝过饥饿的滋味，一粒米常常令我眼睛放光，激动发狂。在家就会饿死，母亲带着我们兄弟三人，跟着一个邻居大婶，带着一点简单的行李铺盖，像讨饭似的，瑟缩着离开连云小镇，颠簸到东海县驼峰乡大杨村。东海县与连云港咫尺之遥，我却觉得是那么遥远，远得似乎有点不可思议。一户好心人家收留了我们，在模糊的记忆里，那人家低矮的茅屋前好像有一棵粗大的柳树。那段记忆忘得差不多了，五岁的我只记得跟着母亲、八岁的大哥在地里寻找被人寻找过几十遍却仍可能遗留下的山芋。在一块高坡土地里，我找到一个细小的山芋，像发现了东海土地上闻名于世的水晶，奉为至宝，以为有这一口吃的，远离饥饿，再不会受死亡的威胁。

无知的我像生活在桃花源里，拿着山芋，把自己当成了一个至高无上、颐指气使的生产队长，在地里、河边、大地上任意地闲逛，欣赏起风景，不再躬身找山芋。母亲喊道，小二子，快找山芋呀。我随口说了一句，我有一个山芋，够吃了。这话，让大哥一直笑说到今天。

一句话，成了对一个时代的记忆，对粮食的爱与恨，对自然、社会、生命的思考。时间颠覆世界。仅隔着五十几年，世界就变了，粮食多得似乎都没法子堆放……

一切怎么理解？是人戏弄人，还是大自然捉弄人？

刘斌爱小麦，想小麦，也被小麦扎得满身是血，疼痛难忍。

刘斌心中的“野火”烧开了，想着怎样把哈萨克斯坦小麦拉到中国连云港，中转到国外，做大，做得上量，结束亏本买卖，让中哈两国都能赚钱。

在港口控股集团大楼跟哈方人开视频会议的时候，刘斌说的话，三句有两句谈的都是小麦，要实现“重”来“重”去。

那边哈方人当成笑话了，对刘斌漫不经心地说，谁买啊，卖给谁啊？

刘斌说，卖给日韩和东南亚啊。

哈方人说，这么高的运费怎么做啊？

刘斌说，有人做，我们就能做。

哈方人发出不相信的笑声，淡然说：你们做？怎么可能呢？

刘斌说，你们不信？

哈方人躲闪着，不提这话题，避重就轻说，小麦我有，我能给你介绍，运输我也能帮你，但是谁来做呢？反正我们没人做。

刘斌说，你能不能介绍你们国家有小麦的人一起来做？

哈方人咬死口说，不可能。

刘斌心里像浇了一盆冰水，凉透透的。

走出集团大门，刘斌开车回中哈基地，伴着海风，一路好山好水、如诗如画的风景不停扑入眼帘。他望着绵绵延延、蓊蓊郁郁的云台山，挡不住思想伴随着车轮飞快地旋转：世上没有走不通的路，也没有找不到的人，如果说现在没有找到想要找的人，只能说是没有做足工作。树挪死，人挪活，我们凭什么要吊死在一棵树上？哈萨克斯坦国内找不到做小麦的人，为什么不想到本国的同胞？中国这样大，什么样的能人没有？人中翘楚，栋梁之材，藏龙卧虎，只是没有去寻找……

刘斌开始寻找做粮食的人，他自己找，托朋友找，在连云港、青岛、上海、宁波、天津四处寻找。人海茫茫，白云飘飘，刘斌呼唤的理想人选却迟迟没有出来。

世界这样大，寻求一个做粮食的人怎么就这样难呢？刘斌被哈方人逼在一个“无计可施”的角落里。

在十字路口徘徊着，刘斌有了一连串的怀疑，我的想法是不是太简单了？难道真的只能是一厢情愿，一条死胡同，一条走不通的路？

憋气的滋味不好受，刘斌拧紧眉头，沉重地想，中哈国际物流公司总经理不好做，合资企业，国家大平台，起点高，招牌硬，但压力大，盯的人多，更难的是国与国情况不同，遇到的棘手事情也多……

他用手揉了揉酸涩的眼睛，心灵里冲撞着，我难道就这样败下阵来？

他不甘心，也不服气：新官上任三把火，我一把火还没烧完，偃旗息鼓，把人生中的黄金年龄就玩完了，算哪门子事？还算个中哈国际物流公司总经理吗？

不能这样了事！刘斌心气上来了，倔强地说，不能这样看着做小麦的计划胎死腹中，要去试一试。

他不相信，自己第一回做粮食，还没下水就会“流产”。

社会是一个汪洋大海，行行业业都是恣肆横流的大河，看水面上是波光潋滟、风景如画，哪知道水底下是犬牙交错的礁石，暗流湍急，险象环生。

做小麦这事，水是很深的，刘斌没涉足过这样的河流，他只是见过隔壁的新东方公司搞过集装箱“散改集”“集改散”的换装，弄得人欢马叫，一片喊好。

凡事不肯服输的刘斌心里烧着火，给自己鼓劲加油，念叨道，人家能做到的事，我为什么不能做到？ 我有眼睛和鼻子，不缺胳膊不缺腿，为什么做不到？ 应该能做到，肯定能做到。

他还有一个“尚方宝剑”，是集团的鼎力支持。

刘斌看中了新东方的一座现成大仓库，很快，把它“挪”到了中哈基地身上，港口集团花了大约两百万块钱，改成粮食“集改散”的专用库场。

国检邵沛泽他们没有仅是做好自己的检验检疫方案就行，而是把中哈基地当作自己的企业一样，布置，指导，制定政策、方案。 专用库场里面配备负压设施，降尘设施，空箱场所消毒，下脚料处理，抓卸自动化等，保证小麦“不流失、不扩散、不撒漏”。 规章制度是整套的防疫体系，过境前、过境中与过境后都要按照什么去做，怎么操作，中哈基地工人不懂，邵沛泽他们是手把手地教。 国家质检总局动植司组织全国十二名粮食检疫专家来评审、验收，通过了。

邵沛泽拍了拍刘斌的肩膀，笑着说，刘总，给你舞台搭好了，下面看你唱戏，可不要演砸了。

刘斌脸上绽着孩子般的微笑，点点头说，下面看我们中哈的……

一个约定，让刘斌吃尽了苦头。

二〇一六年八月，刘斌通过熟人帮助，找到了卖粮食的人，也找到了买粮食的人，开始签约，试单，三十二个集装箱，七百二十吨小麦。

第一次做小麦，量不大，可刘斌又喜又有压力，喜的是总算敲响了做小麦的大门，压力是怕失败，摸着石头过河，万一石头没有摸到人掉到了河里怎么办?

在模拟做小麦流程中，他心里老是有点悬空，不踏实。

丁锐喊来刘斌，给他打气鼓劲说，不要有顾虑，不要怕过河湿了脚，万事开头难，无论怎么样，先把这首单七百二十吨小麦做了，试一试，蹚一蹚前边的路。

朱向阳细致地交代说，这是第一单，叫首单测试，价格什么都不要谈，所有环节都按照实时的报价，按照市场价来操作，看看能不能实现，单据能不能正产运转。

刘斌心里有点踏实了，放手模拟流程，看有没有过不去的羁绊。他在纸上走了三遍流程：从哈萨克斯坦的贾尔特尔车站把小麦装车发出，到达阿拉山口，办出境手续、哈萨克斯坦小麦入境手续，递交报检资料，报关手续，出境签发提单；再到达越南胡志明市，办哈萨克斯坦小麦入境手续，递交报检资料，报关手续……

一切，顺利畅达，看似万事俱备，只等东风。

十月马上到了，要准时发送小麦。

国庆节前夕，协议签完了。这时的刘斌几乎做完了一件大事，本来应该轻松愉悦起来，可他心里却莫名地躁动、不安，担心小麦流程中还有没想到的过关门槛、死结。他建议，临阵磨枪，再走一遍模拟流程。

大家都笑起来，说刘总太谨慎了，已经模拟过三遍，不会再有问题的。

刘斌坚持着想法，说，小心驶得万年船，多模拟一遍只有好处，没有坏事。

大家摊开纸，一笔一画，再次模拟流程。

刘斌担心的事发生了，模拟的流程在越南胡志明市被卡住了，越南和哈萨克斯坦的质检鉴定没有正式协议，只是有一个口头协议，不算数。

大家惊呆了，眼睛齐刷刷地望向刘斌，说不出话来。

有个人讷讷地说，幸亏刘总又走一遍流程，要不问题可就大了。

刘斌沉默一阵，说了十一个字，燃眉之急，赶紧想办法解决。

国家与国家之间协调、解决一个事情，不管大小，都是大事、难事。在中哈基地的中方人眼中，越南和哈萨克斯坦质检协议的鉴定，像是看天上月亮一般，遥不可及。

中哈基地专门成立了哈萨克斯坦小麦推进业务工作小组，天天通过电话催促越南的华人周总经理想办法，解决质检协议的鉴定。周总经理唉声叹气，可怜地说，我要有办法还能不办吗？谁看钱不想赚呀？

刘斌他们帮助周总经理想点子，想来想去，还是走不出“死穴”。

一路走来的帮忙人泄气了，在手机里对刘斌说，刘总，这单生意泡汤了，不是我们想办法就能解决的。

越南的周总经理要退单子，懊丧说，我对不起你们，生意虽然做不成，但我们可以做个朋友嘛……

连云港港口有熟悉的、不熟悉的人对着刘斌开始冷嘲热讽，甚至于打击，说，中哈基地那个刘斌是一个大水，能吹牛皮，出洋相了吧，说能搞小麦，小麦搞到哪里去了？哼，没人晓得，反正吹牛皮不犯罪。

也有人找刘斌故意逗乐、寻开心说，刘总，小麦呢，怎么还没来？

是不是在路上？ 什么时候才能看到啊？

还有人用蔑视的眼光打量刘斌，说他是一个骗子。

怎么面对，怎么回答，怎么解释？ 刘斌心里呼唤，自己不是大水，不是吹牛皮，更不是骗子，天地可以证明，有良心的人可以证明，他是想承担起中哈基地这个大任，多做点实事、大事，证实自己的能力。 可现在好事做砸了，任何解释的言语都是苍白无力、毫无意义。 古人说，胜者为王，败者为寇。 既然失败了，尤其是有重大政治意义的事情没有做好，他就要忍受社会上各种人的盯望、嘲笑、泼脏水、说难听话，担起“苦难”……

邵沛泽替刘斌犯了愁，自己跟着犯起愁，南京检验检疫局和我们连云港国检政策给你了，你怎么没动静了？ 做什么事情怎么能虎头蛇尾的呢？

见了刘斌，他却没说泄气话，用手捏了捏他的肩头，尽拣鼓劲话来说，心脏大一点，莫气馁，做大事的人谁没有遭受过折磨？

是一句朋友的宽慰话。

刘斌却心里惭愧，失去了面子，在人前脸上涨得通红，困窘地直笑。

脸上的表情是给别人准备的，给别人看的，也只能别人看得到，刘斌任别人看着、奚落、品头论足，心里的万千难受谁能感受到一丝一缕？

社会的眼神尖酸刻薄得怕人，可以不用说话，只用冷漠、不屑、鄙弃的眼神、脸色，足以击溃一个事业上失意的人最后一点精神。

在中哈基地，刘斌内心没有丢掉自信、刚强，像过去一样，精神饱满，说话响亮有力，他对大家不服输地说，信心决定言行，最后拥有什么样的结果，取决于现在的决心和行动。

很多人不抱有希望，望着自己的刘总，一脸愁绪，闭嘴无话。

也有的人眼光哀怨、黯淡，没有了信心，直接坦言，要放弃、解约。

刘斌腰杆挺得直直的，眉目没有皱起，用激情的话语打动着人心。他说，把哈萨克斯坦小麦做到东南亚，这是一条新路，大家知道，创新的道路上，失败者大有人在，也可以说是摩肩接踵，可创新一旦成功，前途和效益也最可观。所以古人说，富贵险中求。

动口容易，成事难。刘斌与越南周总经理又通了一次长话，他们是长吁短叹，希望是愈来愈渺茫，信心的光芒越来越微弱。刘斌一声长叹，心底落满鸡毛，觉得无意义的坚持纯粹是在浪费时间，自欺欺人，准备放弃了。

刘斌心情糟糕透了，真正如梦初醒，这行业的水太深了，深不可测，不是仅凭着一股勇气就能涉水过去，抵达愿望中的彼岸的。他觉得太丢人，丢了大面子，集团、国检那么全力支持他，花那么多钱改造了仓库，现在做成这副糟糕样子，怎么交代？怎么面对领导、朋友、家里人？他的情绪一落千丈，看到天上的白云都觉得那是一大堆黑云，心里压抑，在办公室遇到一点小事就会发上一通莫名的火。有烟瘾的达尔汉平常会不时来刘斌办公室遛门，找几根“喜烟”抽，这阵子不来了，遇事都绕着他走过去。

回到家里，刘斌愣愣地看电视，可是什么也看不进去，脑子里堆满小麦的事情，一粒粒小麦像一只只蛾子在头脑里乱七八糟地纷飞。他不出门，不想说话。王曦红和他是老夫老妻，知道他的习性，心情不畅，容易急躁、冒火，也不去和他说话，只是把饭做好，衣服洗好，啥啥都准备好，让他有更多、更旺盛的精力去思考，想办法应对，渡过难关。他出门找老朋友，找酒喝，把自己灌醉，趔趔趄趄，飘飘忽忽，这才畅快。王曦红不拦他喝酒，怕他在家憋出病来。

星期天，刘斌拾起钓鱼的爱好，开着车，到市区周边河汊里钓鱼。王曦红喜出望外，她记得丈夫到中哈基地工作后有两年没有钓过鱼，过去，他会起大早出去钓鱼，她把午饭做好了给他带上。他钓鱼，每次总是带着不少鱼回来，她又喜又愁，喜的是家里有鱼吃，愁的是鱼太多，她见收拾鱼就心烦，几次还弄破了手。

王曦红看刘斌拾起竿子又要钓鱼，欢天喜地，丈夫可以出门活动、散心了，心情就会好起来。她欣喜地看着刘斌，心想，等他钓鱼回来，她把鱼烧烹好了，让他吃着自己钓的鱼，喝着小酒，心里更会好受多了。

这次，刘斌一共钓了两回鱼，一次是空手回来，还有一次只钓了几条小鲫鱼。他哪是钓鱼呀！钓鱼要有心情，没有好心情能钓上鱼吗？他不是来钓鱼，是在排遣心中苦闷的情绪，头脑里像有几只蚊子嗡嗡叫、乱飞。他没有用心选择，只是在钩子上胡乱挂着一点蚯蚓、蚂蟥，丢进水里，闷闷地坐下，像痴子一样，根本不看漂子，有鱼咬钩了也全然不晓得。他心里丢不下哈萨克斯坦的小麦，丢不下越南那个周总，小麦像钓钩挂着他的心，在哈萨克斯坦与中国、连云港与越南胡志明市之间，荡来荡去。他不停地问自己，怎么办，怎么办，还有没有新的渠道去做？各种各样的想法冒出来，又被他一个一个驱散了。最后，他还是一声无奈的叹息。他把自己的政治前途想到了最差处，摔进泥坑里最多就是不做这个总经理。他想，自己失败了，是一种无能、屈服、投降，是江郎才尽、平庸之辈，这些都要认，自己刨的坑就要自己跳下去，埋自己，活该！

刘斌摇摇头，想到了人生中一个精彩、有趣的插曲。二〇〇二年，他在集装箱公司做货场的时候，曾有机会走出去。一个朋友在绥芬河做木材，想来这边做一个木材货场，他给朋友说了一下想法，朋友听后觉得很吃惊，从来没接触过木材生意的刘斌，为什么能把他这个做了十几年木材生意人的想法完完全全地描述出来，还能指出下面发展方向？他看上了刘斌。他是私企老板，有货场、山场、口岸、铁路，更有资金等等，他想让意气风发的刘斌跟他走，当着刘斌很多同事的面，直言不讳地说，刘斌，到我这里来，帮助我，我们一起干木材。他允诺给刘斌木材，加上三条船木材，一条船能装三千方，他答应要捧刘斌做连云港木材大亨。但老板朋友提出刘斌必须要辞职，去全身心地帮他经营生意。刘斌没有答应，他改不了父母给他的秉性、基因，懂得感恩，想到了港口培养他，不忍心，也舍不得离不开港口，良心上也不愿这样做。

人生旅途上，不在于走了多少路，关键的是拐点几步路怎么走，像是在高速公路上开车迅跑，当面对一个又一个出路口，如果犹疑中选错了，将与你要去的地方擦肩而过，接下来是“南辕北辙”、失之千里，想回来也回不来了。人生旅途上不会同情彷徨者、迷茫者、可怜者，也不会怜爱强势者，走错了，绝不会给你重走的时间和机会，人生的书翻过去就别想再翻过来，世界上什么药都有，就是没有卖后悔药的。

人生，每一步都弥足珍贵。

刘斌没有走错路。那时，他习惯了国有体制，换一个不一样的地方，尽管自由自在，有大把的钞票花，可心里总会不踏实，担心有一天像鱼儿离开水干涸而死。他没有答应朋友，从此，朋友走了，不在连云港做木材生意了。

这是一个真心的朋友。刘斌这样想道。

心绪是乱风，随处飘荡、吟唱。刘斌想到了父亲，想到老人家眯眯笑着，端起小酒杯喝酒悠然自得的样子。感情的潮水上来了，很快淹没了心，让他想到了病重时的父亲，老人家看似身子孱弱乏力，内心里全是刚强……

太阳不知不觉滑下山了。刘斌不知道坐了多久，钓了多长时间的鱼，他抬头看看四周，有几个钓鱼人不知什么时候走了。恍惚间，他想起，有一个钓鱼人招呼自己回家，他含含糊糊点了点头。他没有钓到鱼，若在过去，他会扫兴，找点理由，不是埋怨钓饵就是抱怨没选好地点。现在，他心里什么感觉都没有，混混沌沌，只知道早上出来，下午回去。

回到家中，王曦红见丈夫“两袖清风”，就问，鱼都送人了？

他说，没钓到。

王曦红玩笑说，怎么了，没见过你这样空手回来过，我等着鱼下锅呢。

这样，刘斌闷了半个月。

刘斌准备赔偿违约金了，他觉得赔的不是钱，而是自己的人格、脸面、尊严、价值。

他给越南的周总经理和外地一个朋友打电话，这个时候对方非常好，没有落井下石、蹬他一脚，反而用贴心话安慰他，不要违约金。不可思议的事，让刘斌心里如春风掠过荒野，感动地问，你为什么要这样做？

朋友说，你可以猜猜。

刘斌说，你安慰我？

朋友说，再猜。

刘斌说，为我们是朋友？

朋友说，再猜一次。

刘斌说，那为什么，为了我们的真诚？

朋友笑道，因为一开始就没觉得我们能做成这个项目。

一阵凉风从心里扫过去。

解约了。

刘斌心里更加沉重了，朋友的话刺激、炙烤着他，比罚违约金更残酷、更要命。世上有什么比对一个朋友、一个人产生怀疑，失去信心，更让人难受、难忍的?

刘斌在与一种人性博弈。他不甘心，身上有一股紧逼自己的心气，想要咸鱼翻身，获得重生，让枯树开出绚烂的花。他记得一本书上说过的话，一个人要想让自己的人生有所突破，就必须明白，在关键的时刻，应该把自己带到人生的悬崖边上，在看似深渊的边缘，才有可能获得另一片蓝天。

朱向阳把刘斌叫到办公室，打气说，干事业哪有不碰壁的，不要怕，我站在你身边，支持你。

支持意味着担当。

刘斌心中有了光，有了一点热量。

没路可走的时候，恰恰就是要有路了。

一天，娜比拉来到刘斌办公室，关心问，刘爸爸，这几天为什么这么苦闷，脾气也不好?

刘斌带着苦涩味说，我陷入了绝境，你不知道?

娜比拉低声说，我知道的，达尔汉他们都知道，他们说你多少天不记工作笔记了。

刘斌用眼角瞥了下桌前的工作笔记。他有个好习惯，每天记工作笔记，写完一本就订好，哪一天谈什么事情可以随时找出来。

刘斌拿过来工作笔记随意翻了翻，说，没有多少人能理解我。

娜比拉随口说了一句，我们都理解你。

刘斌嘴角挤出一丝难得的笑容。

娜比拉说，我能帮你做什么？

刘斌说，你帮不上我。

娜比拉耷拉一下长长的眼睫毛，无计可施地说，好吧。她郁郁寡欢走出去。

刘斌望着娜比拉离去的背影，一瞬间，从心窍里冒出一个熟悉的哈萨克斯坦人，鬼使神差般想出一个力挽狂澜的好办法，激动得站起来，在桌前走来走去。他热血涌流，责怪自己，为什么不早点想起这个办法呢，通过哈萨克斯坦的外交渠道来解决这件事情，并以最快的速度来解决？嗨，我怎么这样傻里傻气！

人的思路一旦打开，一通百通。

刘斌想到的是一个哈萨克斯坦人，一个关键性的人物，在哈萨克斯坦国家高层任职的领导。刘斌曾与这位当时哈萨克斯坦国有铁路公司领导并肩工作过一段时间，用心血铺起了连云港到哈萨克斯坦的“大陆桥”，洒下不少汗水，建立了深厚的友情。

突然而至的美好心情，使刘斌顿时觉得办公室里外宽敞、明亮起来，墙壁更白了，植物的叶子更加翠绿，长廊洁净得能光亮鉴人，到处漫溢着春天般温馨的气息。

刘斌拿定了主意，要通过哈萨克斯坦上层来解决这个问题，让哈萨克斯坦驻越南大使馆来斡旋、想办法。刘斌喊来娜比拉，说了想法，她眼睛里立刻闪出了亮光，兴奋地说，行，能行，你写好，我帮你翻译。

当晚，娜比拉把信发到了哈萨克斯坦上层领导的邮箱。回复很快，表示会让越南大使馆去解决这个问题。

刘斌激动、兴奋、开心，睁着两眼，整夜睡不着觉，回想着他和哈萨克斯坦国有铁路公司领导在一起打拼的日子，仿佛看到装着哈萨克斯坦小麦的班列在大陆桥上飞快地奔驰。他迫使自己合上眼睛，可那喜悦的小鸟依然在心中闹腾，唱着歌，在眼前飞翔，在连云港海天间起舞。

时间不长，哈萨克斯坦来了一个电话，让刘斌赶到北京。在燕莎凯宾斯基饭店，哈萨克斯坦国家高层领导接见了刘斌，握住他的手说，放心吧，你说的事没问题。

一句话，刘斌心里涌起了万股暖流，让疲倦、破碎、伤感的一颗心，渐渐地康复、痊愈了。

像一只被春光唤醒的燕子，刘斌后悔，不该把协议毁掉。

他又打电话给越南方面，欣喜地呼叫，把哈萨克斯坦国家高层领导的允诺告诉了周总经理，并一声声要求再次签订协议。

周总经理很豁达，答应了，但怀疑刘斌是热情可嘉，办事的效果不一定能尽如人意。

刘斌态度恳切，保证说，若违约，加倍赔偿违约金。

一天，周总经理突然来了一个电话，抑制不住喜悦的心情，告诉刘斌说，接到越南检验检疫局通知了，让我再带着材料去走一趟。

刘斌心花怒放，喊道，成了，是吧？

周总经理喜得说话声都变了，成了，外交渠道成功了！刘总，你运气真好……

眼泪是个好东西，这清清的水能冲刷昨天的委屈、羞辱、怀疑、猜忌、打击、冷落、孤独、寂寞。刘斌眼睛发热了，但没有流下泪水，他自小到大轻易不流泪水。刚强与泪水没有等于号。

刘斌派卡纳特回哈萨克斯坦，专门负责调箱、调车运送小麦。卡纳特年轻气盛，干得特别出力，一番斡旋，准备好了箱子和车皮。当车皮和箱子还没有完全调到位的时候，卡纳特急切地想先回连云港，他和几个哈方的年轻人一样，在哈萨克斯坦要回到过去那种一字一板的生活和工作模式有点不习惯了，他们已经习惯在中国工作的模式，在市场经济海洋里游泳、迎风斗浪，虽辛苦，但很快乐，得到了自己想要的阅历和经验。

刘斌对卡纳特用命令口气说，对不起，你必须等七百二十吨小麦装上车才能回到中国。

大凡男人都有血性，都有承担。卡纳特说了一句有志气的话，小麦车发不出来，我不回去，也没脸回去！

小麦来了！当刘斌接到从哈萨克斯坦来的火车已经路过徐州北站消息时，心中顿时五味杂陈，翻腾起来。接完电话，他仍然怔怔地站在那里。有外单位熟悉人扯扯他臂膀，问，你怎么了？

他如梦大醒，笑着说，我想个事情。

那人说，今天是最能证明你干得好的一天。

应该说，这是刘斌幸福的一天。七百二十吨小麦像神话故事中那样，峰回路转，千折百回，终于到了眼前，渺茫中的希望，即将成了现实。人呀，真的怪，成功了，却没有多少笑颜，反而更愿意想着昨天风霜雨雪的艰难。此时，春暖花开的结果对于刘斌已成了历史，倒是那些一路走来的冰天雪地、酸甜苦辣的过程，凸显出了无限的人生意义，被放大了……

二〇一七年二月五日，春节后上班第一天，在中哈基地举行了一个隆重的接车仪式，所有的幸福光芒都向刘斌涌来，哈萨克斯坦大使馆把他的商务参赞和文秘派过来了，江苏国检局的一个副局长来了，连云港市政府、口岸单位、港口集团领导都来了，还有穿着打扮一新、面带喜庆笑颜的工人庆贺方队，很隆重和热烈。中央电视台、人民日报、新华社、中国国际广播电台、凤凰卫视等三十多家主流媒体和网络第一时间滚动报道，各类媒体即时相继转载发布相关信息两千多条，中哈基地狠狠地刷了一波存在感！ 国检的杨万风科长创建了过境微信工作群，很多熟悉的、不熟悉的朋友把看到的“哈萨克斯坦小麦到连云港”信息都往群里发，中哈基地已然成为网络搜索的热点，给中哈基地做了大量工作的人们、国检的幕后卫士，内心已经被这七百二十吨小麦陶醉，让曾经的一切困顿、冷落、孤独、猜疑，全部通过铺天盖地的媒介释放得一干二净。

每个人都争相向刘斌伸出热烈祝贺的手，要和他握手、亲热，说上几句热乎乎的话。

刘斌感觉自己手上有着哈萨克斯坦小麦暖烘烘的喜气。

喜悦的东西真是说不出来，只有用心才能享受到，哈萨克斯坦小麦通过大陆桥、中哈基地、丁锐、朱向阳、刘斌、房军、邵沛泽、乔港给大家带来了喜悦。

朱向阳紧紧握住刘斌的手，感慨一句，终于看到你帮哈萨克斯坦人做了一件大事。

刘斌觉得有一股热乎乎的东西往肚子里流，不知是喜悦、酸楚，还是其他什么，只是觉得好开心……

刘斌看着眼前的一切，像是从遥远的大海上刮来的带着渔汛潮鲜味的海风。

拳头打在墙上

哈萨克斯坦小麦从连云港第一次下海，要把大箱里的小麦换装到小箱里，中哈基地没人看过，也没人干过这种活，刘斌心里真有点不放心、不踏实。

刘斌把热望寄托在一个“能人”身上，是“老码头”，在东联公司做过八年库场队班长，退休后被承包中哈基地装卸一些杂事的艺瀚劳务公司聘用的大队长吴法清。

刘斌清楚地记得，吴法清是搞装卸的大能人，最难的活也难不倒他，工人们称呼他是“吴大队”。他在东联公司库场曾经创造过一个奇迹。二十几年前，一个晚上，货代人员找吴法清要给一批散装硫磺盖上篷布，一大片硫磺约有万把吨，占有两个篮球场那么大的场地。突然间，起了大风，最少六七级，吴法清出门后，几乎没法干活，篷布刚盖到硫磺上就给掀翻了，大风刮起的硫磺细小颗粒，打在脸上生疼，眼睛都难睁开。吴法清硬着头皮，给硫磺遮盖篷布，每当风掀翻一块篷布，他就扑过去，扒开，再给盖上。货代人员在一边急得手舞脚跳，哇哇大叫。吴法清边紧张地东奔西跑忙碌，边心急地想，这可怎么办呀？情急之中，不知怎么，他就想出了一个办法，像给房屋盖瓦片，一块扣一块，把篷布与篷布的接头处扣紧，压在一起，再也没有让风掀翻篷布。后来，东联公司形成一个标准，只要卸散矿，遮盖垛子，必须这样盖篷布。

能人，是内心大，不乱，能走捷径，过最好的生活。

刘斌心中的大事来了，他又走进库场里，把吴法清拉到一边，再一次强调了七百二十吨小麦在中哈基地转运的重要性，他说，哈萨克斯坦小麦来了，是一带一路上的大事，对中哈公司有好处，你劳务队要把这一块担下来，看看怎么干，如果有什么困难，可以找我，或者找生产部。

吴法清，六十二岁，看起来有点瘦，头上白发不少，身子骨却结实，精神矍铄，说话、走路、手上动作都显示出不弱的劲头，这与他闲暇上山刨树根，在家里养了三十几盆黄杨、大梨、映山红、映山紫、映山黄的树桩有着分不开的关系，每天六点起床，看看、摆弄一小时，心里舒坦，陶冶情操。

吴法清文化水平不高，却有个性，不善说好听话，心里想到什么就会不打弯吐噜出来。这阵子，他咂下嘴，说，我没干过这种活，怎么干也不知道，干了才能知道。

刘斌睁大眼睛说，也没有什么技术，怎么不会干呢？你是吴大队哦，不能把这个事情做砸了，误船期不行啊。

吴法清扶了扶头上橘黄色的安全帽，脸上挂着笑容说，刘总，我尽量干吧，能干的事情肯定不会推的。

刘斌说，你吴大队有经验，做这个，可不是小菜一碟嘛。

吴法清受到了信任，挺了挺胸脯，说，我想方设法吧，事情总是要做的。

刘斌说，行，我相信你，这点事情还是能做的。

一刻没有歇息，刘斌又找来生产业务部部长孔祥伟，脸上没有平时的随和，硬生生地说，给你四天时间，把小麦装到船上，一定按时开船。

孔祥伟三十四岁，身高一米七六，因经常在现场巡查脸上被阳光晒得稍黑。平时，他工作责任心强，做事爱较真。此时，他心里仿佛被压了块大石头，犯愁说，时间太紧了，我尽全力完成装卸。

刘斌说，不是要尽力完成，而是要一定保质保量完成。

孔祥伟脸上急得发红，说，我已经再三督促吴大队，他有点犯难，没敢拍胸脯保证。

刘斌说，那是你的事，船不能按时开出我找你算账。

孔祥伟像是喝了苦丁茶，满嘴苦涩，摇一下头说，我现在去找吴大队……

刘斌用话戳着他脑门说，你这么大的个子，连这点困难都扛不下来，还有什么用处，这么多年大米干饭吃哪去了？

孔祥伟脸上烫烫的，手插进口袋里，走了。

在偌大的库场里，国检封闭区域，严防外国病菌带进来，地上掉一粒小麦都要动手捡起来，工人换过鞋子走进作业区，身边任何东西不能带着，包括水杯、零食等。

吴法清指挥着工人搬卸大箱里的小麦，果不其然，一拳打在墙上，碰破了手，缩回来。大箱里的小麦换装进小箱里，两种箱子大小、高低不同，人力抬到高处，难度高，消耗大，还有，一个箱子四个人来抬，其他人插不上手，只能干着急，只能等箱子排下去，再堆箱子，才能干，造成有人干活有人看，干活的还使不上劲，装卸效率很低。

不会叹息的吴法清叹息了。本来信心满满地要打响、打好中哈基地转运小麦第一仗，特意从东联公司接来了四十个熟练装卸的劳务工，加上自己原有的二十四个工人，组成了一支可谓浩浩荡荡、生龙活虎、蔚为壮观的劳务大军，没想到，人来了没法干，全都歇在一边。

吴法清看着周围坐着躺着的工人，烦躁得走过来走过去，没有一句话。

工人没话找话寻开心，说，吴大队，我们想干活，可你不让干，不怪我们啊。

吴法清大手一甩，回了一句话，少说废话。

吴法清待工人们好，像是一家人。工人们大多是连云港郊区农民，也有来自东北的，家里亲戚在这边或者小孩在这里，就投奔来了。中哈基地的活不是太累，只是时间有点长，其他地方工人正常是三大班，他们是两大班，时间长多干一点活，钱会多拿一点，别的大公司像他们这样的装卸工只有三千五百块钱，他们能拿四千多块钱。

在劳务大队里，吴法清什么都管，事无巨细，细到什么程度呢，包括中哈基地的事也都喊他去做，像是打扫卫生啦，铁路上解决不了的事情都会找他，只要能做到的，他都不会打折扣。中哈基地的那些部长，对他的工作都是竖着拇指认可的。吴法清关心工人劳保福利，包括手套、工作服、帽子等，他对老板实话实说，你让人家干活总不能不准备东西吧，要不人家拿什么干。协调安排干活时，他不会今天让人忙得要死，明天又会闲得没活了。对待工资，他是尽量给人家往上面推推，工人拿到钱，才会听调遣，否则说一千道一万，没用。

真理都是干活干出来的。吴法清虽然是初中毕业生，可新来的工人都由他来培训一个月，教他们怎么清扫箱子，怎么加固火车上的箱子，怎么绑穿外八字铁丝，怎么做清扫火车专用的工具，怎么扫火车连接处的灰尘等等。他规定所有工人干完活后要排队走出库场，一般三人以上就要排队，一个是为安全着想，二是增加集体观念，更重要的是查验防止有人带走小麦，哪怕是一粒小麦，也会带来后患。

吴法清给工人装小麦还设定了两条严格标准，大箱换装小箱，一个横摆放，一个竖摆放，都是五百零七包，其中有四包出入，最后一批可能要十二包到十三包高，旁的都是五百零七包。

现在，“能人”吴法清被“小麦”困住了，他像被鱼刺卡住喉咙，吐不出咽不下，干着急，生着火气。

孔祥伟来了，看了，急得乱跳，喊着说，吴大队，这样干下去怎么行，非要误了船期不可，刚刚刘总冲着我说狠话了，我们赶紧想个办法……

吴法清脸皮绷得紧紧地说，刘总来了我也没有办法，你急，我也急……

孔祥伟哄着说，你吴大队是能人，想想吧，总会有办法。

吴法清摆了摆手，说，孔部长，你今天就是把我捧到天上，也没法子保证开船期……

刘斌和副总经理左学梅来了，劳务装卸这一块牵着他们的心。

刘斌听到了吴法清和孔祥伟的对话，便接过话茬说，吴大队，我们一起想想办法。你是能人，难事有时就会找能人，没有难事哪能看出你的本事。

左学梅是直性子人，笑道，办法都是想出来的，吴大队肯定有办法。

吴法清脸上是一副哭笑不得的样子，说，这不是把我架火上烤吗?

孔祥伟对着吴法清低低地说，事情摆在眼前，你说怎么办?

吴法清含糊不清地嘟囔，要不改下船期?

孔祥伟沉思着，愣了下，像要给自己壮下胆量般轻轻地咳嗽两声，对着刘斌、左学梅嘀咕一句，刘总，你看这样行不行，考虑改下船期?

刘斌像被火星灼了一下，瞪着孔祥伟，大声喊道，小孔，你这个部长不要干了，你想改船期就改船期呀，活干不完你直接下去。

吴法清吓得没敢吱声。

四个人的心逼到了仄处。

孔祥伟有点委屈，我尽力了啊，但是活就是这样，尽了力没干成，怎么办?他抬头望着库场顶上，那里高阔，也许可以包容他的所有憋屈，甚至泪水。

左学梅打破短暂的沉默，说，误船期不行啊，船期订好不能说改就改，还是抓紧想办法，赶上船期。

憋着一股气，吴法清显出了能人不一样的能力，终于想出了办法，把原来六十四个工人编成的两个小组，重新编成三个小组，恰好合理分担了工作量。他还琢磨出一种搬包新方式，告诉工人们怎么搬，手怎样往包里掐，不能搁腿上，放在腰上那个位置，不能高不能低，高了费力，低了不好走路，搬上之后固定在腰上就不要动，包是软的，活动活动力气就卸了。

说十句好话不如干一件实事来得珍贵。吴法清带着工人干活，虽然力气不行，搬不了太多的包，但知道怎样干会省力气。

箱子换装进度赶上来了。

孔祥伟脸色好看起来，红润了，对吴法清高兴地笑着说，别看刘总对我说话那么狠，他是刀子嘴豆腐心，其实心里总是想着关心、爱护我们。

打落牙齿朝肚子里咽

中远海货船“新欧洲”号装着哈萨克斯坦小麦离开连云港，驶向越南，同时，把刘斌的心带走了。

中远海船运公司原来叫“中远”和“中海”，后来合并叫中远海。他们看中了这次非凡的、有“政治”意味的航行，要打造最好的全球物流链。

当时，连云港没有开通越南的直航，“新欧洲”号只能是先到新加坡，挂靠，停泊一下，然后中转到越南。

刘斌的心挂在“新欧洲”号上，漂洋过海，每天算计着船的航行天数，目光常常停留在二月二十二日这天。十天过去了，他对周围人说，二十二号了，船该到越南了。

他打电话，问了越南的周总经理，他回话说，“新欧洲”号没到，我很焦急呀。

怎么回事，盼星星盼月亮，“新欧洲”号怎么还没到呢？ 刘斌又想到新加坡，想到那个中国祖辈们被卖猪仔去做苦力的地方，想到那个有鱼尾狮像，没有台风，没有地震，没什么风景，没什么历史，国土面积很小，却适合人居的国家。 他担心“新欧洲”号别在新加坡出什么意外事情，心里说，新加坡啊，新加坡，人家说你是风平浪静、花园中的花园，你可要万万保证我七百二十吨小麦顺利到达越南啊。

哈萨克斯坦驻越南大使也着急了，不断来电询问，“新欧洲”号到哪了？ 怎么还没来呢？

哈萨克斯坦大使为小麦进口越南做了大量的前期工作，拿到了货物可以进港的批文。 他们接到国内指示，要大力宣传哈萨克斯坦小麦通过中国境内，出口越南。 他们已后悔晚了一步，小麦到达中国连云港时，中国的媒体报道铺天盖地，中央电视台播了新闻，政府网络、媒体炒作得一塌糊涂，这是整个国家一个大事啊。 可哈萨克斯坦没有反应过来，媒体宣传不到位。 哈萨克斯坦的高层有反应了，我们国家的事情在国内怎么没有动静呢？ 他们要求哈萨克斯坦驻越南大使这回要把媒体报道做到位，将面子捞回来。

哈萨克斯坦大使给连云港港口控股集团和刘斌发了参加接船仪式邀请函，可“新欧洲”号迟迟未在越南胡志明市露面。

哈萨克斯坦大使天天打电话给刘斌，紧紧盯着“新欧洲”号，追问刘斌，怎么算也应该是二十二号至二十五号到，怎么没有到啊？

刘斌追询着“新欧洲”号，最后一查，原来是船到新加坡把货物转到另一只船上的时候，把小麦给留下来了，用行业话说，把舱给甩下去了。“新欧洲”号在海上整整多漂十天，耽误了一个航次，到三月三日才到越南。

虚惊一场。

刘斌带着达尔汉，赶赴越南胡志明市，代表董事长丁锐参加哈萨克斯坦大使的接货仪式。

在仪式现场，准备了一个棚子。越南天气炎热，棚子可以给嘉宾遮挡阳光。

刘斌坐进了棚子，要参加剪彩。他看到哈萨克斯坦驻北京记者和一群越南记者来了，中国的一个文字记者和一个摄影记者也被请来做小麦的全程报道。他兴奋地想，哈萨克斯坦是要与我们国内比赛，看谁宣传力度做得大啊！

哈萨克斯坦大使见了刘斌，高兴啊，热情地拥抱，用力地握手，扬着眉毛，乐呵呵地说，感谢你，这个事就等着仪式举行了，你让我露脸了。

仪式搞得隆重又短促。刘斌用中文发言，再由人翻译成越南语。他的讲话虽然平静，却句句洪亮有力，比以往讲话还多了一点点激动，那是喜悦。是啊，小麦一个月之后才到越南，时间很长，千辛万苦，但总归做成了，这个时候，他喜悦的心情怎能不比在中国时还要澎湃呢！

刘斌在做哈萨克斯坦小麦上，算是品尝到了“烈火的烘烤”，经历了苦与乐，升华了境界。是的，没有经历大海的摔打，小船只是一块木头；不去理解风霜的凌辱，四季常青的松柏只是一棵普通的树；人生只有走出来的笑容，没有等出来的桂冠。

中午，哈萨克斯坦大使亲自修改宣传报道的稿子。刘斌跟他说，中午我们一起去吃饭。

哈萨克斯坦大使连连摆手说，不吃，中午不吃，没有吃饭时间，我要改稿子，今晚一定要上越南电视台、胡志明电视台，越南的电视台都要上，我们国内今晚也要上啊。

刘斌说，中午饭总是要吃的吧。

哈萨克斯坦大使想了想说，这样子吧，我安排人带你去吃饭。

刘斌说，不用安排了，我自己去随意吃点，你改稿子吧。

哈萨克斯坦大使说，晚上我请你喝酒。

下午，哈萨克斯坦大使的兴奋一直在燃烧，他带着刘斌和越南的周总经理去胡志明市的商务局，把刘斌和周总经理介绍给商务局的人，谈客户、合作、价格、吞吐量。哈萨克斯坦大使善谈，口若悬河，眉飞色舞地说，以后小麦来多了，我要召开座谈会，我们以后还要弄PPT去讲一讲呢。以后，肯定设码头，要开直航，把大量的小麦运过来。

哈萨克斯坦大使激动得脸上光彩闪闪，他为哈萨克斯坦到中国再到越南这条通道的打通，为今后他们国家和两个国家之间的一种交往，叫货物交往，满怀信心。

晚上，哈萨克斯坦大使自己掏钱请刘斌到露天的高档大排档喝酒，吃越南的特色菜。哈萨克斯坦大使把在越南的一些重要客户请来，他们相当于是哈萨克斯坦的一个商会。他拉着刘斌的手说，这些客户送给你，表达我对你的感谢，希望你帮我们国家小麦在越南做大、做强。

刘斌感动了，因这热乎乎的感动，更加感受到所做事情包含的深远意义。

一个长条桌上摆满了菜。刘斌喝了点哈萨克斯坦的沃特咖白酒，又喝啤酒，他喝了五瓶。

第一单小麦做到这个地方，可以说，刘斌是有意“试水”。从哈萨克斯坦刚回来，他收到越南小麦所有的款项，“试水”顺利上岸了。

“试水”不是好玩的，水呛了鼻子是小事，弄不好要赔本送命。从越南回来，刘斌写了一个分析报告，针对流程中那些环节进行优化，还能优化到多少，如果中国铁路公司能给予一些运价下浮政策，他在集团补贴四十五美金的前提下去启动小麦这个项目，就会更有信心操作启动运转小麦。

第一单小麦“试水”上岸，刘斌配合连云港海关、电子口岸单位在中哈基地搞了一个大事，用互联网＋大物流思维模式设计了一种多式联运监管信息化系统，把现在的出口、转关、过境等监管模式和海关、铁路、港口生产等数据和一些系统全部整在一起，建立了多式联运监管信息中心。刘斌叫这种方式是多式联运，也叫“船站直取”；海关监管一科房军称这是无纸化办公的管理模式。这种管理模式全国没有几家，货船从韩国过来时，中哈基地就会知道上面有几个箱子是要直接装火车运走的，海关监管，可以先办理手续，船到了，箱子卸下来，卡车直接拉进中哈基地里装火车。原来可不是这样，要先从船上卸下来放到码头，然后办理各种烦琐的手续，占用了大量的时间，海关才能分流，进入中哈基地再装火车。之前都是纸质单要审批，一条集装箱船上有几百家货物，海运舱单几百张，一厚摞，常有漏报的，现在都是电子单，手指头轻轻一敲键盘，几秒钟搞定，还准确无误。

南京海关是江苏省总关，给中哈基地尽力做事，新建的多式联运监管中心还没有验收，边建设、边经营、边发展，按照特事特办的方式，审批了监管场所的手续。

江苏首家多式联运监管中心在中哈基地正式揭牌运营时，二〇一七年下半年，集团分析报告也来了，提醒、敲打刘斌，哈萨克斯坦小麦还做不做了？

这时，口岸单位不少人又盯住刘斌，有的人说话简单，讽刺味道很重，议论说，刘斌是一年做一回啊。

刘斌听出了话里有话，就是嫌他做小麦一年只会做一单，也就是这样一点芝麻般大的能力。

有的人似乎站在道德的制高点，动动腮帮子，指点着说话，更是一箭抵心。他说，刘总啊，你的小麦呢？哈萨克斯坦的小麦你弄不弄了？就弄一单，有点名气就算了啊？

刘斌的心像放在冰块上，冰凉，他们平时见面喊“老刘”啊，现在怎么陡然改口叫“刘总”了？这不是故意生分、拉开相互之间的距离吗？

一片冰心为国家，却被看成了沽名钓誉。人啊，人，怎么变脸这样快，一点情面也不顾！现实有时就这样，鞭打磨驴，出力不讨好。干事多的被抓小辫子，不干事的屁事没有，干事越多越被挑毛病，不干事的啥事没有，干事辛苦的被说风凉话，不干事的尽拿好处。

风凉话也杀人。刘斌有口难辩，打落牙齿朝肚子里咽，哭笑不得。他两鬓又生出不少白发，眼神黯淡了许多，眉头微皱，脸上表情说不出地复杂，心结紧锁……

六月七日，习近平主席发表署名文章，当中提到“哈萨克斯坦小麦首次实现过境中国向东南亚出口”，这一段原话，刘斌看了又看，心里热乎乎的，总觉得这话好像是单独说给他听的。他的眼中，那一段文字都是活生生的哈萨克斯坦人，都是一粒粒饱满的小麦，都是震耳欲聋的雷声，都是斩钉截铁的命令声，都是铁轨声、火车声、轮船声、海浪声……他心头发烫，觉得压力太大。激动中，一种责任、使命、担当又涌上来，吐出一句话，怕什么，没有过不去的坎！

刘斌开始策划第二单小麦。

越南之行，他知道了小麦在这里运作的一些情况，有很多同行在抵制哈萨克斯坦小麦进来，怕冲击越南市场，担心影响加拿大、欧洲和美国原先的小麦进入……

刘斌找熟悉的客商，和人家一遍遍地谈，能不能接着做小麦，人家把手一摊，你只做了一把，还能继续做下去？

小麦不好做。

茶水喝了不少，路跑了不少，唾沫星也耗费了不少，刘斌做小麦却没有一张单子。

刘斌带着一班人分析来分析去，还是没有把小麦市场分析出个子丑寅卯。

年底，刘斌受不住打击，就跟领导说，要再做小麦也行，把小麦补贴到四十五美金，行不行，我给集团打报告。

报告打上去了，刘斌和员工又有了信心，摩拳擦掌，说应该再做一单试试。

有领导对刘斌语气重重地说，如果做小麦补贴超了，你要承担超这一部分的责任。

刘斌只能背水一战了。他心一硬，表明一个态度，我们第一单那么大的困难都挺过来了，我不相信就不能承担这点风险，我就来承担这点风险了。

他用超大的心脏担负着压力，安慰自己说，我不相信，如果超了，领导会把我开除了。做，继续做，从头再来。

世界上还有什么力量比心灵的力量更大呢?

有时，来一点鲁迅先生小说中的阿 Q“精神胜利法”，自我麻醉，捂着耳朵自说自话，应付痛苦的抉择，解脱精神的桎梏，也是一条求生之道。

隔着千山万水，刘斌开始新的“长征”，在电话中与买家卖家商谈。买方还是原来越南的周总经理，哈萨克斯坦卖方换了另外一家。刘斌开始有“野心”了，心中盘算着一个大想法，他形象地比喻说，第一次做了七百二十吨，这像是枪在墙上打了一个洞，光线透过来了，越南人接受了，我也看到了越南的市场，不过，洞小了一点，人是拱过去了，累巴巴的，小里小气。这次，我要做五千吨，相当于在这个墙上挖了一个大洞，在原有基础上进行扩大，让人稍能直着腰走过去。接着，我再做一个上万吨的，一千万以上的，把这个墙给拆了，踹开，大家都通畅了，大大方方地走过去。

形象的比喻，成就了中哈基地的眼光和襟怀，他们围绕着自己的想法，大刀阔斧地干起来。

到越南，刘斌把五千吨小麦签了，和周总经理握了手，大家皆大欢喜。

谁知道，麻烦又找上门了，没有箱子。这个时候哈萨克斯坦小箱子突然紧张起来。一个小箱子能装二十四吨，大箱子能装二十七吨，一节火车皮能装两个小箱，如果装大箱子只能是一个，装两个小箱呢，运费低，单吨成本也少。

奋斗就是一种燃烧，燃烧着挫折、苦闷、孤独。

苦闷中的刘斌，把国际部副部长达尔汉叫到办公室，他负责搞运输，刘斌不顾脸面、劈头盖脸训着他，你这副部长关键时候就掉链子，箱子弄哪去了，达尔汉，做事能不能多长点心啊。

达尔汉心里发慌，解释说，我正在联系、正在联系，一直在联系……

刘斌说，怎么联系的?

达尔汉说，电话、微信，一直在联系，我们国内正在想办法……

刘斌说，什么时候才能想出办法? 不要等你拿出办法黄花菜都凉了……

达尔汉不管能不能听懂刘斌说的中国方言，直是点头说，我联系……

奋斗者有叹息，但更多的时候，用脚踩着困难，向前走。

刘斌和国际部几个人挖空心思测算，最后都说大箱可以用，他们的理由呢，是连云港这里缺大箱，哈萨克斯坦那边大箱多，用手中的大箱，把哈萨克斯坦的大箱装上小麦带回来，再按规定，由用箱人把亏吨的钱给补偿上，一个箱子补贴六百美金。

董事长丁锐接到刘斌申请补偿小麦运输报告，笑了，这笑容里包含着赞同与隐隐的厚望，说，刘斌，你真有办法，什么点子都想到了，一个了不起的贡献和成绩啊。

时间就是这样巧合，二〇一七年的二月五日，第一列火车拉着小麦到了连云港；二〇一八年的二月五日，同样的一个日子，火车又把小麦运到了连云港。这是巧合，还是冥冥之中的一种契约？哦哦，这是锲而不舍的劲头，一直刺激不断强大的那些人。

小麦到连云港这一天，刘斌出差不在家，去了北京，到了哈萨克斯坦大使馆。

他离开大使馆时，不断接到连云港发来的信息，告诉他接粮食的仪式是怎样的热烈，有哪个领导人参加了活动。刘斌身上的每一根汗毛都跳动着欢畅。

刘斌走在寒风逼人的长安街上，连云港有人给他发来一句话，刘斌，你是做粮食业务的大王。

刘斌想起了这个人，他来北京前见到过他，当时这人冲着他竖了一下大拇指，笑着说，老刘啊，你现在是粮食大王，是哈萨克斯坦人，哈萨克斯坦人要感谢你的。

刘斌心中强烈地感受到连云港港口人对他的变化，从怀疑、漠然、不信任，到信任、亲热、主动打招呼，过去挂在嘴上都是刘总，现在开口就喊“老刘”，一字之差，看出信任、亲近。想着人心的变化，刘斌笑了笑，心里说，粮食大王不好当啊。

朱向阳总裁发来了短信，说，你出差在外面，我代表你接受中央电视台记者采访了。

刘斌觉得不像走在北京寒冷的二月天气里，他的心里暖洋洋，脸上热烘烘，浑身上下、里里外外透着畅快。他觉得不是一个人走在北京大街上，与他走在一起的还有丁锐董事长、朱向阳总裁……他的心在北京清澈的上空飞翔，思绪在寒风中飞扬，我不是一个人做小麦，还有很多中国人和我一起在做，每到关键时刻总有人给我讲话、打气、撑腰，支持着我。……他还想到了哈萨克斯坦那一张张熟悉的笑脸，他们忙碌的脸上挂满豆粒大的汗珠……

哈萨克斯坦小麦被火车一趟接一趟拉到了连云港。有了小麦，就有了连云港新航线的开通，有了到越南的航线，再也不需要绕道新加坡，七天时间就到了胡志明市。

五千吨小麦四个专列全部交接完了，钱也全部付清了，很顺当；五月、六月、七月，三个月，刘斌还要做小麦十七班列。他的二〇一八年目标是奔着做五十列小麦而去，接着，再联系日本、韩国和东南亚其他国家。东南亚原来是英、法殖民地，那里人是吃面包的，而且人口多，本地不产面，所有小麦都是进口的，这是多好、多有前景的商机，通过小麦把哈萨克斯坦多少货源带回来……

他一步一步往前赶，一单一单签，一单一单做，做的过程肯定是磕磕碰碰的，但他不怕，心底有数，集团上上下下、铁路、口岸单位，对中哈基地这个项目都是有一分力出一分力。

刘斌做小麦，不停地跑，不停地拆墙，要把心中那堵墙拆了。

小麦震动了哈萨克斯坦国有铁路公司上层，已经成了总裁的阿尔皮斯巴耶夫在接受哈萨克斯坦国家媒体采访时，要求铁路公司全力保障小麦从中国阿拉山口过境，要求本国境内也要加快小麦运输，争取一天到达阿拉山口。原来从装小麦的地方到阿拉山口是两天到三天时间，后来，真的是二十三个小时到达了。

刘斌仍然觉得哈方的火车跑得有点慢，调箱、调车都拖慢了火车起跑的速度。

两个国家，有时像两户人家，升起的炊烟是一样的，做出的饭却大有不同，听到的生活鼓点是两回事，踏着的生活节拍也不一样。

刘斌想要掌握住火车奔跑速度的主动权，让车轮跟着需求跑，有时在电话里跟哈方铁路快运公司的副总裁要车，要不到车就急眼，争吵，讨价还价。那边说，很简单的事嘛。

刘斌说，那你们加快办理呀。

副总裁讨价说，我们的箱子堆在你们那里，可不可以不要钱?

刘斌说，不可能不要钱，按照市场我可以比其他人低一点，服务、配合更好一点，这些都没问题。我只是希望你把我的小麦给运好，但是，我也不反对你把你的箱子转到外面那些货场去。

副总裁也堵了刘斌一句话，我也不反对你的小麦找别人帮你运。

刘斌说，可以啊，我是在帮你们做事啊，把小麦运到东南亚去，这是你们国家的战略，不是我的战略，你要搞清楚了，我在帮你打开东南亚市场，让你们的小麦走到东南亚，让你们实现总统说的话，让更多的产品，具有哈萨克斯坦元素的产品，通过这条通道，通过连云港，通过连云港中哈基地走向世界啊。

副总裁不讲话了。

刘斌说，我在帮你，你要搞清楚了，不要认为你帮我把小麦运过来是在帮我干活，那就搞错了……

副总裁语气缓和了，是的，是的，我们要把下面的小麦运输做好，我们相互配合好……

一肚子的火气发泄了，像夏天的雷暴雨一样，说过去就过去了，刘斌和哈方铁路快运公司的副总裁还是好兄弟，有说有笑。副总裁热情地说，好长时间没来阿斯塔纳了吧，再来呀，请你喝沃特咖酒。

刘斌说，好兄弟，我请你喝吧，中国的瑯琊台酒。

有时，刘斌觉得奔跑在几千里的铁路线上太累，也会叫苦、抱怨、叫屈，当看到集团领导不分白天黑夜、节假日，在风里雨里奔跑，在困难的荆棘中跋涉，在理解与不理解中肩挑重担不言一声，就摇摇头，不说话了。

刘斌曾看到朱向阳总裁和阿尔皮斯巴耶夫总裁在上海会谈的时候，阿尔皮斯巴耶夫提出来要连云港港口帮助解决的问题，朱向阳就说，你要我帮解决的问题可以做到，但前提是你必须在两个月内将一万五千吨小麦弄到连云港来，就是对等条件。

中国人有梦，在追求，在永久地奋斗！

第十章　中方的老总　哈方的老总

在连云港生，在连云港长，天天看着火车站那高高的钟楼。这是连云小镇上最高的楼，在我的心头，它比山高。我一次没有上去过。

钟楼上有什么？

我看见钟楼上萦绕着洁白的云絮，一片蓝色的天像大海。

钟楼面临港口，朝着大海，像灯塔，下方上圆，上面四壁的四只大钟，循着大海的潮声，昼夜不停地指点着时间。它建于一九三三年，是陇海铁路东端终点的标志。

在海上看连云港，第一眼见到的便是钟楼。每天，全国各地的成百上千的游客涌向连云港，看海，看火车站的钟楼。

钟楼从文化上来看，成了连云港人的象征，天天眺望着大海，具有了大海的包容与开放、豁达与坚韧的辽阔气象。

钟楼与中哈基地几乎靠在一起，仅是一箭之遥，凝眸相望。她们虽有年龄之分，一个七十几岁，一个呱呱坠地不久，一个带着大漠的旷野白云，一个携着大海的飞波走涛，但它们似乎早在七八十年前已相识、相认、相知。铁路是她们的血脉，跳动着同一个心声。中哈基地从西边迤逦而来，钟楼敲响了新的一天的钟声。

钟楼带给连云港是一片海的壮阔与憧憬。

能干的人麻烦也多。

二〇一七年二月二十二日，刘斌还在惦念“新欧洲”号上七百二十吨小麦什么时候到达越南港口时，一桩麻烦又找上门来了。连云港市政府外事与侨务办公室转来信函，哈萨克斯坦驻华大使馆向中哈基地请求协助查找一个从日本过来的连云港诺尔曼国际货运代理公司集装箱，这是哈萨克斯坦的西哈萨克斯坦州的一个贸易箱，是个特殊货品，原本资料都是有的，提供给了中哈基地，箱号：CLHU4261703，集装箱封号：209785。集团考虑到中哈基地是合作的企业，就叫中哈人员牵头处理这个事情。其实，查找箱子是常见的事，每月，甚至于每周，中哈基地都有来查找的客户。

刘斌当成大事来抓了，担负的责任和使命，让他不能，也不敢有半点懈怠。做小麦是大事，查找一个箱子也是大事，箱子与小麦都是同等的重要，中哈基地里牵涉到哈萨克斯坦的任何一件事，不管是大是小，都是国家大事。

出乎意料，新上任的哈萨克斯坦副总经理帝玛希带着几个人查找箱子，像篦子梳发一样，从头到尾，细细过目，未放过一个死角，却始终没有筛查出要找的箱子。

刘斌的脑袋大了，糊涂了，问帝玛希，怎么回事？

帝玛希来到中哈基地工作时间不长，他是一九九二年出生的人，年龄不大，却已是亚洲天然气管道物流专家。年轻人的特点在他身上显露出来了，激情、认真、专注，容易接受新鲜事物，有股挑战的冲劲。一次，他和翻译杨雷到南京，宴请客户吃饭，对中国的习惯不是很了解，互敬酒时，他不喝，让杨雷替他喝。杨雷解释给他听，回敬酒是对客户发自内心的尊重。帝玛希马上接受，喝了一点后，让杨雷连续敬酒，表示真诚的感情。

在刘斌身边工作，帝玛希心里反复叮嘱自己，这是中哈基地一个元老级总经理呀，前边两个老总对他佩服至极，卡纳特老总回国时都不愿意离开他，我可要好好珍惜这段工作时光，人生的财富，难能可贵。

没有查找到箱子，帝玛希有点受挫，好像全是自己的责任，思索说，是不是漏了什么地方，我再带人查找去。

刘斌说，想想再说。

刘斌盯着场站信息管理系统大屏幕，看着堆场上堆积如山的箱子，用心观察着旮旮旯旯里每一个细节，期待在突然间能有惊喜的发现。排列整齐的一堆堆箱子，红红绿绿，像一支支训练有素的队伍，守候在寒风中，神情严肃地凝视着守护它们的主人，用沉默中的安静一遍遍地大声报告，没有找到箱子！ 没有找到箱子！

西哈萨克斯坦州的箱子在哪儿？ 刘斌不安地想着，仔细地梳理着头绪：既然哈方发来查询信函，说明这个箱子确实来到了连云港，绝不会空穴来风。 现在箱子不在中哈基地，有没有可能误入周围兄弟公司呢？

他把目光望向连云港海关、连云港电子口岸信息发展有限公司、中国连云港外轮代理有限公司、连云港新东方国际货柜码头有限公司，给他们发去协助查找箱子的信息……

二十四日早上八点三十分前，协助查找的信息回来了，查无此箱。

给市外事与侨务办公室回复后，刘斌以为查找箱子已尽心竭力，没什么责任了，可以松口气，赶紧操心着装小麦的船到了哪里。

可没容刘斌缓口气，哈萨克斯坦大使馆又给市外办来信函，转到了刘斌手中，还是要求协查这个箱子。 刘斌苦笑了，摇头了，这个箱子就像是只捉迷藏“赖猫”，找不到、赶不跑、哄不走，赖上中哈基地了。

刘斌做事快刀斩乱麻，今天的事决不会拖到明天，他要尽快给哈萨克斯坦大使馆一个干脆利落的结果，不能这样半死不活地拖着。他交代帝玛希和孔祥伟说，睁大眼睛，把基地里的箱子从头到尾再仔细查一遍，看到底有没有。

孔祥伟带着两个人，扩大范围，用三天时间，把港口近几个月从日本过来的箱子都细细查了一遍，还是没有踪迹。

西哈萨克斯坦州的箱子真的像是在人间被蒸发了，不见踪影。

“新欧洲”号上的小麦已到了越南，可这里查找箱子还是没有头绪。

哈萨克斯坦大使馆急了，又发来信函催促，最后是外交照会。刘斌拿着信函，在帝玛希面前挥动着说，你说，怎么办?

帝玛希眼中有点灰暗，咂咂嘴，说不出话来。

刘斌把信函又看了一遍，说，我们查找没有这个箱子，他们说有，怎么查下去?

帝玛希用手搓下脸，像要搓去愁苦似的，对刘斌说，我们该尽的力全尽了，现在找不到这个箱子谁也没办法，我给大使馆去信解释。

帝玛希在为刘斌说话、解困，偏袒着中国这个辛勤、热心的老总。这些日子里，他亲眼看到，刘斌在为中哈两国的大事小事操心费神，他虽是个中国人，做事却不偏不倚，不徇私情，维护着哈方的利益，把自己当作了一个哈方人。

帝玛希暗暗感谢刘斌，他一直悄悄地支持着自己的工作，维护着自己在哈萨克斯坦人员中的威信。有些事，刘斌虽然没有对他说，但他还是看到了，知道了。哈萨克斯坦比他早来中哈基地的人员，在工作上对他产生误解，有了鸿沟、隔阂，闹得双方心里不舒服，影响到工作，刘斌像一个父亲、兄长，找娜比拉、达尔汉他们说话、交心，亲切、真实的话语，像春雨滴进他们心里，湿润了干涸的土地。他们气顺了，理解了，露出了笑脸，对他这个副总经理尊重起来，支持着工作。

帝玛希心里欣慰地想，刘总是我们哈方人，比哈方人还要哈方人。

帝玛希欣赏着刘斌为人的品质，刘斌欣赏着帝玛希年轻人富有的蓬勃朝气和积极向上的进取精神。这时，刘斌对帝玛希为中哈基地讲了实话，笑了笑，说，话是可以这样说，事情可不能这样做，大使馆一遍遍地来信函，还不是想要有一个好结果吗？

刘斌的心飞到了北京，飞到了一片浓荫遮蔽下的哈萨克斯坦驻华大使馆，他仿佛看到那一张张亲切、熟悉的面孔，看到温文尔雅的努大使，看到满脸笑容的女参赞萨吾烈，看到那个做事细致、周密，脸上有笑的文秘……刘斌想起来，他们为了中哈基地做小麦，一遍遍地给国内打电话，中哈基地有了事情，他们坐着飞机赶到连云港。他们把中哈基地真正当成了自己国家利益的一部分，当成是自己的事业，把我刘斌当作了家人、好朋友！一种感激之情涌上来，刘斌想感恩，要报恩，有恩不报非君子，我们老祖宗教会他这样待人待事。现在，哈方人为着一只箱子，一遍遍地找上门来，我们怎能不尽心竭力地查找？如果懈怠了，情何以堪！

做哈萨克斯坦小麦永远是在路上。

麦苗的绿色是与三月倒春寒的较量做准备，风帆是与波涛的较量做准备。

刘斌心想，费点时间，出点力，再查找，我们一定要尽到心意，对得起大使馆。

帝玛希叹息、焦虑了，对孔祥伟摊开两手说，我们查找得已经够仔细了，怎么再继续查找？没法子了。

刘斌说，多查一遍看看，我们对大使馆有个好交代，你们对国内也有个好交代。

刘斌调整了思路，来一个大动作，准备派孔祥伟带人到两百公里外的青岛港查找。

帝玛希问，箱子能在另外一个港口吗?

刘斌说，什么事情都有可能发生，多一个办法就多一点希望。

帝玛希从刘斌毫不犹豫的讲话中，看到了他内心不放弃的信念。

孔祥伟快要开车出发时，刘斌叫停了轿车，望着孔祥伟，思量着问，祥伟，有没有可能是箱号搞错了?

孔祥伟说，有可能的，以前出现过类似的事。

刘斌当即说，不要走了，查找日本来的箱子箱号，一个一个查找。说这话时，他心里的迷雾正在渐渐地散开。他为自己新的想法有点激动。

孔祥伟一个电话打到集团办公室，让哈方当事人和大使馆对接，核实一下箱号。很快，大使馆回复到了，说的话是模棱两可，不太清楚，没有咬定就是这个箱号。

一旦下定决心，就要一往直前。刘斌对帝玛希、孔祥伟说：把疑似箱号的箱子找出来。

在连云港还没有走的箱子中，孔祥伟一层层搜索，一个个查看，他的眼光像探照灯，聚焦在箱号上，找出了几个疑似的箱子：GLHU4261703、GLHU4261705、GLHU4261702……

一个箱号GLHU4261703，跳入孔祥伟眼中，他对帝玛希说：这个箱子疑点最大，只有第一个字母错了，其他字母、数字都对，而且C很容易误写成G。

孔祥伟的话，像一阵海风，吹散了帝玛希心中的浓雾。帝玛希汇报给了刘斌，刘斌一拍桌子，喜出望外说，就是这个箱子，八九不离十，重点先查这个箱子。

孔祥伟顺藤摸瓜，从代理、货名等一点点查下去，水落石出，就是这个箱子。

帝玛希给大使馆发去了信函，告诉他们查到了疑似的箱子。

大使馆回复几个字：就是这个箱子！

一个箱子耗费了一群中国人多少心血，不，准确地说，这是掏出一颗颗滚烫的心！这份心情、友情、真情，相通一脉，岂是一个箱子能度量？

刘斌内心又欣慰又气愤，真想骂提供箱号的人，这是什么样的一个人，把一个十分重要的碗口大的字母竟然写错了，如果是我的员工，不管什么样的来路、资历，一定砸碎他的饭碗！

刘斌下命令，把这个箱子安全等级上升到最高，除非有他的话，否则箱子谁也不准动。直觉告诉刘斌，这箱子肯定有一番不寻常来历，说不准还有麻烦。他想，我是中哈合资企业的老总，要尽最大努力保护哈方的利益不受到损害。他安排专人看管检查，固定摄像头监控。

哈萨克斯坦大使馆先是高兴，后是焦急，发来信函，催促把箱子发往哈萨克斯坦。

刘斌微笑着，摆了摆手。他是有心要玉成其事，可是出不上力，箱子所有权不归中哈基地，他们仅是接受连云港诺尔曼公司的委托处理事务，这箱子的全部单据，包括提单都是用连云港诺尔曼公司名义签发，原件也不在他的手中。从法律上来讲，他只能接受连云港诺尔曼公司的指令处置这箱货物，别的无权过问，更不要说是放箱子、扣货了。

法律是带电的一道网，怎能逾越？

两个国家，山靠着山，水连着水，近在咫尺，却国情不一样，办事方式怎么可能一样呢?

刘斌心潮澎湃，自语道，路遥知马力，日久见人心。哈方的朋友们，误解只是一时的，你们最终会理解我们一片苦心的。

哈萨克斯坦大使馆又来信函给连云港市政府，说，考虑到哈萨克斯坦和中国在交通物流领域的紧密战略合作，谨请连云港人民政府通知连云港中哈国际物流有限公司总经理刘斌先生，将集装箱发放予其合法持有人哈萨克斯坦……如此委托无法执行，将向中华人民共和国外交部、公安部以及交通运输部正式寻求帮助……

刘斌的门，仍然拴得死死的。

哈方货主有些“厌恶”刘斌了，背后说坏话了，还在领导身边烧火，说货在刘斌手中就是不发，刘斌权力欲很大，抓住一点就不肯松手。

哈方地方领导也生气说，刘斌怎么回事?货物在基地里为什么不发?难道不是中哈企业吗?

误解有多深，气就会有多深。刘斌到哈萨克斯坦出差，谈无水港的事情，哈方领导把他从会议室里叫出来，参加另外一个会议，刘斌摸不着头脑说，还有什么会议?

哈方人说，副州长见你。

刘斌明白了，是为那个箱子事情。他早料到，这一场激烈争论是躲不开的，今天终于来了。

在铁路快运公司总裁办公室，总公司总裁、副总裁、副州长、两个翻译，脸上都是肃穆，静静地等待着刘斌到来。

刘斌刚坐下，哈方人的责问像连珠炮，一句接一句。

问话与答话都是直言不讳，哈方人想到什么问什么，什么也不顾忌。

我们的货在你的场地，为什么不发给我们?

刘斌说，你们的货我给查出来的。

是你查出来的，我们感谢你，但是，为什么不发货?

刘斌说，我们是有规定的，我的委托人是代理公司诺尔曼的，是人家的货……

请求你发这个箱子，行不行?

刘斌说，凭感情，我非常珍惜你们的友情，我们是好朋友，但是，感情代替不了我们国家的法律，国法如山啊。

哈方人不愿再听，也听不进，说：我命令你发。

刘斌说，这种方式不可行的。

哈方人生硬地说，你是不是我们合资公司的老总?

刘斌说，是的。

哈方人认为理在自己这边，说，那你就应该维护我们，赶紧发货。

刘斌说，我们国家的法律不允许我这样做，我这样做的话，是要吃官司的。

铁路快运公司总裁在一旁插话道，我写保函是不是可以?

刘斌说，不可以。

哈方人接受不了说，这还不行?

刘斌说，不行，业务流程不能这样，货物的所有证件资料都在诺尔曼公司，怎么担保? 我们国家有条文，我就是接到外交渠道的通知让发，海关的手续也办理不了啊!

哈方人瞪大的眼睛里布满了问号，怀疑刘斌说话的真实性。

刘斌提醒说，如果再继续延误，马上满六个月，这个箱子就会退回日本。

哈方人愤愤地问，你们规定的?

刘斌坦言说，二十世纪九十年代后期，国际集装箱租赁界推出的集装箱租赁方式。

哈方人紧张地你望我、我望你。

刘斌关切地问，你们箱子里装的什么东西?

这时候，哈方人才坦诚说出了事情的原委，原来箱子里装的是发电机的一个重要部件，是保障西哈萨克斯坦州居民持续供电、供热的贵重物资，社会价值重大，总价值两千七百多万美元，西哈萨克斯坦州政府非常担心所计划的居民取暖电器设备安装工程会中断。

事情到了这个境地，副州长不再遮盖了，说出了这货与好几家上下游货物代理有着纠葛。

哈方人都看着刘斌，等待他的说话。刘斌踌躇了一下直接说，你们的箱子在我那里上升到了安全最高等级，非常安全，尽管放心。我是中方的老总，也是哈方的老总，你们的事就是我的事，我一定会保护好箱子的。你们现在要想尽快拿到箱子，抓紧走法律程序，起诉……

铁路快运公司副总裁点点头，说，我知道一点了。

副州长脑筋还是没有转过来，他想自己是副州长，用行政命令可以做到一切，这种命令也可以用在中哈基地的刘斌身上。他看着刘斌，目光中闪着愠怒，用强硬而武断的口吻说，你要给我发箱，再不发箱子，我要通过外交渠道告你……

刘斌心里是平静之中有波涛汹涌，他十分冷静、果断地回答，我刚才说了，国家法律不允许的，我做不了，也不能这么做，你要想告就去告吧。

听惯大海铿锵的涛声，刘斌知道什么是内涵、强大、永恒、坚韧，他如同坚守激浪澎湃中的礁石，一步不让地捍卫着中国的法律和尊严，维护着中哈基地物流的名誉！

铁路快运公司副总裁看得多，见得多，脑筋灵活得多，打了个圆场说，刘总的建议也很好嘛，我看商量后再说吧。

宽阔和圆融，中国的文化，一条缓缓流淌的河流，在刘斌心里激起了耀眼的浪花。哈方人和刘斌争吵，发脾气，他不心急，不冒火，因为这些冲突都能体谅、理解、包容，国家与国家情况不同，他们也是为了西哈萨克斯坦州的百姓群众生活取暖操心费力。

进入五月，哈方的箱子距离六个月的期限进入倒计时了。

刘斌获得消息，代理人申请要退回箱子，但他们不是直接订舱上日本，而是先去香港。这事瞒别人也许还行，但想要在刘斌面前瞒天过海，暗渡陈仓，那门都没有。他瞬间识破，代理人是要拖延时间，不是想把箱子退回日本，而是想假借中转香港之后退回日本，最后在香港把货扣下来。他们算计得太精密了，以为设计得天衣无缝，无懈可击，能人不知鬼不觉，只等时间一到，走个过场，马到成功，坐享其成。

刘斌心急了。

没有犹豫，刘斌立马把这个信息告诉哈方，吩咐说，要注意，他们有这种中转香港扣下来的迹象，要快速处理，加快启动处理办案。

哈萨克斯坦驻中国大使馆在跟时间赛跑。

哈方货主在跟时间赛跑。

刘斌在跟时间赛跑。

努大使已不止一次、两次见到刘斌、帝玛希了，他们握下手，没有太多的客套话，坐到一起，努大使恳切地说，刘总，关键时候还得靠你出手帮忙。

刘斌诙谐地说，守土有责嘛，我是中哈刘总么。

努大使说，有你帮忙，我踏实多了。

刘斌谈到请律师、打官司。努大使表态爽快，态度鲜明，赞同刘斌的想法。

五月的北京城，气候捉摸不定，早早跑进了夏天，蝉儿在树上高一声低一声鸣叫，大人小孩热得穿上了短袖、凉鞋。

刘斌、帝玛希和货主打着的士，马不停蹄，去见北京的一个律师。他们坐进一个茶坊，脸上的汗珠不住地冒出来。谈起案件，三句话没说完，刘斌知道这律师不懂货运，是个外行。刘斌敷衍几句话，打发走了律师，要货主抓紧时间再重找一个律师。

货主心里着急，心情不爽，说话带着火气，说，北京这样大，哪儿能找到符合心意的律师？

刘斌耐住性子，安慰说，那个律师不懂货运，请了等于白请，打不赢官司。

货主没好气地说，你说，哪里还有更好的律师，你请呀？

刘斌说，你不要这样心急吗，我也是帮你的。中国有句话，心急吃不了热豆腐……

货主烦躁地说，我能不急吗？放在你身上看看？

刘斌说，我不是已经放在身上了嘛。

货主有气无力地哀叹一声，我知道，你是热心人，前前后后跟我跑了这么多的路，操的心比我还要多，我一时难受，说了气话，你别记心上……

刘斌笑着说，我懂，理解，放心吧，我是中哈的总经理，我不操心谁来操心呀？

刘斌呵呵一笑，让货主心里的郁闷都散了。

初夏，北京街景散发着无穷的魅力，宽敞的大道、辉煌的门楼牌坊、宏伟的宫殿，世界上最大的广场天安门广场，撩拨人心的绿草鲜花，美国的极品摩托车哈雷·戴维森和高档女性时装，一切的一切，都在娓娓地讲述昨天和今天的故事。

刘斌没有时间看街景，没有时间品味北京的历史上和发生在当下的故事，他穿过大街小巷，匆匆赶路，赶往朝阳区三里屯东六街九号，哈萨克斯坦驻华大使馆。

刘斌向努大使再次谈起请律师的事情。努大使说，你有什么好想法？

刘斌说，我们公司有个顾问时律师，可以咨询他，他是学海事的，是个高材生。

努大使满口赞成，你的律师，我放心。

时间刻不容缓。货主仿佛抓住了一根救命稻草，与中哈基地时律师马上联系，顺利对接好。时律师放出了一只精明的“小鸟”，建议通过海事法，运用在国际多式联运上的新创举，争取“柳暗花明又一村”。

上海海事法院接受了哈萨克斯坦箱子的案件。

刘斌交代国际部部长顾丹凤说，只要强制判决下来，把货立刻发走；同时，立刻联系海关，求得帮助，把这个箱子上升级别，简化作业程序，提高发运效率。

一切如同预料的一样，上海海事法院判决强制执行。

刘斌攻其不备，雷厉风行，闻风而动，避开代理，在第一时间，让国际部即刻发运。

不久，一封来自哈萨克斯坦的感谢信寄到了刘斌的手中，这是一封发自内心的感谢信，春意融融，摒弃前嫌，同心之言，其臭如兰，从中能够咀嚼出一番不同寻常的味道，把曾经背后说过刘斌的坏话全收回去的歉意。

“一波九折”的箱子进到哈萨克斯坦境内的时候，刘斌马上让在哈萨克斯坦的中国员工报告哈方铁路公司高层，顿时，他们绽开了一抹雨过天晴的灿烂笑容，激赏说，很漂亮。

第十一章　败要败在努力的路上

最后一个短信

二〇一七年六月八日，在阿斯塔纳世博会中国馆内，中国国家主席习近平和哈萨克斯坦总统纳扎尔巴耶夫将要通过远程视频连线方式，共同见证中哈物流合作最新成果，启动中哈亚欧跨境运输。这次活动要在两国三地举行视频连线，连云港中哈基地有一个会场，哈萨克斯坦的阿腾科里东门无水港也有一个会场，阿斯塔纳是主会场，离连云港中哈基地现场一万多里路程。

主会场在一个大厅里，放着两个大的显示屏，展现连云港和哈萨克斯坦东门无水港的分会场。

两国三地视频连线对接很烦琐、累人，要用两个国家的卫星同时让第三个信号接收，进一步说，就是哈萨克斯坦的卫星要把东门无水港的景象接到主会场阿斯塔纳，中国还有一个卫星要把连云港的信号传输到阿斯塔纳，中国的卫星和哈萨克斯坦的卫星之间还要对接。现场上，专业人员忙着给卫星对接累得晕头转向，有时为了一个问题嚷嚷得满屋都是声音。

提前三天，刘斌赶到了阿腾科里无水港。

无水港总经理是一个哈萨克斯坦人，叫哈姆金，他在集体宿舍楼里特意给刘斌留了最大一套单身公寓，条件很好，有餐厅、厨房、卫生间、洗衣机，生活上一整套，啥都有，连熨斗也有。

刘斌洗完澡，已是凌晨两三点钟，刚想躺到床上，想起一件每天必做的事，记工作笔记。他坐在桌前，记完了工作笔记，随后躺到松软舒适的床上，柔和的灯光立即流遍疲惫的身上。他打量着房内的摆设，自语说，如果不把无水港会场活动搞好，也对不起这间房子。

他有点困了，想眯上眼睛，睡上一阵子，可翻来覆去睡不着，想起临来时和副总左学梅说的话，那个情景清晰地呈现在眼前。左学梅的小孩要高考，想着高考那几天能请假，在家里陪伴孩子，尽一下做母亲的责任。起初，刘斌是答应的，谁没有孩子？可怜天下父母心嘛。后来，突然就有了启动中哈亚欧跨境运输活动仪式，他要来哈萨克斯坦，连云港这边现场仪式怎么办？需要有人指挥、调度，虽然集团组织大型活动有经验，但没有一个中哈基地的领导现场坐镇指挥还是不行，左学梅能离开吗？人生中，这也是一个非常艰难的抉择，刘斌狠着心对左学梅说，左总，你不能请假离开，你要怪就怪我吧。左学梅在大事面前拎得清楚，感受到了压力，坦诚地说，不怪你，你在国外坐镇指挥，家里这么大的活动也需要指挥，我确实不能离开。想着这些，刘斌心里升起一种愧疚与感动，为自己能有这样的团队合作感到快慰。

他眯着眼睛躺在床上，凝视着黑暗中的天花板，想着白昼正在大步大步走来，很快就会天亮，自己是睡不成觉了。

这时，手机响了，一看，从连云港打来的电话，集团领导关心地问，你那边的事情弄没弄好啊？哈方同意在班列上挂标语牌子了吗？

刘斌睡意顿时被全部赶走了，他看下手表，哈萨克斯坦国内时间是五点多，中国时间该是七点多钟，家里人正忙着做饭、洗漱。他再也睡不着，满怀心事。这次活动，两国主要领导人亲自出席，江苏省、中远海运集团、中国铁路总公司和连云港主要领导都要参加连云港分会场活动，中哈两国上千万、上亿人要看，出一点纰漏那都不是小事，直接影响到中国在世界上的声誉，影响到中哈两国的合作发展，影响到中哈基地的发展壮大。他想到这次来的任务，担任无水港现场总指挥，这是千斤的重担，是中哈两方有关领导对自己的最大信任和认可，相信他在关键时刻，一定能够百分之百完成任务。一个人的幸福快乐，莫过于他人对自己的信任。信任，是对人的了解与欣赏。一个人被信任了，能把最大的潜力发挥出来，创造奇迹。中国航天之父、中国导弹之父、火箭之王钱学森是这样，为了回国，摆脱美国百般阻挠。他说，我的事业在中国，我的成就在中国，我的归宿在中国。杂交水稻之父袁隆平是这样，颠覆世界权威的认识，为解决中国人民的温饱和保障国家粮食安全，研究杂交水稻半个世纪。连云港灌云县燕尾港镇十二海里处的开山岛上的普通民兵王继才、王仕花夫妻也是这样，在孤独、寂寞、凄苦中，守岛快近三十年。

刘斌想到集团领导再三的叮嘱，一定要在班列火车头上挂出有连云港字样的标语牌子，心里不由沉甸甸的。一条标语牌子看起来只是几个字，不会影响整个活动，甚至有的哈方人还不会注意它，但在整个中国，尤其是江苏连云港人心目中太重要了，成了头等大事！在国家主席出席的活动仪式上，能出现连云港的名字，代表的是中国形象，哈方人、世界上其他好多国家人都能因它看到中国、了解中国，知道一带一路在哈萨克斯坦，在中亚是这样地深入人心，给哈方国家带来了看得见、摸得着的利益，这是多大的国际影响啊。同时，中国国内人民群众也会看到哈萨克斯坦开往连云港的中国国际班列，知道连云港在一带一路上发挥的重要作用，这是其他地方不可替代的，证明连云港在国家层面上是有分量的，连云港人是有见识的，有胆魄，有能力，敢为天下先，他们与全中国人民一样正在脚踏实地地苦干，一心一意谋发展，这是多大的影响，是一次花上成千上万广告费都达不到的影响。可是，聪明的哈方人同样意识到了现场班列上挂的标语牌将会产生怎样的广泛影响，有着深远的意义，他们有着自己的一套想法、做法，对连云港人提出在班列车头挂上连云港标语牌的愿望，他们的态度含糊，模棱两可，不说同意，也不说反对，捉摸不定。

刘斌在离开连云港来哈萨克斯坦前还给哈方铁路快运公司打电话，催促他们快点商定下班列车头挂连云港标语牌的事。哈方人用不得罪人的哈哈大笑来推脱，说，还早了，那么急干什么。

刘斌心急火燎地说，你们一天不定下来，我一天不放心。

刘斌想得越多越深，心里越不踏实，感到此行的任务不简单，对自己是一次重大的考验，如果做不到或做不到位，那将会是一次重大的失职。他心里像波浪撞来撞去，想着，不是说自己和哈方人感情好，他们把自己看作哈方人，对自己的信任甚至于超过他们自己人吗？现在关键时刻到了，怎么就会掉了链子，不行哪？刘斌越想觉得问题越严重，心里越发紧，自己失去颜面倒还不要紧，国家的脸面怎么办？领导的脸面怎么办？怎么对得起这样一次宣传一带一路的千载难逢的好机会？怎么对得起国家、领导交给的任务？怎么对得起在中华民族复兴道路上前行、信心满满的全国人民？怎么对得起眼巴巴望着自己的中哈基地员工和连云港的父老乡亲……

刘斌的心像挂在悬崖上，怕有一个闪失就会掉下深渊，还怕无法向领导说清楚。

现场总指挥是来干实事的，事无巨细，大大小小的事都要操心，什么背景的布置，场面的安排，中哈双方人员方阵的协调，中远海专门调来现场用的一百个箱子怎么个用法，人与人工作上有矛盾发生争执，都是他的事。活动若是成功了，也许没有他这临时总指挥多少事，若是出点差池，责任全是他的，罪责难逃。用千头万绪来形容刘斌干总指挥一点不过分吧？

刘斌在床上躺不住了，翻身起来，拿出事先设计的活动方案，细细地看、琢磨、修改。这个活动规划方案，凝聚了他和团队的心血，他怕哈方人没有这种布置现场的格局经验，在连云港时，已和团队商量、研究好方案，大家都非常认同。

一天开始了，刘斌电话、短信、微信不断。来了一个微信，让刘斌顿时心乱了，中远海集团现场的工作人员看了现场，对哈方人摆放他们箱子的方式非常不满意，把照片传回到上海，中远海的高层看了也不满意。他们给刘斌发来短信，说他们没办法协调哈方人，让他协调调整。

这次活动，中远海集团出了大力，付出很大，专门调了一百个中远海的新箱子过来，中间遇到海关好多通关的麻烦，一步一步协调，好不容易到了无水港现场。中远海是做广告，扩大宣传影响，人家一个箱子一万块钱，上百万的箱子调过来，能不让人家上镜头，展示宏大规模、豪迈壮观的盛大气象？现在的单位和人都聪明，没有呆子、傻瓜，没有谁愿意白白投钱搞一场大活动，花了钱就要达到目的，能有一个最好的效果。

刘斌拿着规划图赶到现场，中远海人盯住了，气愤地说，你是总指挥，看看，把我们中远海怎么安排的，眼中到底有没有我们！

刘斌对着扔来的“石头”，挂着汗珠的脸上绽满笑容，摆着手示意大家不要嚷，安静下来。他和气地说，大家不要吵，各位的心情都可理解，现在来调整，按照规划图上来，大家尽管放心。

中远海人有点火气说，你调整吧，我们没法子协调。

刘斌不失时机地用幽默搞笑一下，模仿着苏联电影《列宁在一九一八》里瓦西里对妻子说的一段话，调节着气氛，说，面包会有的，牛奶会有的，一切都会有的。……

笑声中，中远海人的气也消了大半。

刘斌看了规划图，哈方人没有按照方案上的摆箱子，而是把哈方铁路快运公司的箱子、中国铁路公司的箱子、中远海的箱子交叉摆放，混在一起，五颜六色，杂乱无章，画面很乱，没有整体效果，看不清谁家的箱子。

刘斌找来哈方人，微笑着说，活动方案是大家认可的，现在怎能混在一起摆放?

哈方人知道刘斌在他们国内铁路快运公司的影响力，客气地说，箱子已经摆好了，要挪动的话太费力，能不能就这样不动?

刘斌说，不能，按照图纸上来，谁也不能随意改变。

哈方人有点犯难了。

刘斌说，我是现场总指挥，按照我说的做，现在马上行动。

阿腾科里车站站长战多斯赶来了，他为刘斌助力呐喊说，刘总说得对，大家照着办。

哈姆金挺身而出，大声说，搬运人手不够，我再派人。

哈方人热火朝天干起来，箱子全部重新整合，各家箱子归各家的，各就各位，色彩分明，鲜艳好看。原本从连云港发过来的中远海的整列箱子，又恢复了整列的原貌，如果摄像镜头扫过去，看到的首先是他们的一排箱子，“中远海”几个大字十分抢眼；会场背景和人群的站位也恰好与箱子结合在一起。

战多斯兴冲冲地握着刘斌的手，随后是熊抱、拳头对垒，竖起大拇指说，刘总，我看到你的能量了。

战多斯把中方的霍尔果斯车站马亦龙站长拉过来，介绍给刘斌，热情说，你们都是我的朋友，以后业务上的事相互关照，这样就是中国连云港一个点，霍尔果斯一个点，我们哈方阿腾科里无水港一个点，就变成一条线了。

刘斌洪亮说，是新亚欧大陆桥。

战多斯补充说，刘总是东方桥头堡，我和马站长是西方桥头堡。

到无水港三天，刘斌是天天煎熬，简直快要煎熬死了。

陪哈方人吃饭是一种煎熬，他们吃饭喝酒一般都要吃到晚上一两点，中国这边就是三点，他们把刘斌送到房间里，洗洗澡后，天已亮了。煎熬是忍受，看着别人香喷喷地吃喝，自己毫无食欲，甚至看了厌烦、害怕。忍耐就是煎熬，有苦吐不出，这可不可以称是一种美丽的残酷？

刘斌怕陪哈方人吃饭。有一次，二〇一五年十一月，他在阿斯塔纳参加董事会，当时不适应哈方的饮食习惯，他们喝的都是冰酒，喝凉水，刘斌习惯喝自己国内的茶水。有时他喝了冰酒、凉水，不适应，也不舒服，就冒虚汗。他们那边有咖啡糖，刘斌喝了二十杯加糖水，才好受些。

明天，也就是刘斌到无水港第四天，中哈亚欧跨境运输仪式就要举行，可是，哈方仍然没有同意连云港标语牌子挂上启动仪式上的班列。

连云港领导不时地给刘斌打电话，问，事情办得怎样？他们怎么说的？你怎么办，有措施吗？

刘斌心里被压得透不过气来了，焦急得嗓子眼冒火星，喋喋不休地反复说着自己的想法，我正在努力争取，积极争取，有一点希望都会抓住……

领导说，现在不是努力争取做到的事，而是要千方百计想法做到，实现它，知道吗，不是港口人、连云港人看着活动仪式，而是世界上好多国家、全国人民、全省人民都在看着……

天哪，怎么办？ 刘斌的头大了。

刘斌常为他人着想，这阵想到，领导压力肯定也是太大了，要不也不会这样追着给他打电话。

他高大有力的全身骨架简直有点支撑不住了。

刘斌给哈方铁路快运公司领导打电话，想叩开一道“门”，走进去。 他“敲”门，“喊”门，可用劲再大，喊声再大，对方竟然没顾念一点感情，没给一点脸面，没接电话，把“门”关得严丝合缝，不漏半点光亮。

刘斌捧着手机，像捧一块石头，冰凉，没有一点温度。 他在房间里看什么东西都不顺眼，心情坏透了，焦头烂额，愤愤地喊，什么朋友，一点靠不住，关键时刻都不见影了，电话都不接……

怨气发了，见棱见角的话说了，他在屋里急得像热锅上的蚂蚁团团转，可没有丝毫用处，只能看出他原来是这样一个经不起“火”烤，经不住风浪颠簸的人，是一个空虚、无能、无聊、歇斯底里的人，有什么能力，都是假的，那是一层纸，轻轻一点就会破出洞来……

刘斌恍若看到连云港人又在笑话自己，看到战多斯望着他的神情，失望、沮丧……

不管怎么样，我要再找哈方铁路快运公司领导谈谈，尽最后一点力气，败要败在努力的路上，将来不后悔。

失望时，也是拾起信心的时候。

刘斌让翻译拿着自己的手机给哈方铁路快运公司领导发短信，结果是同样的，泥牛入海无消息。

刘斌脸上表情难看极了。如果说人哭的表情难看，此刻，刘斌脸上的神情比哭一点好不到哪儿，哭不像哭，笑不像笑。

天地这么大，刘斌觉得竟是这样地小，没有一条自己能走的路。

他想打电话给万里之外连云港的领导，倾诉心声，掏心说，我尽全力了，实在没办法，交付的事情没办好，愧对领导厚望了。他还想对领导说，回去后，领导随便把我怎么调整，我没有一点意见。我确实是个没用人，港口有人说我是“大水”“吹牛皮”，都是对的……

细忖再三，他没有打电话给领导，有血有肉的他，几次举起手机，又放下来，为尊严而退，为信念而退，为责任而退。是呀，一步一步走到今天容易吗，经历了多少煎熬和痛苦，怎能说放弃就放弃，啪啪打自己的脸呢？

刘斌要背水一战，不管怎么样，不到最后一刻，不低下头颅，不滴出泪水，不向领导说出“不行”两个字！

他拿出了不是办法的办法，让翻译又拿自己的手机给哈方铁路快运公司领导发短信，这样写道，如果再不确定挂标语牌子这个事，可能这是我给你们发的最后一个短信，也可能是我最后一次和你们交流，以后就见不到、不来往了。我回中国后，再也不是中哈物流的老总了。

半小时，哈方铁路快运公司领导回短信了，说，短信收到，我们会报告的，立刻就研究这个事。

没短信盼短信，短信来了，刘斌又喜又怕，不知下面又将要发生什么样的事。他心情糟糕透顶，像走在万丈深渊的独木桥上，害怕，却也要硬着头皮走下去。

半小时后，哈方铁路快运公司领导短信回来了，说我们同意，我们不愿意失去你。

在那一瞬间，刘斌心疼了……

刘斌紧紧抓住机遇，似乎抓住了未来的幸福，浑身的畅快和舒服的感觉充盈得无以言表。终于，连云港的标语牌子第一时间展示在火车头上：中哈连云港国际货运班列。

六月八日，上午，启动仪式上，哈萨克斯坦国有铁路公司副总裁伊利巴耶夫让刘斌上嘉宾席，刘斌躲着不想上去，他说，我是来陪队，打酱油的。

哈方人不让，把刘斌朝前面站的一排人中间使劲地拉。刘斌和战多斯、哈姆金站在了一起。

同一天，在阿斯塔纳主会场，习近平主席讲话中说到“中哈务实合作不断加深”时，提到了“今年二月，哈萨克斯坦小麦首次实现过境中国向东南亚出口”。他还提出将连云港——霍尔果斯串联起的新亚欧陆海联运通道打造为“一带一路”合作倡议的标杆和示范项目。这是国家给予在一带一路上做物流的劳动者的最高、最响亮的掌声。

连云港中哈基地、霍尔果斯一东门无水港的集装箱国际班列同时鸣笛开出，连云港港和东门无水港为重要枢纽节点的中哈亚欧跨境运输正式开始。

这次出差，十天不到，刘斌瘦了二十斤。

一种赌博

哈萨克斯坦国内留有中哈基地好几千个箱子，闲丢在那里，每天都是损失，单说国内市场上转手的二手箱子，目前一万块人民币一个，另外，在堆场每天还要付钱，每天一两美金左右，像淌水一般的浪费怎么得了。

刘斌想着抓紧把箱子收回来，可怎么收回来，没有顺道装回来的货，总不能空着箱子赔本运回来吧。他干着急。

二〇一七年十月，刘斌有了一个大胆的想法，计划在二〇一八年开门之时，做一单小麦，同时，把在哈萨克斯坦的箱子带回来，来个开门红。

十一月底，一票小麦谈拢了，签了新的合同，装运期限是一月份完成整批货物。刘斌设想是做两列小麦，总共两千五百吨。新加坡收货人说，收到第一列做好小麦品质检测后，如果没问题的话，再发给刘斌第二次装车指令。刘斌答应了，马上与哈方铁路快运公司通话，让他们事先把小麦、箱子、车皮落实好，做到万无一失。哈方人听了，兴致很高，连连说，刘总，你把小麦做大了，我们共赢一次吧。

刘斌笑着说，过去是毛毛雨，今后会越来越大。

哈方人说，我们对中哈基地抱有很大希望啊。

刘斌说，兄弟，别光顾高兴，这单小麦能做得怎么样，看你们支持程度有多大啊。

哈方人大包大揽说，没问题，我们不是有过合作嘛，放心。

刘斌叮咛说，你们要保证把我们箱子调到加尔特尔，车皮要保证跟得上运输。

哈方人说，好，箱子、车皮都没问题。

刘斌说，我们扔在你们国内各地的箱子大概有六千多个。

哈方人笑着说，你真是个老狐狸，算计得这样清楚呀，我给你一个经典形象概括，三个字，葛朗台，这是你们中国人常说的一句抠门话。

刘斌知道外国名著《欧也妮·葛朗台》中的主人公老葛朗台，是一个富豪，但他出奇地吝啬。现在哈方人拿葛朗台打趣他“精打细算”。他嘿嘿一笑，问道，我当一回老狐狸、葛朗台怎么样？精打细算，好嘛，要不怎么做好中哈总经理，呵呵……

哈方人跟着开心地大笑，当老狐狸、葛朗台好哇，你是中哈的老狐狸、葛朗台。

刘斌突然收住笑，坦言道，中哈这个葛朗台不好当。兄弟，你们那边只要没问题，我就和新加坡签合同了，违约要付赔偿金的。

哈方人说，刘总，你是个脾气爽快的人，现在怎么说话变得拖泥带水，一点不干脆？是不是不放心我呀？

刘斌说，多点理解，想做大单子，考虑的东西就得多些嘛……

十二月份，第一单业务合同签了，刘斌心中有了自信、激情、憧憬，仿佛看到整列的火车拉着装小麦的箱子呼啸着奔跑在大陆桥上，港口里里外外到处都是金灿灿的小麦，堆积如山。

世上若是真有未卜先知就好了，可惜，没有哇。刘斌做的新年第一单小麦，双脚刚跨门槛，绊倒了，自己挖的坑，把自己给掉了进去。

哈方人调集箱子的时候，发现太难了，哈萨克斯坦土地辽阔，遥远的西北冬天特别寒冷，零下四十度左右，从十月份到次年四月份，行人大多都是在雪上走路，热水浇到地上五分钟就结了冰。

哈方人告诉刘斌，他们一筹莫展，天寒地冻，中国的箱子扔在全国各地，难以按照规定时间集结起来。

刘斌脑袋像遭雷打到一样，急恼说，你们无论如何要想办法，保证我们用箱子。

哈方人说话含糊，我们已经尽力了，只是太难了……

刘斌拿手机的手微微抖颤，有点求助说，你们再想想办法吧。

哈方人无奈地说，想了，实在没办法。

一时，刘斌接受不了这个事实，气急得有点想发飙骂人。到中哈基地，刘斌有过不少煎熬的日子，但都没有这一次难受煎熬，押的“赌注大”，赔的违约金也会多。他像掉进一个黑咕隆咚、冰凉的地窖里，看不见阳光，呼吸不到新鲜空气，每天都有看不见的无形刀子戳着他，戳着他的心。这种苦日子，他不知道哪天才能熬出个头来，一个人坐在办公室里，常常疲惫地闭上眼睛。

索赔、索赔、索赔！刘斌满脑子里全是索赔的字眼。痛苦像大海的波涛一次次无情地撞击着他的心窝，眯起眼睛，索赔像一只疯犬，张牙舞爪地扑向他，不停地一声声狂吠。他想，这是他在港口各种岗位上摸爬滚打过来跌得最重的一次跤，人生一次最大的危机，他什么时候做过这样失手的事情？没有啊，他虽然胆大，但做事谨小慎微，走一步看三步路，生怕翻船。他觉得眼角有点冰凉，不由用手拭了下，是一滴泪珠。索赔的黑洞紧紧罩住他，刘斌思想的闪电在哈萨克斯坦与新加坡之间不歇地穿梭往返，想到，他们的采购商是新加坡采购中心，两千五百吨小麦，按照耽误的每天时间进行索赔，要翻番的罚款，国际贸易大宗散货都是这样的索赔。刘斌盘算着，新加坡客户最低也会提出索赔九千四百六十四美金，折合人民币那是六万多元啊，再翻番的话，那岂不要近十三万元？这样大的数字、这样大的失误和预算超标，他这个总经理能担得住吗？他怎么面对集团，怎么向领导交代？自己心里又怎么能背上这个没有道理的亏损呢？

每一次想起来，他都是一次心惊，人像从天空跌落下来，头晕目眩，钻心的疼。他觉得很累，喘息都有点不顺畅了。

思想是一条没有尽头的路。刘斌觉得自己把中哈基地的诚信丢了。诚信这两个字，一直铸就中哈基地的品格、信誉，铸就了他这个总经理的人品、人格，这是一个人立于世界上最珍贵的脸面。人活一张脸，一个说话不算话，朝令夕改，说话像放屁，满嘴跑火车，没有诚信，没有良心，撒谎脸不红，甚至做坑人事的人，还算人吗？如果算作人，也仅是披着一张人皮。

刘斌摇了摇脑袋，思想里掠过一道刺心的闪电，这次做小麦“失信”，就是拒人千里，再找人家，人家怎么会有信任呢？ 他想，这一次如果真的梦碎，那是给自己关上了门。

没有理由给诚信关上门！ 刘斌想挽回“脸面”，一息尚存，抢回信誉。 他不断地给哈方铁路快运公司打电话、发微信，帮助想办法，千方百计找箱子；他让帝玛希、达尔汉给哈萨克斯坦国内亲戚朋友发邮件、去函、打电话，通过大大小小、拐弯抹角的一些渠道收集箱子，让他们天天想着、围着这个事情转。

刘斌心急如焚，放帝玛希、达尔汉回哈萨克斯坦跑门路，争取破茧化蝶，春回大地。

刘斌简直变成了哈萨克斯坦集装箱分布的一张地图，中国铁路总公司在阿拉木图有多少箱子，他全知道，细致地告诉哈方铁路快运公司，要向中国铁路总公司收多少钱，这样他们才能同意把箱子给你用。

果然，中国铁路总公司一口答应，非常愿意把箱子调回中国，他们的箱子在那边滞留的时间也久了，放在堆场每天也是要付钱的。

好消息像天上的云彩，来得快走得快。 中国铁路总公司的箱子调集也得需要时间，根本来不及。

每天，刘斌如坐针毡，靠着打手机来度过时间，手机打的时间长了，发烫。 他从不会把压力转移给部门。 他会指挥部属们怎么去做、怎么去努力。 有时，只是部属们会催着刘斌帮自己找问题，但他也不会大声批评他们。

久经沧海，刘斌处理棘手的事情已经得心应手、淡定了。

国际部女部长顾丹凤对哈方的同事不能积极主动联系哈方铁路快运公司不满，有看法，对着刘斌尖锐地问，你为什么不去批评、催促他们?

刘斌说，每个人处理问题的标准都是不一样的，你有你的标准，不能要求他和你一样。

听从内心，绽放出方向。顾丹凤再也没有说什么，天天给哈方铁路快运公司打电话、去函、发微信。

顾丹凤是南通启东人，三十几岁，个子不高，属于娇小玲珑的那类女性。她毕业于上海海事大学国际贸易专业，思辨能力极强，讲话语速虽快，却吐字清晰，如同珠落玉盘，清脆悦耳。她用英语与哈方人沟通，反复地催促，告诉他们这件事的重要性，说：对流运输，可以降低成本，哈方小麦传统的运输路径是中东或者阿富汗价格比较低的地方，我们可以帮他们找到新的市场，并且这个市场的需求量非常大，价格也可以。

哈方人觉得顾丹凤的讲话入情入理，全是为他们着想的，愿意听下去。

顾丹凤还说，哈方出口的矿石比较多，但矿石是不可再生资源，而粮食作物是可再生的，可以一直做下去。

哈方人被吸引了，一声不吭，继续地听着。

顾丹凤有点激动地说，我们一定要在东南亚市场形成大家都想买我们货的愿望，这样我们路才能越走越远，现在东南亚很多公司对我们的麦子很感兴趣，因为我们的产品质量很好。

话都说了，哈方人的表态也实在、感人，可是，箱子迟迟调集不到小麦上车的地方——加尔特尔。

在连云港，被难处逼在墙角的刘斌再也待不住了，不能坐以待毙，束手就擒，他匆匆赶往哈萨克斯坦。这是一趟无奈之行，要把“死马当活马医”，这也是最后一次机会。

首都阿斯塔纳陷在天寒地冻里。阿斯塔纳新闻网报道，“气象部门做出的很多预报都表明，今年哈萨克斯坦的冬天将会异常寒冷。”

阿斯塔纳的寒风冷彻天地，一统天下。

刘斌身上仿佛烧着火，与无边的寒风对抗着。

现在哈萨克斯坦牵头的环里海的国际运输通道当副秘书长，已经慢慢回到政治搭台、经济唱戏中的萨吾特，获悉刘斌到了阿斯塔纳，像每次刘斌来了一样，打电话说，老刘，来我家做客吧！

刘斌按捺住急躁的心情，笑着说，下次一定见面，这次过来，办事太急，来不及了。

回到哈萨克斯坦辞掉了工作、办起一个农场的卡纳特，也要请刘斌到农场去看看。刘斌说，兄弟，我真想去看看你，看看你的农场，可我这次来阿斯塔纳，事情太重要、太急，没法去呀。

远在千里之外的战多斯、哈姆金也打来电话，问道，兄弟，我在东门等你来，一定来啊。

刘斌说，谢谢，真的去不了。

战多斯、哈姆金不忘东门最诱人的烤羊羔，大声喊道，你要来的话，我们吃四个月的烤羊羔。

刘斌走进哈方铁路快运公司办公楼，有熟人见到这位中国大汉，像是看到失散已久的兄弟，亲热地握手、拥抱，诙谐地说，怎么这样长时间才来？

刘斌满脸春风，热乎乎地说，我现在不是来了嘛。

有新来不认识刘斌的人问，刘斌是谁？干什么的？

几个铁路快运公司人抢着说，你会认识、知道的，不认识刘总的人，那肯定不是铁路快运公司的人。

哈方铁路快运公司人对刘斌逗乐说，你要常来一点，让我们少想一点啊。

刘斌说，我是要常来的，这大楼里面都是我常挂念的朋友……

他们哈哈大笑，马上又问，是不是为箱子事情来的?

刘斌抬手指了指楼上，微笑说，上门来汇报。

叶留巴耶夫外出，不在办公室，秘书说，刘总，下午来吧。

刘斌说，我坐在大楼里等他。

每过去几十分钟，刘斌都要赶到一边房间看看叶留巴耶夫有没有回来。哈方人说，刘总，你不要来回跑了，我们替你去看看不行吗?

在哈方铁路快运公司的每时每刻，刘斌如在家里一般温暖，有人给沏茶，问住得、吃得怎么样，关照说阿斯塔纳今年冬天特别冷，出门在外，脚上不能挨冻，厚棉袜子要穿两双，套起来穿。刘斌频频点头，表示谢意。

叶留巴耶夫回来了，他拉着刘斌坐下，促膝而谈。那些问题、矛盾如同一块块石头沉重地压在刘斌心头，可他竭力装得没事一样，不在脸上露出虚弱、可怜、支撑不住、岌岌可危、惶惶不可终日的神情，让人垂怜、同情、施舍，他做不到，爹妈给的一副钢筋铁骨就是刚强！弱者，不属于真正的男人，更不属于真正的中国人、中国企业家！刘斌把苦楚憋在肚子里，没有朝外倒，用自己的思想、精神、行为、能力，让哈方铁路快运公司领导看到所处的困境，来体谅、理解、帮助他，拉他走出泥沼。

叶留巴耶夫看着刘斌，见他瘦了，过去丰满的脸膛凹下去了，头上的白发也多了。这还是那个“尿包顶头上不嫌轻，磨盘压头上不嫌重”、忍辱负重的刘斌吗? 叶留巴耶夫心里涌起一阵强烈的感情，像是他把刘斌弄成这副样子，用抚慰的口吻说，你辛苦了，真不容易。

刘斌说，吃苦算什么，只要能解决问题，最大的苦都不怕。

叶留巴耶夫笑了笑，他知道中哈基地这次做小麦遇到大难处了，刘斌心中受了伤，有点难受，赶到阿斯塔纳就是要找医治“伤口”的好药。叶留巴耶夫怕刘斌又会提出一个老话题，不干中哈基地总经理，不想受这份洋罪。刘斌曾经在叶留巴耶夫的面前情绪激动地提出过，这一届任职马上到期，如果不增加一个管安全和设备的副总，他就死活不干总经理了。

当时，叶留巴耶夫盯着他问，什么原因增加副总呢?

刘斌说，中哈基地开始是一正两副，由于我经常出差，哈方经常换人，刚来的副总又年轻，需要有一个培养和适应的过程，平时在中哈基地只有一个副总，公司压力太大受不了。

叶留巴耶夫没有同意刘斌的要求，解释说，增加副总，修改章程，需要和中方商议的。

刘斌好像受了委屈，一直吵嚷着说，我坚持到年底，一届到期就不干，把工作收拾收拾就走人。

叶留巴耶夫曾经问刘斌，留你继续干有什么条件？ 还是要增加一个副总?

刘斌很实在地说，是这样，条件很简单，就是增加一个副总，我可以腾出时间去做全程物流业务。

叶留巴耶夫就问，是不是答应这个就同意了?

刘斌说，可以。不过，还有一个私人的小小要求，我经常去找你汇报工作和请求业务上的帮助，你大多都出差了，根本见不到你，你们其他人也忙，无暇顾及我。你能不能在你名片上签上名字送给我，这样我可以拿你签名的名片去找他们协调解决业务上的问题，具体事项他们也会向你汇报的。

叶留巴耶夫用充满暖意的眼睛看着他笑了，他喜欢这样的中国朋友，愿意看着他这样做，自己也愿意给他这样做，于是就说，是不是我在名片上签个名字你就答应我?

刘斌说，是的。

叶留巴耶夫赶紧找来笔，在名片上签了名，送给他。

此时，刘斌的意志和精神深深地透入叶留巴耶夫的内心。这次，刘斌没有提出撂担子，只是想要哈方铁路快运公司帮助、支持他，在最困难时刻能挺他、拉他一把，把肩上担子挑下去、挑好。

叶留巴耶夫望着刘斌粗壮的个头、沧桑的脸，更加佩服、尊重刘斌，更加珍惜与他的友情，心里暗暗地说，一定要帮他，给他解决问题。

叶留巴耶夫为刘斌操心了，焦急了，召集开会，想办法，调集箱子。

哈方铁路快运公司急中生智，找了个韩国的公司，他们乐于做这个顺水人情。方案做好了，一看，不行，调运箱子也需要时间。

回连云港的路上，刘斌没笑过，也没向什么人说过一句什么完整的话。他心里冒出一个古怪的念头，自己老了，往后干不了什么大事情了。

在飞机上，刘斌思绪像云彩飘荡，有时想得凝重，有时想得轻松。想着想着，他自嘲地晃晃头，朝天上的云彩看了看，它们悠然地飘舞。他真想把自己交给时光，交给云彩，享受那份无可比拟的悠闲和自在。他看见，有的云彩活像人诡谲的笑脸，朝他扮鬼脸，得意地讪笑着。他看了，真是烦躁、憋气，没想到自然界里的云彩也不屑自己。是呀，一个人憋气，看什么都不会顺意，以为都在故意与自己作对。他锁着眉头，叹口气，没想到这个总经理干得是这样窝囊、遭罪，为了中哈基地这块土地上能长出茂盛的“小麦”，他在“磨刀石”上苦磨了四年，还是没有看到心中成熟、芬芳的谷穗。

是天上的云彩牵动了心，还是微风带来了一缕缕思念？ 内心的寂寥，让刘斌想家了，想起爱人王曦红、女儿刘津雪了……

思念让人生痛。 刘斌想着王曦红时没有痛，全是温暖。 王曦红一直很支持他的工作，看到他比以前单位的工作要辛苦得多，收入却少得多，没有抱怨，心里更疼爱了。 刘斌赞赏中国西部的一种叫梭梭的植物，在干旱的沙漠上，它非常奇特，叶子细小，根须深埋。 刘斌打听到，阳光越少梭梭的叶子越大，阳光足够的情况下，叶子大了会消耗更多的养分，水分蒸发得更快。 他觉得梭梭像自己的爱人，诚实本分，低调做人，低调做事。 在江苏新为公司的母公司上市时，是按职位分配原始股的，刘斌周围人都有股份，让他入股，他想到自己是国有企业的领导，就摇摇头，放弃了。 爱人问刘斌，没有要一点股份，失去这么一大笔钱，有没有后悔？

刘斌轻松地说，没有后悔。

爱人追问一句，真话假话？

刘斌说，对老婆还能说假话吗？

爱人说，我没看错你，知道你不会后悔的。

苦恼、后悔最多都没有用，因为脚步早已踏上前进的道路，在困难面前，笑着是担，哭着也是担。 困顿迷茫的事遇多了，让人学会坚守与博大，进步与成熟。 刘斌在哈萨克斯坦土地的厚重与东部大海的辽阔之间，说了一句张扬着男子汉血性的话，因害怕失败不能放手一搏，这一辈子还能干成什么大事！

他想，一定要把哈萨克斯坦小麦做下去，千方百计地坚持住……

按签订的合同，正常小麦到新加坡是一月份，可现在一月份才开始装车，时间被延误了。

刘斌做小麦本想盛开一次报春花，没想到，人算不如天算，意外摔倒，花凋叶落了。

梦碎，泪落。

刘斌脑袋里有点瓜了。

生活中，每个人都有较劲的对手。生活就是日复一日、平庸乏味的颠簸，这才有了旅途上的沧桑，有了人生的态度、感悟、哲学。

刘斌万万没有想到，伟大的对手竟是自己渴求的小麦。

有人说，能承受失败，是一种胜利。然而，谁愿意当一个失败的英雄呢?

新加坡采购中心提出，索赔九千多美金。

东南亚大的采购中心都在新加坡，出口到越南的只是到厂里的货物。

新加坡采购中心一个姓张女士给顾丹凤发了个邮件过来，上面写有扣款九千多美金。

顾丹凤不太明白，问张女士，怎么会有扣款呢?

张女士回答，你去看合同条款。

顾丹凤走进刘斌办公室，刚说了新加坡张女士要她看合同，刘斌立刻说，不用看了，我早把合同看了十几遍，按照合同，我们赔九千多美金也无可争议。

顾丹凤说，我们怎么做?

刘斌说，我们还是尽量争取到一个好的结果，站在他们的角度去帮他们分析这件事的重要性。他要我们赔这么多钱肯定不合理，赔完以后我们肯定不会再和他们签任何合同的，刚开发了一个中亚市场，这个门又会关上。怎么能保障将来在东南亚其他国家没有危机呢? 如果有危机没有合适的补充渠道也是很棘手的；还有，这个通道的运输现在是我们在掌控，虽然我们不是绝对的掌控，但是，有充分的话语权，他们以后的运输是绕不开我们的，对于他们的后续采购来说是个很重要的因素；再者，整个东南亚我们还有很多开拓渠道，比如说益海、统一等，如果后续我们不合作了，我们的麦子质量这么好，卖给其他的供应商，对于他们来说也是一种冲击。

在企业里，顾丹凤像是一颗螺丝钉，铆在那里，有一份力出一份力。 回到家中，想着千里外的箱子，想到领导承担的压力，心情挺纠结，也很有压力。 她随时要处理邮件，向领导汇报，不甩锅给领导，如果做不好的话很过意不去。

深夜，十一点，孩子睡着了，她睡在床上，与张女士逐字逐句探讨合同条款，用英语在微信群里争执。

顾丹凤与张女士说话，仿佛看到了张女士一双清泉般明亮的眼睛，她用朋友一样口吻说，从我们合作的长远来看，索赔的金额有点大了，难道一点不考虑今后的合作?

张女士轻柔说，我们老板已经考虑到。

顾丹凤说，我们的小麦质量你们是认可的。

张女士如实承认说，你们小麦质量确实好。

顾丹凤说，我给你同样的价格，麦子质量比加拿大和澳大利亚的质量又好，对你的用途更大。 像我们这种小麦磨成末，出粉率比澳麦高百分之十，品质非常过硬，价格又不高。

张女士说，这是我们喜欢的。

顾丹凤说，对你们来说，是新产品的开发，我们是在帮你们开发哈方的市场，中亚地区不是你们的传统采购地方，但是一个很好的补充渠道。

张女士笑了，说，你分析的情况很重要，我向老板汇报。

顾丹凤加重语气，进一步说，如果一旦加拿大市场出现大的问题，这个地方有这样的供应就多了一个采购渠道，所以我们的产品对你们来说是个非常好的支撑。

张女士说，我赞同你的看法。

顾丹凤仿佛看到张女士在微笑，提高声音说，再次，我们是中哈基地，未来的物流通道是由我们控制的，如果这个业务我们真的按照对方的要求赔偿，那后续我们可能就不合作了，如果对方再从哈方买麦子，是绕不开我们这个通道的。虽然我们延迟交付了，但是对实际生产没有造成什么损失，所以你们应该考虑到这些综合因素，慎重一点索赔。

言谈中，最能看到一个人的内心。说话，是一个人的眼睛、神情、性格、气质、学养、品格；说话，看到一个人的丑与俊。

有胸怀的女人更精彩。

顾丹凤与张女士说话，看到了一股清新的风，是一个职业经理人可敬可佩、姣好的面容。在连云港职业经理人比较专业的人比较少，毕竟小城市，新加坡大集团的张女士带给顾丹凤一个震撼。尽管她隔着浩瀚的大海，是打工的，但是很敬业，也很专业，非常具有职业精神。

商业就是商业，张女士说到索赔，不遮不掩，直接提出来，不讲一点人情，当顾丹凤提得有道理时，她也认可，说考虑这个意见，并给你一个比较折中的方法。

张女士对顾丹凤交底说，老板的心情比较复杂，我尽自己最大的努力做了，如果真的有很大额的索赔，还是老板拍板。

人生是一种无法抗拒的前进。刘斌要在风浪中颠簸前进，新加坡的老板也要在生活道路上颠扑着前进。

进入四月了，第一单五千吨小麦全部交完，新加坡采购中心象征性地索赔了两千多美金。

索赔要签字，刘斌要签，帝玛希也要签。刘斌拿起笔来，铁划银钩，很快写好了。帝玛希拿起笔，手不停地抖颤着，写不了字。刘斌心想，他是心里在发抖，哈方人嘛，索赔也有一份责任，举笔岂能不沉重！刘斌呵呵一笑，摆了摆手，把哈方人的内疚全揽了过来，没事似的说，中哈人都出力了，大家问心无愧。帝总，放松一点，签了吧。

姿态，很重要，一个人的韧劲尽在其中。

强者，也有柔软的地方。刘斌的抖颤装在心底。但他想得敞亮，失去了东西，失去的往往又成了财富。他与员工们进行了一场心贴心的真诚的交流，他说，这次挫折，血淋淋的，也是交学费，中哈基地每个人都要永远记住！哈方小麦运行是在朝好的方向发展，对外宣传看到的都是光亮，又是第几班列，又是常态化，又是哪个领导人来剪彩，我们在人前人后都有荣誉感、自豪感。但我们不能都看到上电视的光彩，也要看到班列运行中充满的艰辛和风险。现在看到，我们的工作并不十分完美，还有大缺陷，与哈方磨合不够，做大的运量思想准备不够，缺少哈方的运输跟踪信息，没有考虑到不同的时间节点和环境上不同的变化程度，缺少做国际贸易的经验，没有在贸易合同的商谈和运输上面留一些更多的后手……

没有一个人吭声，甚至连轻微的咳嗽声都听不见，大家望着面前的刘斌，望着这位勇者、强者，望着这位在困难面前不会弯腰、皱眉，没有一句孬话，有着一身胆气，迎难而上的刘总，听着他从内心里掏出来的发热、发烫的话语。

只有经历过酸甜苦辣的人，才会对一个企业的当家人投去敬意的目光，只要有他在，他们就会有饭吃，有颜面，有荣誉，有自豪！

刘斌的每一句话，迸溅着火星，烫着大家的额头、脸面、五脏六腑，烫得心惊、心重，烫得抬不起头来。

刘斌又说，挫折教会我们做国际贸易，交一点学费又何尝不是好事！ 大家说，这个学费交得冤枉不冤枉，是值得还是不值得?

大家从沉重中抬起头，张开嘴巴，用力喊出同一个响亮的声音，值得!

集团领导看到了处在风暴中的刘斌，给了他奋斗的力量，说，既然已经开始做了，就一定要把它做好，在这个大通道上到底要做哪些事，要有自己的定位。

苦难中的执着，随着跋涉的时间愈发坚定。

三月，刘斌又签了一万六千吨的合同，五月份向越南发出第一批小麦，这批小麦的合同也有延期，但比五千吨的合同好了很多。 因为第一单做得不利索，留下了阴影，新加坡、越南商人借着这个机会来压价。 商人嘛就是这样。

连续几个月，刘斌回到家中，经常收到投诉邮件，弄得内心里疙疙瘩瘩的不舒服。

顾丹凤在家里也收到投诉邮件，心里时常不好过，打乱了正常生活。 往常，她在家里有着独立的空间，工作归工作，回到家还是贤妻良母，干完家务活，看看书，陪孩子读读书，做做运动，只要别人不打扰，她不会乱发脾气的。

她没法回避投诉邮件。 有一天，顾丹凤开车回家路上，收到一个邮件，是五千吨合同的执行情况，还有运输计划。 这时，哈方人刚上班，顾丹凤不顾家里老少肚子饿，坐下身子回复邮件，告诉对方这个过程她是如何完成的，内容具体详细，哈方要某月某日出一列班列，到连云港是某月某日，到越南是某月某日，交代得一清二楚，他们才算相信完成了订单。

久而久之，顾丹凤养成了一个“坏毛病”，别人对她说她能做什么，她就要问人家，你是怎么做的呢？ 怎么才能证明你行？ 不然我没法相信。

刘斌听到了，就说，行就行呗，还非得问别人怎么做啥啥？

顾丹凤说，没办法，我现在是职业神经毛病，受你们领导影响的结果。

第十二章　捧起一捧雪晓得小麦的收成

不得不推迟的订婚

哈萨克斯坦小麦销往东南亚的大门已被叩开，哈方铁路快运公司原有的运输模式已经被打破，现在，很多车皮和箱子围绕着哈方小麦到中国连云港，后面能不能保证小麦源源不断地供给在打转。

刘斌放下了手头事情，带着达尔汉到哈萨克斯坦一个叫库斯塔奈最大种植基地扎尔肯特的地方看小麦。

库斯塔奈是丹尼的老家，刘斌看到这里的山山水水都有一种特别的亲切感，像有一个亲戚住在这儿。

二〇一八年三月八日晚上，达尔汉开着自家的车，带着刘斌到了库斯塔奈。

第二天的路上，刘斌想起昨天看到的新奇情景：国际三八妇女节前夕的下午，哈方男人个个像过节似的捧着鲜花，买着大包小包的穿的、吃的东西，带着满脸喜气，往家里赶。他冲着达尔汉不解地问，三八节是妇女的事，你们国家的男人为什么都朝家里赶？

达尔汉快乐地笑着说，刘总，你不懂我们国家风情了，在我们这里，三八节相当于是中国的春节，全国都放假，男人也要放假。

刘斌嘴角含笑说，你们国家太尊重女性了，男人可沾大光彩了。

达尔汉咧开嘴笑道，是这样，就在今天，阿拉木图市交警拦下部分女司机驾驶的汽车，向她们赠送献花，所有女司机的轻微违章一律免于处罚，因为女性是美的化身，是家庭和社会生活的可靠依托。

刘斌说，我们国家三八节，妇女放假半天，自娱自乐，男的什么光彩也沾不上。

达尔汉笑了笑说，在中国三年，我全看见了，你们国家和我们国家的三八节不一样。其实，世界上除了“三八”以外，还有许多专属女性的节日，瑞士有的地方有“妇女掌权日”，妇女可以掌权四天，家里大小事务全由她们说了算；西班牙有“女市长节”，当天，由妇女主持市政公务，发号施令，男人如违抗，就会被公众群起攻之。

刘斌眼边荡起笑意，随着扩展成满脸春风，带着笑声说，很多国家不如中国尊重妇女，我们毛泽东主席几十年前就说了，妇女能顶半边天。

达尔汉说，我知道、知道，中国妇女在中国地位确实很高，男女平等。

蓦地，刘斌想起今天该是达尔汉的休息时间，连连歉意地说，我忘了，今天你该放假，在家陪爱人，可我稀里糊涂的，怎么拖你到这个地方来。

达尔汉说，我现在是在中国工作，跟着你干活，就要听你的，按照中国的习惯、节奏来生活。再说，这是我们国家的大事，个人放假算什么。

刘斌说，你爱人会说我剥夺了你的休息时间。

达尔汉乐融融地说，不会的，自从我到中哈基地，她就常说我是属于国家的人。

库斯塔奈正在不紧不慢地飘洒雪花，白茫茫一片。雪花不大，宛如一只只小蝴蝶，布满天空，乱飞乱舞。

刘斌让达尔汉停住车，走下来，捧起一捧雪，是干雪，那边下的都是干雪，很难捧起来的那种干沙沙的雪。他用脸靠了下雪，嘴含了口雪，凉凉的，带着泥土的气味，一阵醉人的快乐浸透了心，感受到了库斯塔奈这雪的精灵将要带来的小麦丰收的喜气。

刘斌身上落着雪花，用嘴轻轻一吹，雪花逃之夭夭。他像在中国一样，看见雨下大了，担心雨水淹了农村地里的庄稼，冬天看不见下雪，操心农村地里的小麦会不会在春天少雨时被旱死。他看见这里下雪，又操心起眼前的雪能下多久多大。是呀，天地孕育万物，这里是哈萨克斯坦主产小麦的地区。不是靠灌溉和浇水，而是靠雪下的厚度，融化到地里给小麦带去水分。如果说雪下得不大，量小了，水分不足，今年小麦苗情就不会很好，颗粒不会饱满，产量不会很高，会减产。雪的厚度越厚，小麦的产量越好。

刘斌捧起雪，很快估量出他们今年的运量会有多少，心里暗暗地安排每个月、每个季度和全年的生产计划。

好操心的刘斌，只知道朝前走，所做的事不是为了给别人看，而是为了不负自己的心。

库斯塔奈靠近俄罗斯，城市不大，但是一进城市，有一个高高的标志物，是麦穗，像连云港市中心龙河广场上的几个汽车站服务员助人为乐拉“雷锋车”铜雕，惹人眼目。这个小城，离阿斯塔纳有几百公里的路。

帝玛希从阿拉木图赶来了。前段时间，他放假回到家中，要和女朋友订婚。在哈萨克斯坦，男女青年订婚是大事，都要放假。刘斌是勉强带他来的，他和女朋友订婚，是一辈子的大事，他怎能同意帝玛希跟着去扎尔肯特种植基地！ 刘斌看到帝玛希家里人从阿拉木图一直给他打电话，帝玛希反反复复地解释，有时还发火了。 刘斌心想，当父母的都是操心的命，他感受到帝玛希父母焦灼的心情，巴望儿子能早点回去的心情。 帝玛希珍惜难得的机会，没有放弃。 新的市场拓展，对于他来说是第一回，格外地新鲜，他不懂，很想学，跟着刘斌在自己的国家种植基地能接受手把手的训练，更是机会难得。 他心里埋怨父母，只知道订婚、儿媳妇早进家门、全家人团聚，一点不为儿子日后事业的发展考虑……

刘斌就说，帝总，不要让家里人烦心，你不用去，回阿拉木图准备订婚吧。

帝玛希说，来得及，只要那天上午赶到家就行。

刘斌说，你父母能同意?

帝玛希说，他们主要听我意见，知道跟刘总出来考察，也说机会难得。

刘斌说，你女朋友没意见?

帝玛希听了，心头一热，想起女朋友举双手支持他到库斯塔奈，就说，她是一个心胸豁达的人，赞成我出来。

刘斌看他横竖想去，内心想，只要不耽误他的事，去了也是没问题。 他说，只要你想学，我带着你学，弄通这方面业务。

库斯塔奈通往扎尔肯特种植基地的路，有一段像中国宁夏、青海那一带的路，白雪遮盖下，远山是白的，土地是白的，河流是白的，神奇、轻盈、银亮，莽莽苍苍，无边无际。 柏油公路却不是白的，大风小风刮来刮去，干燥的雪花不等落地，已被吹走了。 公路虽宽阔平坦，两边房舍人家却很少，车辆很少，行人也很少，给这块神秘的大地带来了一片宁静。

轿车拐入城市和乡村之间的乡际公路行驶，路上有些雪，散布有车辙，不时有放养的牛群、羊群过来。达尔汉是好把式，不管路况如何复杂，他都能把车开得得心应手，尽管这样，也有猛然的连续刹车。有一群牛过来，达尔汉打了一把方向，紧急变道，差一点就和牛撞上了。

从阿斯塔纳到扎尔肯特种植基地农场，大约有一百五十公里左右的路。

一个上午，刘斌在扎尔肯特走了三家种植基地。这地方偏僻，很多人家都搬到城市去了，剩下的人家里，留有种地的人，也就是守场的人。这些相当于中国农民分田到户、一家一户式的农场，在庄稼收割的时候，他们会形成一个联盟，大家联合起来，发挥各人优势，有收割的人，有跑市场卖小麦的人。他们一般把粮食在哈萨克斯坦国内卖，卖到面粉厂，还有一个就是往西南方向出口，朝土耳其、伊朗、阿富汗出口。

从进农场的第一刻起，一股暖暖的热流，在刘斌胸膛里涌来涌去。农场主知道刘斌他们是来看小麦，想把他们的小麦往东南亚出口，十分激动，把他们当成了最好的客人，一遍遍地大声喊道，中国客人把这里当你家!

刘斌遇到了一个中国人，四十多岁，是个双学士研究生。他在哈萨克斯坦很多年了，娶了本地的老婆，生了三个小孩，现在把哈萨克斯坦的老婆培养成了双学士，专门在家里带小孩。他包了五千公顷土地，二百七十六美金一公顷，是私人农场，种小麦，租种时间五十到七十年。

刘斌和当地农场主一同坐下来，大碗喝茶，谈天说地，神聊起来。哈萨克斯坦不产茶，人却热爱喝茶，他们劝刘斌一杯接一杯地喝，不喝上几碗就似乎看不起主人。

刘斌兴奋地打量着他们，他们眼睛是黑色，伸出的手是黑色，脸上也被晒得黑黝黝的，甚至于场地上的一些农具，如锄头、镢头、耕地的耙子几乎都是黑色，这种黑色像脚下漫无边际的黑色土地。 刘斌心想，难怪小麦长得好，土地肥得流油！

刘斌觉得农场里里外外都有令人兴奋的地方，这些地方很偏，却很幸运，把电给送上了，靠着湖水，地里缺水时，随时用抽水机打水。

刘斌感觉到哈萨克斯坦农场主享受着大自然馈赠的幸福感，又感觉到这些农场主拥有这一块土地很不容易，离家、离城市那么遥远。 他们每年在大地，漫山遍野播下种子，不锄草，不撒化肥，不用农药，让小麦随心所欲地生长。 有的地方没湖没水，太阳辐射很强，靠天收小麦，一亩地才收两百多斤，遇到风雪冰雹等灾害，还会歉收。 刘斌从农场主人脸上的微笑、眼睛的闪亮、说话的语气中，看到种地的艰辛。

扎尔肯特的土地连绵起伏，看不到边际，泥土扑鼻的芬芳里飘浮着灰褐色的、难熬的气息。

刘斌在农场主家吃了一顿饭。 这是一户非常典型的哈萨克家庭，大部分人都到库斯塔奈上学工作，只有两个男人照看着庄稼地。

农场主一早杀了一只羊，敲开结冰的湖，钓来鱼烧汤，那种清水煮鱼汤。 他们把所有的食物排开，面包、黄油、各种糖果、沙拉，还有一些西红柿等蔬菜。

开吃啦！ 酱出来的大肉块有大半个手指这么厚，一大块一大块的；他们传统的食物“大笼包”，像中国的饺子，咬上一口，像没有汁的小笼包；哈萨克斯坦的国菜马肉、马奶和骆驼奶都端上来了，喝的是啤酒。

刘斌感觉到了哈萨克斯坦人大块吃肉、大口喝酒的一身豪气，心想，作为马背上的民族，他们和马的缘分深厚，马奶、骆驼奶在他们眼中是世界上最好吃、最贵重的东西。

农场主是商人，但是跟农民一样都是农民，靠着土地而活着。

他们像土地一般实在，跟你答应的小麦质量是什么样就是什么样，不讨价还价，不斤斤计较，不虚与委蛇，把自己粮食的优点和缺陷一点不遮掩，原原本本地讲出来。

刘斌向他们说起中国农民怎样种庄稼，说得高兴，四方的紫膛脸上泛着红光。他说，中国地盘太大，比你们哈萨克斯坦要大得多了，北方下雪时，南方正开花，北方温度低不适合种水稻，南方温度高不适合种小麦。南方农村一年四季能种好几次水稻，纬度低，多低山，丘陵地势起伏小，太阳光照条件好，水稻生长需要的温度都具备，另外，降水多，河汊多，灌溉不缺水。北方产小麦，温度低，小麦容易成花芽，光照时间长，昼夜温差大，保证了小麦蛋白质形成。

农场主眨巴了几下不解的眼睛，说，我们哈萨克斯坦土地够大的，你们中国土地比我们还要大啊。

帝玛希拍拍他肩头，笑着说，中国确实很大，坐飞机从东飞到西要六七个小时哩。

刘斌对中国农村很了解，不少亲戚朋友在乡村里，小时候常去，长大了，还去，乡土是他的魂灵，不到田野间走走、站站、看看，呼吸一下泥土和庄稼的清新气息，浑身难受。他谈起农村怎样卖粮食，想法和别人不一样，把简单的晒麦看成是卖粮食最重要的一个环节，说没有好成色的小麦卖不出好价钱，有经验的农民从不选择在早上气温凉爽时摊麦，最好选择在上午十点钟左右，麦子要摊均匀，上晒下蒸，效果好。

农场主听得入神，像守望着自己那一望无际的小麦地，兴奋不已。

他们感受到了小麦对自己和全家人是命根子，意味着有小麦就是活着、存在着，在城市里能够无忧无虑地享受生活。

刘斌把想说的话都说了出来，说了中国网上粮食市场，这个平台为买卖双方省去了很多中间环节，不需要双方见面，在家里就可操作，质量有网上平台做保证。农场主的眼睛不离刘斌，心中掀起了热情的波涛。刘斌说，以前现场交易首先双方要认识，不认识就不能买卖，很不方便。网上卖粮，一改过去卖粮信息不对称、农民卖粮渠道少的现状，不仅少了中间环节，还直接带动农民增收，活跃了市场。中国网上粮食市场已经吸引了越来越多的合作方与客商参与，活动内容越来越丰富务实。

帝玛希、达尔汉第一次听到这些新鲜事情，兴奋地看着自己的老总，耳目一新，心情欢畅，轮流做翻译。

刘斌心里闪耀着灿烂而快乐的火花，告诉农场主说，中国城市高速发展，农村主要男劳力都到城市当劳务工，田地里的事情几乎全部由妇女打理。小麦收割的时候，男人们都会赶回来，用几天时间抢收完自家的麦子，又当劳务工去，小麦晒干的事全留给妇女。中国农民种地又到城市打工赚钱，两不误，种地是祖上传下来，属于一种本分。他们种出的小麦，留下一点够全家人吃的，大都卖了，他们在外面干活能赚到更多的钱。

农场主听着，有时理解，就会点下头，不懂了，就会怔一下，蹙起眉头想些什么，转眼间点点头，眼里发亮，好像突然明白了。

刘斌的话，给农场主心里垒起了中国农村和农民一副朴实、带着泥土气味的形象。他说，中国不少农民都富起来了，腰包鼓鼓的，盖起了楼房，有三层、两层，洋气漂亮。农场主咧嘴发笑，刘斌问达尔汉，他们笑什么？达尔汉忍俊不禁地说，他们不知道腰包鼓鼓是什么意思。

刘斌自嘲地笑了，手拍着衣袋说，衣袋里装的钞票太多了。农场主和达尔汉、帝玛希都笑了。刘斌说，中国农民有好房子，常常用来装粮食，粮食太多了，没处盛放，只能放在屋里。逢到阴天下雨，时间一长，小麦容易生芽、发霉。他告诉农场主，防止小麦生芽、发霉最好的办法，是在雨季到来时间，能早播或晚播，使小麦成熟时避开雨季。

刘斌讲的中国农民和小麦的事情，农场主喜爱听，心里都接受。农民与农民，都是土地的儿女，他们把生命和命运都深深地埋进了土地。听着刘斌激情的讲话，农场主心中不停地想着与中国农民一样终年在土地上耕地、播种、浇水，想着手上磨砺出的老茧、被阳光晒黑的脸庞、被汗水冲刷出来的额头上一条条粗深的纹沟……

刘斌又跟农场主谈今后运粮食的工具会有什么变化，说现在集装箱运输是人朝里搬运粮食，出力流汗，速度慢，效率低，一定要变成机械化，能省力省事，速度快，效率高，科学又合理。他说到怎样变成机械化时，特别具体、细致，不是那种只好听、不实用，或者做不到、云里雾里地一通乱侃的大话。他怕农场主听不懂、不理解，还用手比画机械的模样。他想把中哈基地的换装机能照样子“克隆”过来，做散装，那架子用千斤顶顶起来，顶到一个角度之后，皮带机可以把小麦直接运进去，关上箱门，这样箱子就不会掉落。扎尔肯特农场主现在没有先进的工艺，刘斌想把先进的工艺教给他们。他跟农场主讲，中国有很多德国、美国那种大型农业机械，但是中国机械的价格要比德国、美国便宜不少，可以一次收割二十八米、三十二米，包括播种、浇水、施肥、收割、收割后的加工。他把中国先进的农业制造业的技术毫无保留地告诉他们，一点一点地介绍、推广。他的讲话声音或高或低，或快或慢，或风趣搞笑，好像有一股暖和的风，掠过农场主的心头！

农场主提出来，能不能帮我们买一些这样的设备过来？

刘斌说，我给你们说这些，就是想给你们做的。

农场主家里有小麦面粉厂，加工的面粉都是卖给国内。刘斌用商人的眼光，谈到了正在把中国产品运到哈萨克斯坦来卖，把哈萨克斯坦面粉运到中国来卖。他用两个手指捏着一点面粉，细细搓着，夸奖说，今年过春节，我们单位每个人都拿着你们国家的面粉回家，都说包饺子有劲道、好吃，我母亲就喜欢用你们国家的面粉包饺子、包包子、擀面条、裹春卷。

农场主听得开心大笑起来，笑出了声，好像刘斌在夸他的面粉加工得好。

刘斌在经商渠道上比农场主见得多，思路更加开阔，想法更加精明。他问他们说，怎么没有把面粉出口呢?

农场主神情变了，焦急得脸上有点变形，说，怎么没想，天天想啊，可找不到门路，没办法。

刘斌说，我帮你们。

农场主喜欢得差一点蹦跳起来，搂抱住刘斌说，感谢你，真的这样吗?

刘斌说，真的，那还能假吗? 他用手指着帝玛希、达尔汉说，你问他们看看，他俩是哈萨克斯坦人。

帝玛希笑着说，真的，刘总来这里就是为你们卖小麦想办法的。

刘斌看了小麦面粉包装说，现在包装不行，要改，好面粉要有好包装，才能出口东南亚。

接着，刘斌谈起面粉包装，俨如一个经营多年的面粉商人，头头是道地说，过去东南亚人都在家里蒸馒头、烙饼、擀面，用的面粉都是五十斤包装；现在街上饭馆多了，卖主食的也多了，人们都下馆子，叫外卖，买馒头、饼和鲜面条，家里用的面粉少了，包装也从五十斤变成了十斤，甚至更小。

农场主听得连连点头，高兴地笑了，嘴里露出了洁白整齐的牙齿。

下午，雪停了，西斜的阳光照在雪地上，宛若一块用金丝线编织出来的金色地毯。

刘斌脸庞映着阳光，闪着古铜色的光彩，他提出来，到小麦发运点去看看。

帝玛希一听，像火烧着了眉毛，说，来不及了，我们还要赶回阿斯塔纳呢。

达尔汉也担心说，下雪天，怕路上不好走。

刘斌坐进车子，拍了拍坐在驾驶位置上的达尔汉肩膀说，走！ 到发运点，一天不去，心里就会想着。

在小麦发运点，平时小麦常常出现亏吨现象，十吨小麦会变成九吨八。

刘斌和农场主他们一起赶到发运点现场。 农场主在又笨又重的轨道衡上走了走，很委屈地说，我们查看很多次，不知道什么原因造成的亏吨。

轨道衡，用于工厂、矿山、冶金、外贸和铁路部门对货车散装货物的称量，准确度很高、性能稳定、经济实用。

刘斌一会儿弯腰看轨道衡与地面碰接间的缝隙，一会儿埋头看称重传感器，他嫌戴手套碍事，脱下来，光着手，一点点抠出轨道衡与地面碰接间的结冰，那一副专注神情，活像猫粘上了老鼠，用鼻子嗅它的踪迹。

他对农场主说，会不会是下雪结上冰导致称不准?

农场主用手拍着脑门说，有道理，我怎么就没想到！

达尔汉说，你要是也想到，那就成了我们刘总。

清理掉轨道衡上的冰和雪，开上来一辆载重车，一试，斤重准确无误。农场主高兴地喊起来，灵了，不差一点。

刘斌揩着手上的油污，说，今后要形成制度，冬天要把清理冰雪作为一个工作流程。

农场主咧开嘴，直是笑。

雪后的风贴着地皮微微地飞，冷得刺骨。阳光下，湖边稀疏的树上雪枝冰挂，华光闪烁。回去的路上，刘斌睡着了。达尔汉把车子开得很稳，生怕不小心颠醒了刘斌。帝玛希轻轻呼吸着，两耳静静地听着车子飞驰发出的呼啸声。是呀，刘斌累了，太累了，他不停地思考、操心、奔跑，弄得心累、身累！这一阵，他也许正在梦中扑向雪花飘扬的哈萨克斯坦大地，踩踏着厚厚的白雪，捧着雪，走进农场主的家，与他们笑着倾心交谈哩。

帝玛希依稀看到了刘斌的心灵影像。

九日的傍晚，暮色已浓，车子刚进阿斯塔纳，帝玛希家里的电话一个接一个追来了。

他们问道，你在哪儿？

他们接着问，现在到什么地方了？几点能到阿拉木图？

他们语气急促地说，全家都要焦急死了，你知道女方家里人会怎么想吗？要赶快回来啊！

帝玛希碍着刘斌、达尔汉在面前，没好意思对家里人发脾气，憋着火，瓮声瓮气说，我是在工作，不是出来旅游，我自己的终身大事，怎能不放在心上？不要再多说了，我在时间上会把握好的。

女朋友也来了一个电话，明天订婚还是如期进行吗？阿拉木图雪下得很大，阿斯塔纳雪下得大吗？天晚了，路上容易结冰，开车慢点。

帝玛希换了口气，像哄小孩子一样柔和地回着话，不会耽误的，放心，十二点前到家。 阿斯塔纳下雪不大，路上风景可好了，你要看了，准会激动得跳起来……

刘斌像欣赏音乐，听了帝玛希的情话，嬉笑说，帝总，女朋友很关心你呐，不错，知疼知热的爱人。

达尔汉图个热闹说，帝总，女朋友如果生了气，明天不去订婚怎么办，那煮熟的鸭子就飞了。

帝玛希神情正经地说，不会的，我了解她，她是个好姑娘。

车子开得不快，车内一阵热闹的嬉笑、一阵无声无息的肃静。

车子碾着什么了，猛地颠簸一下，刘斌、帝玛希惊骇地“哦”一声。 达尔汉正要道歉一声“对不起”，这时，帝玛希恍然想起一桩大事，抢过话来，对刘斌急切地说，刘总，我今年八月十一日要举行婚礼了，你到时能来阿拉木图出席吗？ 若能光临，我们全家将不胜荣幸。

刘斌说，只要时间不冲突，我一定来祝福。

帝玛希脸上挂着喜悦的神采，用不容置疑的语气说，一定要来，你是我最贵重的嘉宾。

刘斌痛快地说，一定来。

帝玛希伸出手和刘斌碰拳，表达一种暖意的约定。

刘斌心中油然升起一种情感，只要时间允许一定赶来参加帝玛希的婚礼，这是他的人生大事，也是我们中哈基地大喜事，万一有事实在来不了，我和公司员工要做个祝福的视频送给他。 我们虽然分别在两个国家，远隔万里，但我们之间建立起来的感情情深意长……

三个人心里暖暖地抵达阿斯塔纳。

帝玛希归心似箭，十日赶到家里，可还是迟了，订婚不得不推迟。婚庆公司忙着三八节和其他活动，没有太多的时间顾及他的订婚，也误以为他这么长时间没有打电话联系，估计不用他们婚庆公司了，取消了这个订婚仪式……

来中国做最后一拼

叶子飞走，不是树的无情，而是天不挽留。国内一个年轻诗人的诗作，拨动了我的心弦，改了两个字，这样形容萨吾特离开中国、离开刘斌：不是此地、此人无情，而是老天弄人、不挽留。

刘斌又给萨吾特拨响了手机。

山在，水在，人常在。刘斌心里丢不下遭遇苦难的好朋友萨吾特，还想看到他的笑容，听到他轻松、愉快的谈笑声。

从萨吾特孩子生病开始，好几个月了，刘斌让萨吾特专心陪孩子治疗，所有工作都是他和同事们担着，只要不是大的事情都不去麻烦他。

萨吾特心情不好，一段时间戒掉了烟，一段时间抽好多烟，反复无常。刘斌到阿斯塔纳，没有忘记他喜欢中国的酒，用他妻子的话说，萨总就喜欢喝中国的白酒，他都是给他带两条烟、两瓶酒。刘斌常给萨吾特打电话，发微信，不好意思直接问小孩的病怎样了，变着花样问，比如问，你人在阿斯塔纳，还是在土耳其？如果他说是在土耳其，就知道他带着孩子治疗嘛。还问，萨总，你精神怎么样？如果他说，精神不好，那小孩的情况就不是太好嘛。刘斌都是通过这样打擦边球的方式去关注萨吾特和孩子。萨吾特什么都告诉刘斌，他说，孩子在阿斯塔纳医院做了骨髓穿刺，后来到土耳其治疗，还去过德国，但主要还是在土耳其治疗。哈方铁路快运公司的有些人和刘斌讲，孩子情况危险的时候，他们还组织过捐款，主要是朋友之间。刘斌问过萨吾特，中哈基地要不要组织捐款，他说不用。刘斌，集团领导丁锐、朱向阳、冯志都想着萨吾特和孩子，他们都有爱心，从精神、物质上体现了中国人的一种情怀。

二〇一五年七月，哈方国有铁路公司领导要为哈萨克斯坦国家领导人来连云港出席活动提前查看中哈基地。刘斌对萨吾特说，哈方重要的事你在国内联系，中国这边的事，我都接下来。

这个时候，哈方铁路快运公司有些人找萨吾特麻烦了，说，你看你不去上班，领导人马上到中国那边去了，你不在现场怎么办？

萨吾特说，那边现场接待准备好了。

有些人不喜欢听萨吾特解释。

哪儿都有小人，哈方铁路快运公司也有背后尽挑萨吾特刺的人。

从哈方国有铁路公司领导人来到连云港，再离开，一切安排，落实得妥妥当当的。

有些人还“惦记”着萨吾特，就提出来，他不在连云港上班，应该换人。

刘斌挺着胸膛对哈方国有铁路公司高层领导人坚持着说，我允许萨总在哈方国内带孩子治疗，有很多工作都是他联系做的，该做的一点没少做。

刚正的人怎能容得眼里揉沙子。萨吾特听到有人在背后说的话，心里不好过，再看看小孩遥遥无期的治疗，在电话里对刘斌低沉地说，要不这样，我辞职吧。

刘斌说，不行。

萨吾特说，不能让你担这些责任，我带孩子看病，无怨无悔。

刘斌说，你先带孩子看病，撑到最后再说。

萨吾特说，我的话请你考虑。

刘斌说，不用考虑，是人都有同情心。

哈方国家领导人来了，所有的接待工作做得井井有条，滴水不漏，非常棒。领导人看了中哈基地里堆的一万多个箱子，开心得笑语不断，还不断用自己的手机自拍。

这个时候，还是有人想起萨吾特，觉得国家领导人来了，他都不在，应该换回国内。

“万山不许一溪奔”，怎能这样对待重情重义的萨总？萨总是暂时遇到难处，是人都难保不遇上天灾人祸。刘斌看不过去，同情苦海中的萨吾特，以感同身受的情感帮着说话，据理力争。

可惜，一己之力，声音微弱，没有阻挡住萨吾特这片“树叶”落下、飘走。

悲悯，人间苦难中一种博大的爱。

萨吾特记住了刘斌，点点滴滴在心头。他在刘斌身上看到了大海的情怀，看到了大海的开阔、责任、担当，看他像哈萨克斯坦内陆高原一片苍茫厚重的土地一样，在料峭、飒飒的风中张扬着坚韧不拔的生命力。

坚持和忍受过折磨的同路人心与心是相通的。中哈基地召开年度职工大会，大家都很想念萨吾特，萨吾特也想他们，他让刘斌在会上代表他对大家表示感谢，还和刘斌开玩笑说，想吃中哈基地食堂做的菜，想吃连云港的海鲜。

这话，让刘斌乐出了泪花儿。他想起萨吾特好吃肉，学着萨吾特说过的话闹乐说，刘总，你要是想叫我喝酒，先给我弄碗肉吃吃，没有肉不喝酒。

萨吾特不能选择在中国，不能与刘斌在一起分享出力流汗的收获，但他尽力展现笑容。二〇一五年十二月，连云港中哈基地获得江苏省国际友人团队唯一的团体奖，在正式颁奖典礼前，刘斌打电话给萨吾特，问，能不能来？

萨吾特回话中带着痛苦，他说，我是想来的，如果孩子情况稳定的话。

刘斌做了两手准备，万一来不了，录他一段讲话，于是叮嘱说，如果万一来不了，你需要讲几句话，把对于团队的关爱、祝愿做一个表达。

那天颁奖典礼，萨吾特录音讲话很好，十分动情。他说，因为特殊的原因，很遗憾不能到现场参加颁奖典礼活动。感谢江苏省委、省政府给予中哈基地团队的荣誉，很想念连云港这个令人难忘的城市，很想早日回到中哈基地工作。

二〇一七年年初，天上下大雪，刘斌在哈方铁路快运公司参加会议，萨吾特知道了，专门赶到铁路快运公司大楼看望。刘斌说，我这一阵谈话走不开。萨吾特说，我可以等你。刘斌说，谈话可能要到中午，你要没别的事先去忙，到时我们再联系。萨吾特点点头，离开了。刘斌以为他走了，可谈话结束后，看到他还在走廊里，走来走去，等了两个多小时……

萨吾特想着中国，想着刘斌，想着中哈基地的人，想着那里的发展。他怀揣祖国，想着怎样帮祖国做点事，愿意把自己办事的能量全部献给国家，肝脑涂地，在所不惜。他和刘斌一样，朋友之间的感情，已上升到为国家做事的感情。

真正的友情不容易被岁月稀释。

二〇一八年四月，萨吾特给刘斌打电话，说请帮个忙，了解一下深圳一个研究所，是治疗白血病的。他说这个研究所是他通过网上查到的，这个研究所让他把钱打到台湾的一个账户上，十万人民币，然后来了再治疗。

刘斌是他的“高参”，可信赖的人。他接了电话，直觉告诉他，萨吾特孩子情况不妙。

他请朋友在深圳调查这家研究所，凭多年“闯荡江湖”的历练，直觉告诉他，研究所靠不住。他直接给“吹”了。

几天后，萨吾特又来电话，相当于向刘斌发了SOS求救，说话的声音特别沙哑，第一句话喊“老刘”。刘斌听了，心一跳，坏了，果然小孩情况不太好。

萨吾特说，老刘，你能不能帮我一下，来中国做最后一拼，小孩很危险，我还是要再拼一下，不论结果怎么样，我都要来。

刘斌说，没问题。

萨吾特说，我有点后悔，当时没听你的话，在中国接受治疗就好了。现在，我想来上海儿童医院和医学中心。

朱向阳知道了，第一时间和市卫生局通了电话，连云港这边说没有问题，表示会全力开启连云港市这条生命专线。

第二天一早，连云港把函发到了上海。次日，上海回复了，接受萨吾特孩子治疗，中哈基地特意派人和车去上海帮助。

到上海后，萨吾特又犯了脾气，医生说的三句话稍不合意，火气蹿上来，谁也挡不住，抱着小孩，要连夜开车去苏州儿童医院。还好，刘斌的话他听了。

他带着孩子在苏州和上海看病，是萨吾特最艰难、心疼的日子，孩子随时随地都有可能走掉。他痛苦得说不出话，泪水也流干了，只有不断给刘斌拨电话，仿佛孩子的生命攥在他手中。

刘斌说了多少安慰的话记不清了，眼睛里潮湿过多少回数不过来了。刘斌的手机通话时间太长，热得烫手，嘴里直是说，我手里的事一结束就赶去看你……

别哭！坚持亦是一种胜利。这是一句安慰的话，却挡不住泪水决堤一般淹没眼睛。

孩子还是走了。

人生旅途说是短促，有时竟觉得不知哪里是个头，说是漫长，可常常不觉间就到了头。

刘斌赶到上海，搂住萨吾特说，我希望你能快点振作起来，看到你像我们第一次见面那样阳光……

第十三章　好事是奋斗出来的

新疆霍尔果斯是个什么样的地方?

我没去过，但很早就知道，蒙古语里霍尔果斯是“驼队经过的地方”，是驼队歇脚的驿站。霍尔果斯的美利奴羊、新疆细毛羊、霍尔果斯粉汤、纳仁、伊犁抓饭都非常有名气。纳仁，又叫手抓肉，用现宰的连骨羊肉切成十二块，加上燎洗干净的羊头煮成汤。汤内放盐，调味。肉取出后，用原汁肉汤煮面条、面片，捞出装盘，把肉放在面条上……

《连云港日报》上的一篇文章把我带进了霍尔果斯：在中哈边界，霍尔果斯国际边境合作中心……不到六平方公里的区域里，每天聚集着三万多的人流量，汉语、哈萨克语、俄罗斯语在这里交流碰撞。早上，大批哈萨克斯坦商贩涌向这里，购买成包的中国服装、日用品回国贩卖。各种免税店里，顾客川流不息。谢里安娜和她的妹妹都是阿斯塔纳大学的学生，每年暑假期间，姐妹俩都要到这个化妆品免税店兼职做售货员。一个月下来，能有一千五百美元的可观收入。她们销售的这些韩国化妆品非常受哈萨克斯坦百姓欢迎，而其中大部分都是通过中亚班列从连云港运送过来的。

免税店售货员谢里安娜说，韩国的化妆品和电子产品远道而来，质量也不错，在哈萨克斯坦是高档的产品，在这里价格有优惠，每天我都要卖出去一万多块钱。

在距离霍尔果斯国际边境合作中心十五公里外，东门经济特区正在崛起。这个在荒地上长出来的特区，仿照的就是深圳模式。特区占地二十多平方公里，集仓储、物流、贸易加工于一体，将是未来承接中国和哈萨克斯坦工业投资的重要载体。东门经济特区公司副总经理德鲁尔达诺夫是哈方专门从香港挖来的职业经理人。

……

信念有多长，脚下的路就有多远。

刘斌宽广的心胸，时时装着哈方的运价代码，一颗牵挂着中哈两个国家的心，一个裹挟着事业奔跑的总经理，怎能不想着把中哈市场的命运牢牢地掌握在自己手中！他要在新亚欧大陆桥上奔跑中做到心里更有底气，更有纵横驰骋、决胜千里的实力！

这么多年，哈方一直没有松口运价代码，平时中途给中哈基地的价格接近于市场价，很多个体户比他们拿的价格还要低。二〇一七年秋天举办连云港博览会期间，中哈双方会谈的时候，刘斌提出来，我们拿的境外代码价格有点高了，很多个体户拿得比我们低，做全程物流在市场上没有优势，缺少竞争力。

已做了哈方国有铁路公司一把手的阿尔皮斯巴耶夫总裁愣住了，说，还有这事？

有同行人“噗哧”笑了，说，刘斌，你拿不到的，哈萨克斯坦在中国只有这一份代码，怎么可能拿到？

刘斌笑笑说，代码不能拿到，难道还不能想想吗？

被人点到了要害，刘斌的心像被戳了一下。他怎能不知道，运价代码一直在哈方驻新疆乌鲁木齐办事处手中，想拿到它有点像“火中取栗”。他不是孙悟空，能钻进铁扇公主的肚子里，拿到芭蕉扇，扑熄火焰山。想到火焰山，他心里一乐，喃喃自语道，滑稽，有意思，这火焰山就在新疆，离霍尔果斯没有多远，那山真的像火，土都是红的。他心情复杂，很有时空交错的感觉，现在自己就要过“火焰山”了……

怎样过“火焰山”？刘斌又是怎样想的？

刘斌对自己要做的事，从来没有怀疑过，做不了最好，可以做得更好嘛。他有自己的底牌，这些年，中哈基地做得有了一定的实力，班列频繁往返中哈之间，哈方的小麦被一次次通过连云港卖到东南亚，不久还要在东门无水港建设粮食筒仓，用灌装式来运输……市场上凭实力说话，谁做得大了、强了，谁就有话语权。运价代码就是一种话语权，迟早要拿到自己手中。

他又想起武侠小说中的“华山论剑”。他喜欢金庸、古龙、梁羽生这三剑客的小说，读了荡气回肠，手难释卷。他不喜欢有的人说武侠小说是瞎想瞎编，迎合一些“低层次”人的口味。他说，谁说武侠小说“低层次”，那谁就是低层次，金庸他们的小说写的是真善美，写的是英雄，英雄的气节、情操、人格，英雄的爱国，英雄创造的历史，写的是手中无剑，心中有剑，无招胜有招，给人一种厚重、深远的文化……

刘斌要当《射雕英雄传》中的郭靖，多情多义，爱国、爱民；他要做电视剧《亮剑》中的李云龙团长，是个大英雄，一身血性，一身剑气，说亮剑就亮剑，纵然是“火焰山”，也要闯一闯！

有人说，两个国家的事情，大大小小一箩筐，一只手拍不出掌声来。

刘斌豪壮地说，一只手也能拍出掌声来。世上没有现存的好事等着人去捡起，要靠爬坡砥砺，奋斗出来。

他对人说了一件网上看到的事，特别给力：

在一九五四年之前，四分钟之内跑完一英里被认为是不可能的。

医生、生物学家进行实验，并用结果科学地证明，人类不可能在四分钟之内跑完一英里。但罗格·班尼斯特说，“四分钟跑完一英里完全是有可能的，根本不存在什么人类极限，我可以做给你们看。”说这话的时候，他是牛津大学的医学博士，他也擅长长跑，是顶尖的运动员，但是离四分钟跑完一英里还是有距离的，他的最好成绩是四分十二秒，所以自然没有人把他的话当真。但是罗格·班尼斯特坚持刻苦训练，而且有了进步，他突破了四分十秒、四分五秒、四分两秒，接下来就没有再突破，像其他人一样，无法再低于四分两秒了。但他坚持训练。直到一九五四年五月六日，在他的母校牛津大学，罗格·班尼斯特用了三分五十九秒跑完了一英里，一下子就轰动了：“科学遭到挑战！”“医生遭到挑战！”“将不可能变为可能！”

六周后，澳大利亚运动员约翰·兰迪跑完一英里用了三分五十七点九秒。接下来的第二年，有三十七名运动员都在四分钟之内跑完了一英里。

这个故事，仿佛清亮的泉水在刘斌心中汩汩地歌唱，翻卷起浪花，让他看到从荆棘丛中踩出来的一条路，有登上山巅的希望。

刘斌出生在上个世纪六十年代，那个年代的人曾经背过无数遍伟人毛主席的话，“世上无难事，只要肯登攀”。今天，伟人的话像是一股血液在刘斌身上流淌、沸腾，他要登攀，肯登攀，拿到运价代码，一个月不行，用两个月；半年不行，用一年；一年不行，用两年，反正要接近目标。

在丁锐、朱向阳的一次次注视、关心、斡旋中，运价代码在松动、改变。

奇迹都是发生在意料之外。

二〇一八年六月六日，夜里九点钟左右，北京海淀区西直门外上园村，北京交通大学宾馆的一个房间里，朱向阳和刘斌正在讨论中哈合作的一些问题，准备第二天参加北京中哈企业家协会的论坛。突然，刘斌手机响了，连云港碱厂以前的老厂长丁超然打来电话。此时，丁超然已退休回到北京家中，在北京做碱业协会的主席，刘斌帮他牵线搭桥，让卡纳特带着他们去哈萨克斯坦大使馆，忙出一件大事，在哈萨克斯坦马上开工建设一座一期二十万吨碱厂。他欠刘斌一份大情，打电话要请他出来吃顿夜宵。刘斌说，实在不行，我出不去，和领导在一起商量重要事情。

丁超然把刘斌的心事想得复杂了，以为他怕又有什么事需要帮忙，推托不肯出来。他实打实说，刘总，没有事情麻烦你，只是想感谢你，你为碱厂操那么多的心血，我总该表达一下感激心情吧。

两人商量半晌，丁超然还是妥协了。这个事业心强劲的老厂长拿脾气倔强的刘斌简直没有一丁点办法。丁超然已是第三次请刘斌吃饭了，可都没有遂愿，每当刘斌说，多做好事，应该的，这事放给你丁厂长也会这样做的。我们帮你忙，没费多大事，只是一个握手、一个电话、一次跑路，能改变一个人的命运，填补哈萨克斯坦工业一个空白的项目，是天大的大好事啊！丁超然看着刘斌脸上那微笑、陶醉、幸福的样子，心里受到了感染，也安静、舒坦了，没有任何埋怨的话，只有一份敬意。

十一点半左右，又来一个电话，是哈方翻译打来的，说哈萨克斯坦国有铁路公司的人要见刘斌。

半夜三更能有什么事？刘斌正与朱向阳谈到兴头上，不想去。

朱向阳分析说，深夜打电话来，叫你去肯定有事。

刘斌说，哈方人把十二点当作十点是常事，明天早上不就见面了？我受不了熬夜。

朱向阳说，我们谈中哈合作，他们让你去，怎能不去？是合作嘛。

刘斌说，你是总裁，最该去谈合作，我算哪棵葱？

朱向阳说，我还真想去，但人家没让我去呀。

刘斌说，这么晚了，真去吗？

朱向阳说，要去。

刘斌去了。

哈方人住在燕莎凯宾斯基饭店。这地方靠着亮马桥。说到亮马桥，就要提到亮马河，早年间来京城客商的马车队在进城前，都要在这条小河里给马匹洗刷一路走来的尘土，等马身上水渍晾干，再进城，于是称为“晾马河”，后谐音为亮马河。

说起燕莎凯宾斯基饭店，只要看电视、有手机的中国人都知道，外国来的不少大人物、专家、明星全住在里面，是北京城最美的酒店花园。

燕莎凯宾斯基饭店坐落在北京的使馆商务区，属于黄金地段。刘斌平常偶尔来这里，都是应约来见哈萨克斯坦领导、朋友。开始，他也好奇，这里为什么叫凯宾斯基饭店？有什么来路？为什么有点名气的外国人喜欢住这里？一打听，原来是外国人开的连锁店，最早诞生在德国柏林，时间是一九〇七年，经营的是一家贩卖葡萄酒和高端熟食的小餐馆，经营人开了半份菜和按杯出售餐酒的先河，在餐饮业掀起一场不大不小的革命。

北京燕莎凯宾斯基饭店兴建于一九九二年，绿树簇拥下，犹如一座浮在绿树丛上的大饭店，饭店建筑好长好大，有客房五百二十九间，其中包括一百六十一套豪华公寓和两万多平方米的写字间；九个中西餐厅和酒吧。环境幽雅清静，亭榭间碧水红花、林木拱桥。传统文化和现代风格融为一体，是中国首都的新地标。金碧辉煌，极尽豪华，但客人们仍然能够在这里找回内心的平静，身心放松。

每次，刘斌踏进燕莎凯宾斯基饭店，心中并不轻松，不知哈方人又会提出什么要求。

这次，刘斌坐着“的士”穿过朝阳区亮马河上的大桥，在辉煌的灯火中，两脚迈进燕莎凯宾斯基饭店典雅华贵的大厅里，心里翻来覆去地想，哈方人叫我来干什么呢？ 是不是运价代码有什么好消息？

在候宾厅，刘斌仿佛来到了哈方国有铁路公司大楼，看到十几个哈方的客户、哈方国有铁路公司的领导，他们有的熟识刘斌，和他兴高采烈地握手、拥抱。

刘斌看到了一个好朋友，一个聪明伶俐的小伙子，他是哈方高层领导的办公厅副主任，心里一动，他来了，说明高层领导也来了。

副主任对刘斌含蓄地一笑，委婉说，等一下，不要走。

刘斌的心情顿时花开，更加肯定了，哈方高层领导来了，是他，肯定是他通知我来的，要有事情交代。 他眼中闪着惊喜，低声追问副主任，领导人来了？

副主任笑了笑，未语。

刘斌朝周围看了看，心底意识到，大家都是在等待他的朋友接见。

几天不见，如隔三秋，只有老朋友才会有这样的心疼。

刘斌有好多的话，要对关心自己的老朋友倾吐。

阿尔皮斯巴耶夫总裁看见了刘斌，张开双臂拥抱着他，一脸高兴地说，又见到你了。

刘斌故意问，你通知我来见领导人？

阿尔皮斯巴耶夫牵牵嘴角，露出一个神秘的微笑，幽默地说，一步一步实现我们的目标……

两人几乎忘了周围人，同时笑出了声。

大家在静静地等待。 夜间的燕莎凯宾斯基饭店有一种美，湖水里，荷花开得安静、辉煌，暗香弥漫。

哈方高层领导出现了，从一个包间里面走出来。

副主任提醒刘斌说，刘总，你去啊，他想见你。

刘斌抛开周围人群，绕过围栏，大步走过去。这一时刻，他心花飘香，温馨如春。他想到了做小麦那些沉重叹气的日子，那些无助和迷茫，忍着的疼痛，流着的汗水，夜晚的失眠，波波折折，苦痛永远比开心多。新旧的伤，如同打碎的五味瓶，甜酸苦辣咸，齐涌他的心头。但他相信，相信哈方高层领导，相信自己的省市集团领导，相信人与人的感情，相信善良，相信真诚的存在，相信坚韧，相信苦难与辉煌的并存。如今终于结束了那些不愿意再想的日子。

哈方高层领导的接见，令刘斌的心激动着，身上仿佛插上了有力的翅膀。

刘斌到了哈方高层领导面前，高层领导已经伸出手和他握在了一起。刘斌说，您好，太想见到您了，有几个事情我想报告一下。

哈方高层领导眼睛里闪动着愉悦，拉着刘斌的手不放，放慢脚步，边走边说，你把小麦做得很精彩啊。

刘斌像第一次见到他，抑制不住兴奋，说，感谢领导关心，不是您的支持，事情做得不会这样顺利。

他们肩并肩，沿着长廊款款走着。刘斌抓住机会汇报，他有太多的话要说，有太多的事情要汇报。

哈方高层领导肯定刘斌的做法，要他不要心急，慢慢地说。

刘斌不能慢，也不能说得太慢，他和哈方高层领导脚下的路就快要走到头了，后边还有一群人正等待着哩。

刘斌看见阿尔皮斯巴耶夫紧紧跟在后面。

哈方高层领导和刘斌一直走到长廊尽头。哈方高层领导问一句话，刘斌就回答一句话。哈方高层领导说，你和我说第一次话时，想做小麦，要让东行货源实现重来重去，让中哈运能不要浪费，我就想着天天听到你的好消息，今天你让我见到了你所取得的成绩。现在有什么新想法？

刘斌说，在你的关心下，小麦出口的量是慢慢大了，将来能做得多大，取决于外交渠道。我希望能通过外交渠道把业务量开展得更大，把东南亚的水果和海产品通过冷链的方式走进中亚，走进哈萨克斯坦，让哈萨克斯坦和中亚的牛羊肉等一些产品，通过冷链走到东南亚，形成重去重回的互动。

哈方高层领导见刘斌做业务越发老练，对国际多式联运有独到见解，兴致很高，眼睛里闪出关心的光芒，询问，很好，还有呢？

刘斌思路活跃地说，中哈和无水港之间已经形成两个点的互动，为日韩、东南亚和环太平洋区域，通过连云港中哈基地，通过丝绸之路经济带的线路，和霍尔果斯、和中亚及部分欧洲国家形成牢固的通道，实现了桥梁和纽带的作用，已经达到了当初我们预想。

哈方高层领导信心满怀地说，现在已经很明确地表明了这条通道的重要性，我们还需要将整个服务功能做得更加完美，更加好，让大家在这条线上的货运量更大。

刘斌没有忘记身边的阿尔皮斯巴耶夫总裁，加重语气说，这个项目得到了铁路公司高层和中国铁路公司的大力支持，阿尔皮斯巴耶夫总裁做了很多工作，没有这些，我们做不到今天这些成绩的。

哈方高层领导望了望阿尔皮斯巴耶夫，交代说，你们要为小麦、为中哈物流基地做好服务工作，尽可能提供服务和最大帮助。

阿尔皮斯巴耶夫和刘斌相互望了一眼，莞尔一笑。

刘斌又说，我们做小麦第二单的时候，补贴已经降下来百分之六十五以上，到第三单，又降了，由四十五降到三十五，降了十美金，不久的将来，慢慢会逐步走到市场化运作。

哈方高层领导目光中透出一股亲和力，说，我要的就是这个结果。

刘斌说，今年年底到明年年初，实现市场化运作的时候，这个量将会更大。

哈方高层领导点点头，说，我等待你的好消息，你为我们国家做了一件大事，我要感谢你。

刘斌感动了，说，我为你们国家做事，也是在为自己的国家做事，这是两国大事，我不敢有任何懈怠，只怕做不好……

哈方高层领导说，刘总，坚持做下去，我知道你吃了不少苦，受了不少折腾，但不希望看到你离开这个岗位。

刘斌用力点了下头，笑道，放心吧，我不会离开这个岗位，你们信任我，我们港口集团信任我，再苦再累，也会干到底的，没有其他可以选择的。

哈方高层领导问，需要什么帮助吗？

刘斌心中的思想像大河流水，想到了曾经的小麦出口一筹莫展的时候，哈方高层领导通过外交渠道给予的帮助，他现在多么想对他说一句，能把运价代码交给我吗？ 还有，目前菲律宾、马来西亚一些国家未认证的东西，国与国之间进出口贸易单证、费用结算、中国检验认证CCIC，能不能通过外交渠道帮助扫清障碍……他想开口，却没有开口，高层领导工作那么繁忙，要处理的事务那么多，今天晚上就有这么多人在等待他，不知又有多少事情亟待处理，怎能给他再添麻烦……他任着心中湍急的水流撞击礁石，浪打浪，翻滚着，卷起旋涡，奔腾……

哈方高层领导怎能不了解这个中国的老朋友，嘴角浮起了一个浅浅的笑容，主动替他开口说，你想要的结果，阿尔皮斯巴耶夫总裁会给你的。

像听到一声春雷，大地春回，刘斌热血涌流，有点不相信地说，真的吗？ 成了？

阿尔皮斯巴耶夫兴致勃勃地接话道，研究定下来了，从二〇一八年七月一日开始，我们国家境外最低的铁路运费交到你的中哈国际物流公司。 我们已经正式发通知给中国铁路集装箱公司，让他们从你们公司拿运价代码，以后逐渐地将新疆公司撤退，在中国就由中哈公司代表哈铁公司销售代码。

苦苦期待两年多的事情，终于得到了一个圆满的答复，激动的刘斌有一种清风抚山岗、月光照大江般旷达神畅的好心境。 现在，他终于明白，不论多么苦和累或是委屈、苦恼，自己之所以能够坚强地挺过来，是因为他有他亲爱的祖国，有他的集团领导、口岸单位的同志们和自己的同事无私全力的支撑，还有哈方领导、伙伴、朋友的真心关怀，真心的合作，真心的付出……刘斌第一次发现世界上的国与国、人与人没有距离，是那样地亲切、友爱，都有一个共同的愿景，那就是幸福生活。 他发现了自己，发现了周围的领导、同事丁锐、朱向阳、房军、邵沛泽、左学梅、乔港、顾丹凤、吴发清，还有阿尔皮斯巴耶夫、叶留巴耶夫、萨吾特、卡纳特、帝玛希、达尔汉、娜比拉、丹尼等等，他们所干，所操劳、流汗、打拼的工作全新的意义，那就是创造一种人类崭新的生活。

刘斌兴奋着，许多心里话捺不住地想要吐露出来，可他只说出了一句似乎没头没尾、可喜又令人愕然的话：哈方已经有四个驻东南亚的大使馆给我发了正式函，邀请我去谈小麦……

尾章　不起眼的“石头”

一个好的故事，不仅能让人听得入神、乐趣横生，还应该有启迪心智、耐人寻味的东西。

有一个故事，很短，不过，只要听了，都会记住，还会口齿生香，余味缭绕。有这么一个人，觉得生活很沉重，找智者寻求解脱办法。智者给他一只篓子背在肩上，交代说，你走一步就捡一块石头放进去，看看什么感觉。过了一会，那人回来说，我越来越沉重了。智者说，我们来到世间，每个人都背着空篓子，每走一步捡一样东西放进去，才越走越累。那人说，怎么解决呢？智者告诉说，你愿意把工作、爱情、家庭、友谊哪一样拿出来呢？

故事很平淡，却内涵丰厚，意蕴隽永。在今天的社会生活中，有谁愿意把工作、爱情、家庭、友谊哪一样拿出来呢？

刘斌背的篓子越来越沉重，里面放的全是祖国、哈萨克斯坦、中哈基地、无水港、集装箱、小麦，而唯独少的就是家庭……

思想感情的潮水无法避免地涌向我的心间。

一个报告文学作家清楚地知道，生活是永远离不开的生命之源，失去了，就是无水之鱼，无根之木，有天大的本事也写不出东西来。面对打开的电脑屏幕，手指将要触摸的键盘，眼前这部书该怎样写下第一个文字？写出的第一行文字能不能像冬天过后的第一场春雨润泽，照亮全篇的文字？这部书能不能有着应有的涓涓细流见壮阔、卑微见高贵、渺小见高大的文字，托起作者心中想要见到的人物？

哦哦，我俯仰天地，举目四眺，好啊，满天星星，浩然如河，灿烂迷离，有几颗大的光亮的星星，牢牢凝视着我，显示出星座的内涵和气度，用思想的光辉引导、召唤着我，指引一个全新的世界！星座朝我走来，像一泓清泉流过来，又如一个慈祥、笑容可掬的先生，带着天庭恢宏浩荡的大气健步走来。我听到了星座对我说话，吐露着思想和感情。我听得清楚，听得动容，听得喟叹。是呀，有人创造时代，就有人书写时代，每个时代都有大文章，有如同星座的大科学家，有架海擎天的非凡人物，有流光溢彩的明星人物。我写刘斌，向世界、哈萨克斯坦、中国讲述在太平洋西岸、黄海之滨、新亚欧大陆桥东方桥头堡有这样一个普通劳动者，有时甚至被人看作是做粮食的“贩子”，他做了很多人做不到的事，吃了很多人吃不了的苦，淌了很多人没有淌过的如此多、如此咸的汗水。很小的一粒小麦，微不足道，却一次次重重地碾压着刘斌，甚至把他生生地逼入死角，他呢，只是呵呵一声笑，轻轻地抖了下肩膀，抖落了苦难，“活”过来了。

超越自己，再超越自己，这是刘斌，这是中国。

刘斌像是凿着岩石的錾子，闪耀顽强的火星，每一次的敲击，都是一次信念无畏的进击；刘斌像是生命的细胞，每一次裂变，都是一次超越的淬火，在煅烧中火星迸溅；刘斌像是冲破地壳的岩浆，不可阻挡，用强大生命的烈焰，将自己的能量发挥到极致，用内心声音咏叹共同的生命。

多深的爱，有多深的辛苦与选择。

刘斌有过大大小小的选择，关键的几步路走得那么坚定，把对祖国的忠诚，不离不弃，写在迢迢万里的大陆桥上，写在泥土里，写在大海中，赢得了祖国人民的信任!

路既然选择了，爬着也要把它走完。很多大陆桥的“粉丝”面对着刘斌会有何种感想？也许领略到了大海的胸襟，领略到了人的胸怀是比大海更要宽阔，领略到大海与土地是谁也离不开谁的共同体，大海敬畏着土地，土地呼吸着大海的气息，共同创造着人类生命的至美。

我心脏激烈地跳动。

刘斌一个人浓缩了祖国为一带一路操心、苦干、流汗的所有人，浓缩了我们的人民为建设现代化富强国家的“信念与坚守”“精神与温度”!

感谢刘斌，让我知道了双脚可以这样在世界最长的桥上奔跑，苦累可以这样尽情享受，委屈可以这样难过地微笑，失败可以这样豪壮地添长力量，泪水可以这样吞下甘甜，真诚可以这样去辛苦寻找，平凡可以这样去追求不平凡，汗水可以这样在冰天雪地里浇出路来，普通人可以这样热烈地爱国、与国家紧紧联系在一起，成为整个国家发展的动力……

我庆幸刘斌生活在这个创造奇迹的时代，时代选择了他，他有了一次里程碑式的选择。

山东寿光有座小巧玲珑的山，叫静山，它东西长 1.24 米，南北宽 0.7 米，最高处距地面仅 0.6 米，看上去更像是块石头。由于长期以来不再增高，就得名“静山”。静山相对海平面海拔四十八米，是寿光最高点，也是寿光境内唯一的山，静山大部分山身堆在土地下面。寿光市博物馆前馆长郑滨海表示，民国期间，有些人认为静山不是山，是块石头，派人到现场挖掘，但很久也挖不到底，就认为是一座山了。一九五八年，再有人前往挖掘，也是没挖到底，证明这就是座山。

山不在高，有了强壮的根基，不高也高。

刘斌像静山，是埋没在千千万万人中的一个粮食“贩子”，是一个没有让更多的人看见的普通人，有时在人眼中只是一块不起眼的“石头”。然而在我心里，他是一座高大的山，是一座不逊色于任何一座大山的山。

历史总是在不经意之间塑造传奇。连云港中哈基地在锻造一带一路合作倡议中的新亚欧陆海联运通道的标杆和示范项目，刘斌用脚板在世界最长的大陆桥上走出了不起的征程，演绎出让信念长出“谷穗”的传奇，创造了一次属于自己的时代。

后　记

这本书的面世要感谢几个人。

二〇一五年五月，我选择的创作生活基地连云港港口中哈国际物流基地被中国作协确立为创作深入生活的点，得到了港口控股集团党委副书记孙明同志的大力支持和帮助。从此，我与中哈基地紧紧联系在一起，时时刻刻地关注它的成长。中哈基地总经理刘斌吸引了我，他在“一带一路”上与哈萨克斯坦人交往、打拼的事迹常常令我感动，我更坚定了创作的信念，并想趁热打铁，一鼓作气把中哈基地生活“井”里的东西打捞干净。现实与理想总是保持着距离。创业初期的中哈基地，刘斌忙得没有工夫坐下来和我聊聊，他在电话里告诉我，最近太忙，又要去那儿、那儿，等我回来，给你电话。等待，是一种距离。等待刘斌的电话真够漫长的，他有时三个月来一个电话，有时半年来一个匆匆电话，聊上几句话，丢下，杳杳无信。我曾闹心地想，他果真这样忙吗？难道一点忙里偷闲的时间也没有？

三年时光匆匆过去了，媒体上不断惊喜地报道中哈基地取得的一个接一个佳绩，在“一带一路”上发挥的作用是越来越大、越来越重要，在国内外影响力是日益增长，我终于感受到刘斌那双脚步几乎是日夜不停地奔跑，他是一身汗水，气喘吁吁，没有一点时间歇息，更没有一点工夫叹息。

二〇一八年春天，我再次走进中哈基地，走近刘斌。采访中，没有一个完整的时间，断断续续，忙里偷闲说说话。不过，每一次都获取了大量的素材。

四月的一天，我到南京湖南路出版大厦九楼上的汪修荣总编处聊天，讲了连云港中哈基地刘斌的传奇故事，他被感染、打动了，当即拍板，拟定为重大选题，催促我抓紧时间写出来，由他们江苏凤凰文艺出版社出版、打造。我和汪总交往十多年了，甚是佩服他，他属于有不俗见地的出版人。

五月一日开始，我进入创作中，基本上婉拒朋友们各种约请活动，一心写作。十月份，完成初稿，接着就是反复修改。

十月下旬的敦煌之行，大漠深处，那种孤绝之美、荒凉之美、纯净之美，深深地震撼、感动了我，找到了创作中自己所要的精神，那一种文化的博大与不同生命颜色的人的大融合。

文稿又重新地梳理了一遍。

我是福气之人，有幸结识了文艺评论家丁晓原和王晖，他们成了我的良师益友，他们帮助审读了这部书稿，并提出了难得的宝贵意见，才有全书这样抖擞的精神、面貌和气质。

用文学完成对一个人的塑造、对一个时代浓缩的书写，同时，完成了自我拔节的成长。

感谢这个难得的时代。

感谢追着这个时代奔跑的人，帮衬着完成了这部书，如果离开他们，我会一事无成。他们是连云港港口控股集团新闻中心主任鞠海涛，连云港中哈基地副总经理王军、办公室主任王玮、秘书李洁，一并忱谢！

作　者

二〇一九年一月三十一日连云港